KB274290

영국 종교시와 낙원회복 운동

윌리엄 블레이크의 시를 중심으로

내일을여는지식 어문 44

영국 종교시와 낙원회복 운동

윌리엄 블레이크의 시를 중심으로

강 엽 지음

KSI 한국학술정보㈜

"少年易老 學難成, 一寸光陰 不可輕"이란 옛말이 실감나는 시점에 이르렀다. 대학 시절 나를 아끼던 중학교 은사가 "자네는 앞으로 책 20권을 쓰게"라고 하셨으나, 고등학교 교사 10년, 대학 교수 31년, 약 41년의 훈장 생활을 마감하면서 나는 10권의 책도 쓰지 못했다. 그러나 『윌리엄 블레이크의 시와 사상』(2004)이 2005년에 대한민국 학술원 우수 학술 도서로 선정되어 수상의 영광을 맛보았으니 다행이다. 그리고 "一生之計 在於人"이라 했으니, 그동안 가르친 제자들이 곳곳에서 이 나라의 동량(棟樑)으로 일하고 있음에 마음 뿌듯하다.

이제 나는 그동안 몸담았던 교단을 떠나면서 여러 학술지에 게재했던 10편의 논문을 가필하여 한 권의 책을 내기로 했다. 내용은 먼저 평소에 호감을 가지고 가르쳤던 조지 허버트(George Herbert)의 상형시에 관한 논문을 필두로, 영국 낭만주의의 뿌리는 프랑스의 사상가 루소(Rousseau)의 "자연으로 돌아가라!"가 아니라, 영국 낭만주의 선구자들의 "애국 애향 운동"이라는 것을 밝혔다. 그리고 인류가 상실한 황금시대를 회복시키려는 꿈을 가지고 작품 활동을 하여 여러 비평가로부터 예언자라는 극찬을 받은 윌리엄 블레이크(William Blake)의 시를 다룬 논문들과 엘리엇(T. S. Eliot)의 『황무지』에 대한 신화적 비평, 그리고 성경에 대한 문학적 접근, 이 시대에 심각한 문제로 대두되고 있는 동성애 문제에 대한 성경적 비평을 선택했다. 마지막으로 성경에는 있지만 베일 속에 쌓인 『야살의 책』에 대한 성경적 정체성과 문학적 장르를 논하여 궁금증을 해소하려고 했다. 그리고 책제목은 편의상 붙인 것이다.

한평생 책과 씨름하면서 배우고 느낀 것도 많지만 성경 한 구절이 생각났다. "내 아들아 또 이것들로부터 경계를 받으라. 많은 책들을 짓는 것은 끝이 없고 많이 공부하는 것은 몸을 피곤하게 하느니라."(전도서 12장 12절) 여기까지 건강을 지켜주신 하나님께 감사드리고, 기도하며 묵묵히 뒷바라지해 준 아내와 두 아들 신욱 목사, 신영 교수, 두 자부 최에스더와 김신영에게 감사하고, 편집을 도와준 윤일환 교수와 아들 신영 교수, 출판을 뒷바라지해 준 제자들에게 감사한다.

끝으로 책 출판을 기꺼이 맡아준 한국학술정보(주)와 출판사업부 문진현 선생님께 깊이 감사한다.

2010년 2월
부산대학교 인문대학 연구동에서
姜曄 頓首

목차

조지 허버트의 신앙과 상형시

I

조지 허버트(George Herbert, 1593 – 1633)는 케임브리지 대학 일학년 때인 1610년 신년 선물로 그의 모친에게 두 편의 소네트를 편지와 함께 보냈다. 그 시들의 주제는 하나님에 대한 사랑이 여자에 대한 사랑보다 시에 더 적합하다는 것이었다. 허버트는 동봉한 편지에서 앞으로 그가 쓰게 될 시의 주제를 다음과 같이 밝혔다.

저는 날마다 쓰여서 비너스에게 바쳐지는 저렇게 많은 연애시의 허무함을 견책하기 위해 그들(시신들)의 도움을 받을 필요는 없으며, 하나님과 천국을 사모하는 시가 별로 쓰이지 않는다고 해서 슬퍼하지도 않습니다···· 왜냐하면···· 내 뜻은 (존경하는 어머니) 이들 소네트에서 저의 결의를 천명하는 것입니다. 즉 시에 대한 저의 재능은 천박하기 짝이 없지만 하나님의 영광을 위해 바치겠다는 것입니다. (*Williamson* 94 – 95)

그는 당시에 시의 주제뿐만 아니라 기법에도 불만을 품고 있었다. 그리하여 그는 시에 대한 새로운 관점을 가지고 새로운 기법으로 시를 써보겠다는 결심을 하고 자기가 작시할 주제를 확실히 포착한 후에 그것을 다루는 기법을 모색하였다. 허버트는 맨 처음 하늘의 기쁨을 표현한답시고 교묘한 말과 이상한 은유로 생각을 장식하고 마치 상품처럼 꾸밀 수 있는 멋진 표현을 찾으려고 애써 보았으나 뜻을 이루지 못하였고, 결국 참되고 영원한 사랑 속에 깃들어 있는 아름다움을 베끼기만 하면 된다는 진리를 깨닫게 된다. 허버트의 시에 대한 이런 관점은 「요단강(Ⅰ)」("Jordan(Ⅰ)")과 「요단강(Ⅱ)」("Jordan(Ⅱ)")에 잘 묘사되어 있다. 이 두 편의 시에서 그는 기교를 부린 복잡한 것보다는 소박한 시를 칭찬하고 있다. 이 시들의 제목을 통해서 허버트는 헬리콘 샘물을 마시면서 세속시의 영감을 주는 뮤즈의 도움을 바라지 않고 있음을 암시하고 있다. 마치 밀턴이 『실낙원』을 쓰면서 시온 산에서 흐르는 실로암 연못과 시내 산꼭대기에 살고 있는 '천상의 뮤즈', 즉 성령의 영감을 사모했듯이(*Paradise Lost* Bk. Ⅰ, 6 – 15), 허버트는 정화, 중생 및 기독교시의 뜻이 함축된 요단강 물을 사모한다. 그리하여 허황되게 꾸며낸 이야기, 실속도 없이 겉만 장식한 가발 같은 시, 교묘하고 기발한 기법으로 쓴 시를 그는 증오하고, 자기는 평범하고 단순하게, 꾸밈없는 표현으로 하나님을 찬양하고, 진리 속에서 아름다움을 찾으며, 진리를 단순한 방법으로 노래하는 시인이라고 주장한다(강엽 140 – 41).

이렇듯 허버트는 그의 시에 대한 관점에 따라서 기독교의 도덕률 또는 교리에 관한 시를 썼으며, 그의 시 대부분은 하나님에 대한 사랑과 세속적 야망의 유혹 사이에서 방황하는 갈등 혹은 신앙적 희열과 정신적 권태 사이의 동요를 묘사한 것이다. 그러나 그는 그의 생존 시에 그의 작품을 출판하지 못하고, 그가 죽기 전에 『성전』(*The Temple*)의 원고를 니콜라스 페라(Nicholas Ferrar)에게 편지와 함께 보내면서 자기 시는 "내가 나의 주인 예수님의 뜻에 나의 뜻을 복종시키기 전에, 하나님과 나의 영혼 사이에 일어났던 많은 영적 갈등의 그림이야."(*Williamson* 95)라고 말했다.

허버트는 시를 쓰면서 일상용어의 선호, 논리적인 구조, 형이상학적 기상 등 존 던(John Donne)의 시풍을 따르면서도 그것을 자기의 기질에 맞게 적용했다(Bennett 64). 그뿐 아니라 그는 100가지 이상의 복잡한 시 형태를 시도하여 대단한 시적 창의력을 보여주었다. 그런데 필자는 본 연구에서 허버트가 그의 모형시(pattern poems), 특히 상형시(hieroglyphic poems)를 통해서 그의 정신적 갈등과, 그리스도 안에서 찾은 마음의 평화를 어떻게 묘사하고 있는가를 밝혀 보고자 한다.

II

허버트는 시를 쓸 때마다 새로운 시형을 시도해 본 것 같다. 『성전』에 수록된 166편의 시 중에 똑같은 시형으로 제일 많이 쓴 것은 소네트 15편뿐이다. 그것도 두 가지 형식으로 썼는데, 하나는 16세기 시인 서리(Earl of Surry)의 abab abab abab aa형이고, 다른 하나는 그가 창안해 낸 abab cdcd effe gg형이다. 허버트는 시의 주제를 선택하는 문제뿐만 아니라 그 주제를 효과적으로 표현할 수 있는 시형을 창안해 내는 데 많은 노력을 기울였다. 허친슨(F. E. Hutchinson)은 허버트가 때로는 시의 제목과 내용을 수정하기도 하였다고 말한다(184). 그러나 허버트가 유명하게 된 것은 무엇보다도 그의 모형시, 즉 상형시 때문이라고 생각된다. 조셉 서머스 (Joseph H. Summers)는 '상형'(hieroglyphic)이란 단어가 '신성한 조각물'(sacred carving)을 뜻하는 그리스어에서 유래되었으며, 르네상스시대에는 '상형', '상징', '도안' 및 '도형'의 뜻으로 종종 상호 교차하여 사용되었다고 말한다(123).

허버트의 상형시는 모형에 따라서 시각적, 형태적 및 광상적 상형시로 대별할 수 있다. 우선 시의 구조와 내용이 잘 부합하는 시각적 상형시로 「부활절 날개」("Easter Wings")가 있다. 이 시는 원고에서는 수평으로 되어 있으나 초판에는 수직으로 되어 있다 (Mario A. Di Cesare 16). 이 시의 모양은 종달새의 날개와 비상의 모습, 정신적인 하강과 상승, 그리고 그 상승을 가능케 한 십자가의 X자를 모방하고 있다.

주님, 당신은 인간을 풍요하게 창조하셨지요,
허나 어리석게 그는 그 모습 상실하고도
더욱더 타락하여 갔지요.
마침내 그는 가장
가련케 됐지요.
당신과 더불어
저를 일으켜주소서
종달새처럼, 조화를 이루어

오늘 당신의 승리를 노래하게 하소서
그러면 타락은 저의 비상을 증진시키겠지요.

Lord, who createdst man in wealth and store,
Though foolishly he lost the same,
Decaying more and more,
Till he became
Most poor:
With thee
O let me rise
As larks, harmoniously,
And sing this day thy victories:
Then shall the fall further the flight in me.
("Easter Wings" 1 – 10)

이 시는 인간의 타락과 구원을 묘사한 허버트의 대표적인 시이다. 이 시가 지니고 있는 시각적인 효과는 마치 상형문자를 보는 것 같다는 것이다. 이러한 모형의 효과와 의미에 대해서는 비평가들 사이에 의견이 분분하지만 대체적으로 성공을 거둔 시로 평가되고 있다. 이 시에는 외형으로 나타난 새의 날개 모양 이상의 의미가 함축되어 있다.

···시의 모양이 점점 작아졌다가 점점 커지는 것은 종달새의 노래와 비상(허버트의 이미지)이 상승하고 하강하는 것뿐 아니라 인간의 타락과 그리스도 안에서 그의 부활(이 이미지가 나타내는 주제)에 대해서 잘 표현하고 있다. (Bennett 63)

이 시의 제1연의 내용은 하나님의 명령을 순종하지 않은 인간의 타락 또는 아담의 범죄가 오히려 그리스도 안에서 구속(redemption)

의 축복을 가져왔다는 기독교의 역설적인 교리를 묘사하고 있다. 인간은 본래 풍요를 누리며 살도록 창조되었으나, 아담의 범죄로 인간은 풍요로운 낙원을 상실하게 되었다. 그러나 또 다른 견지에서 볼 때 인간의 범죄가 반드시 불행만을 초래한 것은 아니다. 범죄가 있기에 회개가 있고, 회개를 통해서 죄의 용서와 구원의 은총을 받게 되는 것이다. 그러므로 사도 바울은 "그러나 죄가 더한 곳에 은혜가 더욱 넘쳤나니"(로마서 5:20)라는 역설적인 말을 하게 된 것이다. 이런 의미에서 조셉 서머스는 인간의 타락을 "행복한 과오"(*felix culpa*)(142)라고 말한다.

이러한 역설은 이 시의 곳곳에 마치 보석처럼 박혀 있다. 역설의 기법은 이미 존 던이 사용하였으며, 그를 추종한 형이상학파 시인들의 잘 알려진 기법 중의 하나이다. 그러나 영과 육이 죽었다가 다시 살아난다는 역설을 성경에서는 곡식의 배종순환(germinal cycle)에 비유하고 있다. 예수님은 "한 알의 밀이 땅에 떨어져 죽지 아니하면 한 알 그대로 있고, 죽으면 많은 열매를 맺느니라."(요한복음 12:24)는 말로 자신의 희생이 초래할 풍성한 결과를 가르치셨으며, 사도 바울도 죽은 자의 부활을 곡식의 배종순환에 비유하고 있다.

> 너의 뿌리는 씨가 죽지 않으면 살아나지 못하겠고, 또 너의 뿌리는 것은 장래 형체를 뿌리는 것이 아니요 다만 밀이나 다른 것의 알갱이 뿐이로되. 하나님이 그 뜻대로 저에게 형체를 주시되 각 종자에게 그 형체를 주시느니라⋯⋯ 죽은 자의 부활도 이와 같으니, 썩을 것으로 심고 썩지 아니할 것으로 다시 살며, 욕된 것으로 심고 영광스러운 것으로 다시 살며, 약한 것으로 심고 강한 것으로 다시 살며, 육의 몸으로 심고 신령한 몸으로 다시 사나니, 육의 몸이 있은즉 또 신령한 몸이 있느니라. (고린도전서 15:36−38, 42−44)

만일에 인간이 그리스도의 부활 승리를 축하하여 상승("rise")한다면, 인간의 하강("fall")은 하나님께 대한 비상("flight")을 더욱 증진시킬 것이다. 이 시에서 "rise"와 "fall"은 두 가지 의미로 사용되고 있다. "Rise"는 새가 날개 치며 위로 '올라가다'는 뜻과 시인의 신앙이 '상승하다', 즉 '깊어지다'는 뜻을 함축하고 있으며, "fall"은 새가 '하강하다'는 뜻과 시인의 신앙이 '떨어지다', 즉 '타락하다'라는 두 가지 뜻을 함축하고 있다.

「부활절 날개」는 그리스도의 부활에 관한 것임을 상기할 때 이 시의 제1연과 제2연의 후반부는 구약성경의 예언자 말라기(Malachi)의 예언을 반향하고 있음을 알 수 있다. 말라기는 그리스도에 대하여 "내 이름을 경외하는 너희에게는 의로운 해가 떠올라서 치료하는 광선을 발하리니 너희가 나가서 외양간에서 나온 송아지같이 뛰리라."(4:2)고 예언했다. 여기에서 '의로운 해'(the Sun of righteousness)는 그리스도를 가리킨다. 그는 그리스도가 사망의 권세를 이기고 부활하여 승천하는 모습을 태양이 밝게 떠오르는 모습으로 묘사하고 있다. 이런 의미에서 앞에서 설명한 바 있는 'rise'라는 단어는 성경에서 'resurrect'라는 뜻으로 종종 쓰이고 있다. 그러니까 제1연의 후반부는 그리스도의 부활을 태양이 떠오르는 모습에 비유하고 있으며, 태양이 높이 떠오르는 모습은 종달새의 비상과 노래의 소리가 상승하는 모습과 조화를 이루고("harmonious") 있는 것이다.

이렇듯 「부활절 날개」 제1연의 전반부는 인류의 보편적 타락을 말하고, 후반부에 가서 그리스도의 부활과 자신의 신앙을 결부시킨 반면에, 제2연은 자신의 건강상태와 그리스도의 부활을 연관시켜서 묘사하고 있다. 허버트는 항상 건강이 좋지 못했다. 그런데 허버트는 자신의 병약함이 죄에 대한 하나님의 징벌이라고 말한다. 그러나 후반부에서 그는 앞에서 인용한 말라기의 예언에서 그리스도의 치유의 능력을 통해서 자기의 건강이 회복되기를 믿고 있음을 암시하고 있다. 안타깝게도 우리말 성경에는 그 뜻이 애매하지만, 흠정 역 성경에는 "…with healing in his wings"라고 두 날개에 치유 능력이 있음을 밝히고 있다. 그러기에 그는 부활절 날개 이미지를 그의 시에 도입했다고 본다. 뿐만 아니라 여기에서 허버트는 자신의 뜻을 버리고 부활하신 그리스도의 뜻을 따르는 아픔을 사냥하는 매의 날개에 비유하고 있다. 즉 사냥하는 매의 깃털이 빠지면, 그 매가 잘 날 수 있도록 다른 깃털을 이식한다는 형이상학적 기상을 사용하고 있다. 허버트가 이 시를 쓸 때에 말라기뿐만 아니라 예언자 이사야(Isaiah)의 예언도 반향하고 있음을 쉽게 간파할 수 있다. 이사야는 새로운 힘을 주시는 하나님에 대하여 다음과 같이 역설한다.

> 피곤한 자에게 능력을 주시면, 무능한 자에게는 힘을 더하시나니, 소년이라도 피곤하며 곤비하며 장정이라도 넘어지며 자빠지되, 오직 여호와를 앙망하는 자는 새 힘을 얻으리니, 독수리의 날개 치며 올라감 같은 것이요, 달음박질하여도 곤비치 아니하겠고 걸어가도 피곤치 아니하리로다. (이사야 40:29 – 31)

허버트는 이처럼 성경에서 터득한 진리를 새의 형상을 통해서 성공적으로 시를 썼는데, 이 시에 담겨진 기독교의 교리를 조셉 서머스는 다음과 같이 설파한다.

승리한 이분법이 이 시 전편을 통해 암시되어 있다: 병약함과 건강함, 부패와 성장, 가난함과 부유함, 어리석음과 지혜, 벌과 보상, 패배와 승리, 노래와 날개와 정신의 하강과 상승, 죄와 의로움, 매장과 부활, 죽음과 생명. 이러한 상태들은 극한 대립상태에 있지 않다. 이 시와 그 모형은 오직 하강을 통해서만이 인간은 비상이 가능하고, 승리와 부활은 현세에서든 내세에서든 오직 옛 아담의 죽음을 통해서만 올 수 있다고 항상 주장한다. (144 – 45)

「부활절 날개」와 함께 시의 제목과 모양이 잘 부합하는 또 다른 모형시는 「제단」("The Altar")이다. 이 시의 모형은 탁자를 닮았다. 허버트 당시에 『기도서』(*Book of Common Prayer*)에 그려진 성찬탁자는 돌로 만들어진 것이 아니라 나무로 만들어졌기 때문에 "altar"라는 단어가 적용되지 않았다고 한다(Summers 141). 그럼에도 불구하고 허버트는 그의 작품에서 프로테스탄트 전통에 따라서 'board' 대신에 'altar'를 사용하고 있다.

부서진 제단을, 주여, 당신의 종은 세우나이다.
마음으로 만들어졌고, 눈물로 굳게 했나이다.
각 부분은 당신의 손이 빚은 것과 같고
장인의 연장은 그것을 건드리지 않았죠.
오직 마음만이
그런 돌이지요
오로지 당신의
권능이 베지요
그래서 내 굳은
마음의 부분은
이 틀에서 만나
당신을 찬양해요
만일 제가 우연히 침묵을 지킬지라도

이 돌들은 당신 찬양을 끊지 않겠지요.
오 당신의 복된 희생이 저의 것 되게 하소서
또 이 제단을 거룩게 하소서, 당신의 것 되도록.

A broken ALTAR, Lord, thy servant reares,
Made of a heart, and cemented with teares:
Whose parts are as thy hand did frame;
No workman's tool hath touch'd the same.
A HEART alone
Is such a stone,
As nothing but
Thy pow'r doth cut.
Wherefore each part
Of my hard heart
Meets in this frame,
To praise thy Name:
That, if I chance to hold my peace,
These stones to praise thee may not cease.
O let thy blessed SACRIFICE be mine,
And sanctifie this ALTAR to be thine.
("The Altar")

이 시는 옛날 모세시대에 희생제물을 드리기 위해 쌓았던 제단임을 알 수 있다. 이런 이유로 하나님은 모세에게 희생 번제(burnt offering)를 위한 제단을 만드는 양식을 다음과 같이 가르쳐 주셨다.

네 하나님 여호와를 위하여 단 곧 돌단을 쌓되 그것에 철기를 대지 말지니라. 너는 다듬지 않은 돌로 네 하나님 여호와의 단을 쌓고, 그 위에 네 하나님 여호와께 번제를 드릴 것이며, 또 화목제를 드리고 거기서 먹으며, 네 하나님 여호와 앞에서 즐거워하라. 너는 이 율법의 모든 말씀을 그 돌들 위에 명백히 기록할지니라. (신명기 27:5 - 8)

제단을 쌓을 돌에 연장을 사용하지 못하게 한 이유는 제단은 인간의 마음의 예표이기 때문이라고 조셉 서머스는 다음과 같이 말한다.

> 다듬지 않은 돌들로 만들어진 히브리인의 제단은 인간의 노력에 의해 다듬어지는 것이 아니라 오직 하나님에 의해서만 다듬어지는 인간 마음의 예표였다. '율법의 모든 말씀'이 '매우 분명하게' 기록된 그 돌들에 새겨진 것은 '그리스도의 편지', 그리스도인들의 마음에 새겨진 구원의 메시지의 예표였다. (141 – 42)

허버트는 죄와 악으로 돌처럼 굳어진 마음을 '부서진 제단'(broken ALTAR)에 비유하고 있다. 제단을 다시 쌓고 눈물로 굳게 한다는 말은 회개를 뜻한다. 회개의 눈물이 아니고서는 떨어진 제단의 조각들을 다시 붙일 수가 없다. 이렇게 변화된 마음은 희생 제물을 드릴 수 있는 제단이 되는 것이다. 부서지고 정화된 마음은 찬양의 희생을 위한 적절한 토대가 되며, 심지어 돌들도 그 찬양에 동참하여 찬양을 끊이지 않는다는 허버트의 개념은 확실히 성경에 근거한 것이다. 다윗 왕은 그의 참회의 시에서 "하나님께서 원하시는 희생은 부서진 심령: 부서지고 통회하는 마음"(The sacrifices of God are a broken spirit: a broken and a contrite heart)이라고 언급하였다(시편 51:17). 마음이 새롭게 되는 것은 인간의 노력으로 되는 것이 아니라 하나님에 의해서만 가능한 것이다. 여러 가지 죄와 악으로 돌과 같이 굳어진 마음을 인간의 힘으로는 변화시킬 수 없다.

옛날에는 돌로 제단을 쌓고 그 위에 소나 양의 희생 번제를 드렸는데, 회개하여 정화된 마음이 드려야 할 현대의 희생 제물은 찬양이라고 허버트는 말하고 있다. 제단을 쌓는 돌처럼 허버트는 이 시를 구성하는 거의 모든 용어를 성경에서 뽑아냈음을 알 수 있다. 예수님은 만일 따르는 무리들이 찬양을 하지 않고 잠잠하면 "돌들이 소리 지르리라."(누가복음 19:20)라고 말씀하셨고, 히브리서에는 "이러므로 우리가 예수님으로 말미암아 항상 찬양의 제사를 하나님께 드리자. 이는 그 이름을 증거하는 입술의 열매니라."(13:15)라고 구원받은 자의 감사와 찬양을 강조했다.

허버트는 정성스럽게 제단을 쌓고 찬양의 제사를 드린 뒤에 마지막으로 간구한다. "'당신의 복된 희생'이 나의 것이 되게 하시고, '이 제단'(this ALTAR)이 당신의 것 되도록 성결케 하소서." '당신의 복된 희생'은 인류를 구원하기 위해 십자가 위에서 속죄의 피를 흘린 그리스도의 희생을 뜻한다. 모세시대의 희생제물은 그리스도께서 인류의 속죄를 위해 단 한 번 보혈을 흘린 참된 희생의 예표로 간주되었다. 따라서 인간에게는 오직 하나님 찬양, 선행 및 교제의 희생만 남겨졌다(히브리서 13:15 - 16).

이 시에 사용된 주요한 용어들, 즉 'ALTAR', 'tears', 'stone', 'SACRIFICE' 등은 직접 또는 간접으로 다른 시 속에서 빈번히 반복되므로 이 시가 허버트의 시집 『성전』에서 중요한 위치에 있음을 입증해 준다. 마치 옛날 성전(the temple) 경내에 들어서면 제사장이 희생 제물을 가지고 제일 먼저 가는 곳이 제단인 것처럼, 이 시와 허버트의 다른 시들과의 관계를 조셉 서머스는 이렇게 말한다.

「제단」에는 특정한 성경 단락에서 유래되지 않은 구절은 거의 없다. 그러나 이 시의 효과는 단순하고 신선하다. 중요한 의미에서 「교회」

("The Church")(『성전』의 중심부분) 안에 있는 첫 번째 시는 다음 시
들(허버트의 '찬양의 희생')이 드려지는 제단이다. 그리고 그것은 그
들의 구성을 위한 이유의 설명이다. (142)

허버트는 시각적 상형시와 함께 시의 의미를 구체화하는 상형시
를 쓰기도 했다. 「아론」("Aaron")은 그 대표적인 시이다. 이 시를
이해하려면 구약성경 출애굽기(Exodus) 제28장을 참고해야 한다.
제사장 아론이 여호와를 섬기러 성전에 들어갈 때 머리에는 '여호와
께 성결'(Holy to the Lord)이라는 말이 새겨진 패를 단 두건(turban)
을 써야 하고, 가슴에는 '에봇'(ephod)을 입되, 이스라엘의 12지파
를 상징하는 열두 개의 보석으로 구성된 '판결 흉패'(the breastpiece
of judgement)를 달아야 하고, 그 안에 반드시 '우림과 둠밈'(the Urim
and the Thummim)이라는 기구를 넣어야 했다. 우림의 뜻은 '빛'(light)
이고, 둠밈의 뜻은 '완전'(perfections)이다. 이스라엘의 중대한 문제
를 하나님께서는 이 판결 패를 통해서 응답하셨다. 그리고 아론의
예복 아래 부분 가장자리에는 돌아가며 청색, 자색, 홍색 실로 석
류를 수놓되 금방울(gold bells)과 교대로 있게 하였다. 그러면 「아
론」("Aaron") 제1연을 보자.

머리 위에 거룩함
가슴에 지닌 빛과 완전함
아래에 조화로운 종들, 죽은 자들을 일으켜
그들을 생명과 안식으로 인도하네.
이렇듯 참된 아론들은 정장했네.

Holinesse on the head,

Light and perfections on the breast,

Harmonious bells below, raising the dead

To leade them unto life and rest:

Thus are true Aarons drest.

("Aaron" 1 – 5)

허버트는 "Aaron"이 다섯 자로 되어 있기에 5행으로 구성된 다섯 개의 연을 구상한 것 같다. 이렇듯 기술적인 문제가 시인에게 중요하였는지 모르겠지만, 그것은 독자에게는 특별히 문제가 되지 않는다. 그런데 그리어슨(H. Grierson)은 허버트가 이 시의 각 연을 이런 모형으로 구성한 이유를 종소리가 점차로 커졌다가 점차로 작아지는 모습으로 보고 있다(231 – 32). 그러나 종"bells"은 오직 제1연에만 나타날 뿐 아니라 이 시의 모형도 종소리를 닮았다고 하기가 어렵다. 그리어슨은 아마 각 연의 각운을 형성하는 단어(rhyme word)가 똑같이 'head', 'breast', 'dead', 'rest', 'drest'로 구성되어 있기 때문에 그런 추측을 한 것 같다. 그러나 똑같은 각운과 미묘하게 변형된 각 연의 중요한 의미는 이 시 속에 잘 나타나 있다. 그것을 조셉 서머스는 다음과 같이 설파한다.

인간의 머릿속에 있는 세속 됨, 그의 가슴속에 있는 결점들과 어두움, 그를 파괴시켜서 '투덜대는 불안'으로 인도하는 불협화음을 내는 정욕들은 그리스도에게 전가된 의를 통해서 아론의 예복에 의해 상징된 이상으로 변형될 수 있다. (137)

이미 서론에서 밝힌 바와 같이 허버트는 세속적인 입신양명을 포기하고, 오직 주 예수님을 섬기는 일에서 자유를 찾게 되었다. 허버트가 이 시의 첫 연에서 묘사하고 있는 제사장은 모세의 형으로서 하나님의 명령에 따라 출애굽기 제28장에 묘사된 최초의 제사장 아론이 아니다. 그는 이 시에서 영원한 대제사장인 그리스도를 묘사하고 있는 것이다. 성경은 영원한 대제사장 그리스도에 대하여 이렇게 증거하고 있다.

> 멜기세덱과 같은 별다른 한 제사장이 일어난 것을 보니 더욱 분명하도다. 그는 육체에 상관된 계명의 법을 좇지 아니하고 오직 무궁한 생명의 능력을 좇아 된 것이니 증거하기를 네가 영원히 멜기세덱의 반차를 좇는 제사장이라 하였도다. (히브리서 7:15 - 17)

이처럼 거룩하고, 완전하며, 빛이신, 영원한 제사장 그리스도를 허버트는 최초의 제사장 아론에 비유하고 있는 것이다.

한편 허버트는 불완전한 인간 아론의 반차를 좇아서 자기도 사제직을 맡게 되었으나, 제1연과 똑같은 각운 형성의 말을 되풀이하므로 그는 자기의 세속 됨과 부족함과 그릇된 정열이 그리스도의 구속(redemption)의 의를 통해서 변형되기를 바라는 마음이 잘 묘사되어 있다. 결국 그가 입고 있는 사제복은 다만 아론이 입었던 제사장복의 모형이고, 허버트는 영원한 제사장 그리스도에 의해 거룩하고 완전한 내부의 사제복을 입기를 원하고 있다. 이러한 그의 의도가 제5연에 잘 나타나 있다.

허버트는 이처럼 모형이 지닌 은유적인 사용 외에도 자연이나 교회에서 찾을 수 있는 모형에 관한 명상거리로 시를 쓰기도 하고 또는 어떤 교리나 경험에 관한 명상거리에 중심되는 이미지로 모형을 사용하기도 하였다. 허버트의 「교회 마루」("The Church – floore")는 그 좋은 예라고 생각된다. 제1연에서는 '인내'(Patience)를, 제2연에서는 '겸손'(Humilitie)을, 제3연에서는 '확신'(Confidence)을, 제4연에서는 '사랑'(Love)과 '자비'(Charitie)를 교회 마루의 구성요소로 묘사한 뒤에 마지막 연을 다른 모양으로 구성하여 그 진의를 암시하고 있다. 그러면 마지막 연을 보자.

> 여기에 때때로 죄가 몰래 들어와 더럽힌다.
> 대리석의 산뜻하고 정교한 혈맥들을.
> 그러나 모든 것은 대리석이 울 때 깨끗해진다.
> 때때로 사망이, 문간에서 훅 하고
> 온갖 먼지를 마루 주변에 불어댄다.
> 그러나 그가 이 방을 더럽힌다고 생각할 때, 청소할 뿐이다.
> 그 건축가를 송축할지어다. 그분의 기술은
> 연약한 마음에 아주 강하게 건축할 수 있으니.

> Hither sometimes Sinne steals, and stains
> The marbles neat and curious veins:
> But all is cleansed when the marble weeps.
> Sometimes Death, puffing at the doore,
> Blows all the dust about the floore:
> But while he thinks to spoil the room, he sweeps.
> Blest be the Architect, whose art
> Could build so strong in a weak heart.
> ("The Church – floore" 13 – 20)

이 시는 어찌 보면 인내와 겸손과 확신과 사랑을 강조하는 기독교의 기본적인 교리를 죄와 죽음과 대조해서 명상하는 것 같지만,

사실은 그 이상의 상징적인 의미를 내포하고 있음을 마지막 두 행에서 찾아볼 수 있다. 이 시를 자세히 고찰해 보면 허버트는 제1행에서부터 18행까지 상형적 의미들을 아주 정교하고 바람직하게 묘사하고 있다. 그러나 많은 암시에도 불구하고 그 상형의 의미는 추상적이고 모호하다. 교회의 마루를 구성하는 요소들은 인내, 겸손, 확신, 사랑과 자비이며, 한편 죄와 사망이 교회 마루의 외관을 상하게 하려 한다고 시인은 말하고 있다. 그러나 그 마루가 무엇에 비유되고 있는지는 언급되어 있지 않다. 이 시의 제목으로 미루어 보아 독자는 교회의 마루가 신앙적 덕망에 기초를 둔 교회의 토대(foundation)에 대한 모형이라고 생각할 수 있다.

이러한 해석은 철저하게 인습을 따른 방법이라고 보겠다. 제18행까지의 묘사는 그런 점을 이룬 표상(emblem)의 성공적인 설명에 상당한 기여를 하고 있다. 그러나 허버트의 독특한 마지막 2행 연구(couplet)는 그런 설명을 역전시켜 놓는다. 이 시의 마지막 단어에서 이 상형시가 나타내고자 하는 주요한 사실은 교회의 시설이 아니라 인간의 마음임을 독자는 알아야 한다. 인내, 겸손, 그리고 사랑과 자비는 하나님께서 인간의 마음 안에 구원의 건물을 짓는 재료인 것이다. 하나님은 '대리석'과 같이 굳은 마음을 회개의 눈물을 흘려서 죄의 때(stains)를 씻어내도록 지으셨다. 사망은 마루에 온갖 먼지를 불어댐으로써 승리한 것 같으나 티끌에 불과한 인간 육체의 불완전한 것들을 휩쓸어 갈 뿐이다. 이런 이유에서 이 시에 나타난 이미지는 적절하다고 조셉 서머스는 이렇게 말한다.

허버트는 제도적인 것으로 개인의 상형을 제시하기보다는 거의 언제
나 개인의 상형으로서 제도적인 것을 제시한다. 그리고 「교회 마루」
의 상형은 교회의 건축에서 보여주는 하나님의 기술보다는 '성도의
견인'(the perseverance of the saints)을 명함에 있어서 주로 하나님의
놀라운 기술을 묘사한 것이다. 그러나 그 두 가지 기술이 연관되어
있다. 일단 세워졌으니, 그리스도의 교회의 토대로서 「교회 마루」의
이미지는 적절하다. (126)

또한 사도 바울은 우리의 몸과 마음이 '하나님의 성전'(고린도 전
서 3:16)이라고 가르치고 있다. 그러나 이 시의 제목, 즉 명상의 주
제와 관련하여 마지막 두 행은 두 가지를 상기시켜 준다. 하나는
하나님께서 인간의 마음에 지은 건축물은 믿음의 선한 '전투하는
교회'(Church Militant)와 '승리한 교회'(Church Triumphant)의 마루
라는 사실이고, 다른 하나는 "주는 그리스도시요, 살아 계신 하나
님의 아들"(마태복음 16:16)이라는 신앙고백은 나약한 마음속에 그
리스도께서 그의 교회를 지은 반석(rock)이라는 사실을 상기시켜 주
는 것이다. 허버트는 이처럼 예술적 솜씨를 지닌 '건축가'인 하나
님이 자신의 마음속에 부서지지 않는 구원과 교회의 토대를 건축
하였다고 명상하고 있는 것이다.

허버트는 100가지 이상의 시형을 시도했다고 지적한 바 있는데,
그가 각운을 형성하는 단어를 통해서 모형시를 쓴 것 중에 「낙원」
("Paradise")이라는 시가 있다. 이 시에서 그는 마치 농부가 과일나
무를 전지하듯이 바로 앞 행의 각운에서 첫 자음을 잘라내어 다음
행의 각운을 형성하고 있다.

그처럼 예리함은 가장 달콤한 우정을 보여주고,
그처럼 베어버림은 잘라내기보다 치료함이요,
그리고 그처럼 시작함은 그들의 끝에 닿음이라오.

Such sharpness shows the sweetest FREND:
Such cuttings rather heal then REND:
And such beginnings touch their END.

("Paradise" 13 – 15)

허버트는 이 시에서 다소 무리하게 기교를 부렸기 때문에 만족스럽지 못한 점이 있기는 하지만, 그는 결코 추상적으로 어떤 모형을 사용하지 않았다. 따라서 이 시형에 대한 이유에는 의심의 여지가 없다고 본다. 즉 허버트는 표현하려고 하는 내용을 어떻게 하면 독자의 시각에까지 실감나게 전달할 수 있겠는가를 계산에 넣었다는 것이다.

허버트는 요한복음 제15장에 있는 포도나무 비유, 즉 하나님은 농부요, 예수님은 포도나무이며, 신자들은 가지라는 비유에서 이 시의 암시를 얻었다고 본다. 이 시에서 전지를 당한 각운은 고통의 적극적 기능에 관하여 이 시가 말해 주고 있는 것을 독자가 눈으로 보게 하는 것이라고 말한다. 열매를 맺지 않는 무익한 포도나무는 전지보다 더 가혹한 벌, 즉 멸망을 당한다. 특히 이 시의 마지막 단어 'END'는 다의적(ambiguous)이다. 조셉 서머스는 이 말에 종국(finality)이라는 뜻과 목적(purpose)이라는 뜻이 내포되어 있으며, 하나님의 전지는 인간 창조의 목적인 의(righteousness)의 열매를 많이 맺게 한다는 것과 열매를 맺지 않는 가지는 잘라서 불에 태우듯이 선한 열매를 맺지 않는 인간은 최후심판 때에 영원한 벌을 받는다는 뜻이 함축되어 있다고 말한다(139).

허버트의 상형 시 중에는 「목 고리」("The Collar")가 있다. 피츠
(Dudley Fitts)는 이 시를 "도덕적 권위에 대해 반역하는 일종의 축
소판 드라마이며, 그것이 잘 진행되기 전에 한마디 말에 의해 진압
된 짧은 폭력"(Lee Jai-ho 265)이라고 논평하고, 연(stanza) 형식을
완전히 버리고 상대적으로 자유로운 형태로 쓰였기 때문에 '광상
시'(rhapsody)라고 일컫는다(267). 그러나 조셉 서머스는 이 시는
"자유시(vers libres)로 쓰인 것이 아니라, '상형시 형태'로 된 허버트
의 가장 정교한 모험 중 하나이다."(90)라고 말한다. 이 시에서 독
자는 시인이 하나님의 뜻에 반항하므로 신앙생활뿐 아니라 예술에
도 질서와 조화가 깨진 모습을 볼 수 있다.

나는 탁자를 치면서 외쳤다. 더 이상 못 해.
나는 떠나야겠어.
무엇이라고? 나는 항상 한숨 쉬고 푸념만 하라고?
내 분깃과 인생은 자유롭다. 도로처럼 자유롭고
바람처럼 느슨하고, 창고처럼 큼직하다.

I struck the board, and cry'd, No more.
I will abroad.
What? shall I ever sigh and pine?
My lines and life are free; free as the rode,
Loose as the winde, as large as store.
("The Collar" 1-5)

디 시제어(Maro A. Di Cesare)는 이 시의 제목이 "분통, 훈련의 상
징, 및 그리스도의 멍에 혹은 짐"(choler(anger), a symbol of discipline,

and Christ's yoke or burden)(55)을 암시한다고 말한다. 제목이 제시하는 이런 암시들은 시 속에 잘 묘사되어 있다. 허버트는 가문과 학벌이 좋았을 뿐만 아니라 재능이 있어서 출세의 가도를 달리고 있었다. 그러나 그는 병약하였기 때문에 세속적인 야망을 포기하고 부득이 성직을 택하게 되었다. 그러나 이 시의 서두에서 보듯이 화자는 몹시 화가 나서 탁자(설교 단?)를 꽝! 치면서 더 이상 자기의 불행한 성직을 계속할 이유가 없다고 생각하고 자기를 붙잡아 매고 있는 목 고리(성직을 상징)를 벗어 던질 궁리를 하고 있다. 이런 경우 성직자의 목 고리는 문자 그대로 자기를 잡아매 두는 가죽 끈(leash)이요, 또한 멍에(yoke)를 의미한다고 볼 수 있다. 성직에 대한 불만으로 화자의 감정은 격렬하고 신경질적으로 변하였다. 이런 그의 감정이 짧고 불규칙한 시행과 빈번한 휴지(pause)로 잘 묘사되어 있다. 뿐만 아니라 시의 율격과 각운의 모형이 정교한 무질서로 화자의 반역과 결단의 이미지를 잘 묘사하고 있다. 그러나 각 행은 압운과 함께 둘, 셋, 넷 혹은 다섯 개의 시보(poetic feet)를 포함하고 있기에, 이 시는 "난폭한 무질서 속에 질서의 모든 요소를 포함하고 있다."고 조셉 서머스는 말한다(92).

이 시에서 화자는 마음이 동요되어 신앙적인 극기생활에 대하여 반발을 일으킨다. 그러나 아담이 그랬듯이 이 시의 주인공은 열매를 따기 위해 손을 내밀 때에 동시에 "초자연적인 열매, 즉 십자가의 열매"를 따려고 — 자신은 의식하지 못하지만 — 손을 내미는 것이다. 역설적이게도 이 시에 나타난 자연에서 취한 이미지를, 즉 열매, 포도주 및 곡식 — 이들에 대한 추구로 이 시의 화자는 반발을 일으킨다 — 은 전통적으로 성찬(the Eucharist)과 연관이 있는 이미지들이다. 그러므로 제프리 하트(Jeffrey Hart)는 이 시에 묘사된 기독교의 도덕적 사건을 다음과 같이 설파한다.

> 아담과 이브의 반역에 의해 생긴 도덕적인 무질서가 그리스도의 희생에 의해 극복되었듯이, 화자의 반역에 의해 생긴 도덕적인 무질서는 성찬의 예식에 의해 마침내 극복될 것이다. (Keast 249)

그런데 이 시에는 인간이 하나님의 명령을 거역하는 행위와 하나님께서 인간을 구속(redemption)하는 과정이 똑같은 어휘로 표현되어 — 예를 들면 'fruit', 'thorn', 'corn', etc. — 이 시의 중심 사상, 즉 반역은 하나님의 공의와 자비로 인해서 필연적으로 구속을 수반한다는 개념을 요약하고 있다는 점이 특이하다. 토머스 미들턴(Thomas Middleton)의 말에 의하면 "선과 악의 나무는 우리 모두를 추방하는 사과를 맺었고, 수치의 나무는 우리 모두를 영원히 구원하는 열매를 맺혔다."(Keast 251) 또한 로스먼드 투브(Rosemond Tuve)도 허버트가 이 시에서 미들턴 같은 이미지를 많이 사용하고 있음을 지적하고 있다(81 – 87). 따라서 "cordiall fruit"는 이 시에서 어원적으로 '강장제 열매'라기보다 '피가 흐르는 열매', '소생시키는 열매' 혹은 '생명을 주는 열매'라는 의미를 구성하게 된다. 이런 의미에서 "cordiall fruit"는 아담이 에덴동산에서 하나님을 거역한 원죄이든 혹은 이 시에서 화자의 경우에서처럼 이 세상 모든 인간에게 일어나는 거역이든 간에 인간의 죄와 허물을 구속하는 깊은 뜻을 내포하고 있다고 보아야 할 것이다.

이런 의미에서 이 시를 그의 다른 시들과의 맥락에서 고찰해 보면, 이 시는 인간의 타락(Fall), 속죄(Atonement), 구속(Redemption)의 뜻이 함축되어 있는 "기독교 도덕극"(Christian moral drama)이라고 제프리 하트는 말한다(Keast 249). 그렇다면 이 시의 제목이 지니는 뜻도 달라진다. 허친슨은 목 고리에 함축된 또 다른 의미에 대하여 이렇게 말한다.

> 목 고리는 훈련을 나타내기 위하여 흔하게 사용되었으며, "곤란을 모면하다"(to slip the collar)라는 말은 종종 비유적으로 사용되었다. 설교자들은 'collar'라는 단어를 양심에 의해 부과된 속박이라는 의미로 사용하곤 했다. (531)

화자는 자신을 일종의 죄수로 생각하고, 죄수처럼 그 속박으로부터 벗어나기를 소원한다. 성직 혹은 신앙적 극기를 상징하는 목 고리는 죄수의 목에 걸친 형벌의 칼로 간주되고 있다.

이 시에는 이상과 같은 기독교 도덕극을 묘사하기 위해 collar, thorn, fruit, wine, corn, cordial fruit 같은 주요 단어들이 다의적으로 사용되고 있다. 그리하여 혼돈과 무질서로 이어지던 시는 마지막 4행에서 규칙적인 약강율격(Iambic metre)과 abab 각운으로 평온을 찾게 된다. 물론 화자가 하나님의 음성을 듣고 난 뒤에 그의 반역하는 마음이 사라진 것이다.

Ⅲ

허버트는 「부활절 날개」와 「제단」에서 시를 시각적 상형으로 구성하여 내용과 구조에 적합한 이미지를 형성하는 모양으로 썼다.
그리고 「아론」, 「교회 마루」, 「낙원」 등의 작품에서는 자연적 혹은
종교적 상형의 내용으로서 가치가 있다. 다시 말하면 그 시가 설명
하는 대상으로서 혹은 그 시의 의미를 구체화하는 이미지로서 가
치가 있다. 그러기에 이들은 시인의 생활의 구조적 관계를 반영하
는 형태적 상형시인 것이다. 「목 고리」는 정신적 갈등을 자유로운
광상시 형태로 묘사했다.

사실 모형시는 위험한 형태로서 이런 형태의 시로 성공을 거둔
시인은 허버트 이전은 물론이고, 그 이후에도 드물다고 조셉 서머
스는 말한다(145). 그럼에도 불구하고 허버트는 상형시를 쓰는 데
성공을 거두었다. 그 이유는 그가 시의 어느 한 부분의 이미지를
나타내기 위해 상형을 사용한 것이 아니라, 한 편의 시 전체가 하
나의 상형을 중심으로 조직되어 그 시 자체가 하나의 상형이 되도
록 구성했기 때문이다. 그러면서도 그는 상형을 통해서 정신과 물
질의 융합, 합리적인 것과 감각적인 것의 융합을 나타내고 있기 때
문이다. 그러므로 허버트의 상형시는 단순히 합리적인 시작 혹은
경건한 신앙적 교훈의 차원을 넘어선 힘과 아름다움을 지니고 있
다고 생각된다. 또한 그의 시는 이성과 신앙적 교훈이 중심을 이루
고 있다. 왜냐하면 그에게 상형은 순전히 신비로서 혹은 고립된 아
름다움으로서 존재하는 것이 아니라, 독자가 해독할 수 있으며, 생
물 혹은 사물과 관련이 있는 아름다움과 신비로서 존재하기 때문
이다. 설령 그의 상형시가 복잡하고 미묘하더라도 그 시가 전달하
고자 하는 메시지는 정확하고 명료하다. 그리하여 그는 상형시를
통해서 세속적 야망과 신앙 사이에서 빚어진 갈등과 그리스도를

따르는 신앙에서 찾는 마음의 평안을 성공적으로 묘사하였다고 본
다. 그러기에 존 던을 추종하는 시가 냉대를 받던 17세기에서도 그
의 시집 『성전』은 계속 독자들의 사랑을 받았다고 본다. 그러나 독
자가 그의 시를 올바르게 감상하기 위해서 독자는 수양된 판단력,
고전의 취미, 심지어는 시적 감수성만으로는 불충분하고, 독자는
그와 마찬가지로 열성적이고 전통적인 기독교인, 경건하며 헌신적
인 기독교인이 되어 시인의 마음과 인품에 공감해야 한다.

  엘리엇(T. S. Eliot)이 "형이상 시인들"(The Metaphysical Poets)에
서 "17세기 시인들은 어떠한 경험도 집어삼킬 수 있는 감수성의
메커니즘을 소유하였다."(287)고 말했듯이 허버트도 훌륭한 시적
감수성으로 한편으로는 존 던의 기법을 따르면서 다른 한편으로는
여러 가지 시형을 시도하여, 특히 모형시를 통해서 그 나름대로의
확고한 형이상학파 시인의 자리를 차지하고 있다고 생각된다.

영국 낭민주의 선구자들의 "애국 애향 운동"

Ⅰ. 서 론

영문학사에서 매우 중요한 위치를 차지하고 있는 낭만주의는 "그 용어 자체가 역사적으로 불건전하기 때문에 역사적 정확성을 가지고 정의한다는 것은 불가능하다"(Butler 37). 바꾸어 말하면 영국의 낭만주의는 그만큼 그 시대의 다채로운 사실들을 포괄하고 있으며, 그 업적의 범위와 다양성에서 거의 모든 시대를 능가하고 있다는 증거라고 하겠다. 그러나 영국 낭만주의 선구자들은 탁월한 업적에도 불구하고 과도기의 시인들이라는 이유로 영문학사에서 서자처럼 소외되어 왔다.

지금 '영국 낭만주의'라는 말은 19세기 초의 작가들에게 적용되고 있는데, 당시의 비평가와 평론가들은 그들을 독립된 개인으로서 다루든지 아니면 문학적 교훈이나 이념에 의해 몇 개의 그룹으로 나누어 호반에 살던 워즈워드, 코울리지와 로버트 사우디에게는 호반파(the Lake School), 런던 토박이 리 헌트, 윌리엄 해즐리트와 존 키이츠에게는 런던파(the Cockney School), 도덕과 신앙을 부인하는 바이런과 셸리 및 그 추종자들에게는 악마파(the Satanic School), 스코틀랜드 출신 로버트 번즈와 월터 스코트 같은 작가에게는 스코틀랜드 사람(Scotsmen)이라는 별명을 붙였다(Abrams 5).

그러나 데이비드 데이쉬즈(David Daiches)는 영문학사에서 18세기 중반은 시의 스타일과 주제 면에서 과도기였으며, 이 시기의 시인들은 옛것(the old)과 기이한 것(the odd)과 특이한 것(the unique)에 대한 아주 강한 감정과 정열적인 관심을 보여주며 시의 해방(liberation of poetry)을 지향하였기 때문에 그들을 '낭만주의 선구자들'(pre-romantics)이라고 진단하는 것은 과오라고 주장한다(856). 어쨌든 18세기 중반부터 시의 본질과 기능에 대한 관점의 변화는 점진적으로 계속 진행된다. 즉 시는 본질적으로 독자들에게 즐거움과 교훈을 준다는 이중의 목적을 가지고 인간성을 모방하는 것이라는 관점에서, 시의 주된 기능은 시인의 정서의 표출이요, 시와 시인의 관계 그리고 시와 독자와의 관계가 더 중요하다는 관점으로 바뀌었고, 이러한 운동은 다양한 방법으로 19세기 초까지 계속된다. 그러므로 버틀러는 "영국 낭만주의는 그 시대의 문화적 혁명에 대해 우리가 어떤 용어를 선호하든 간에 새로운 독자층이 나타났다고 느껴지는 약 1740년부터, 출판의 조건이 한층 더 변화를 겪은 1820년대 중반 어느 지점까지로 시기를 정해야 한다"(39)고 주장한다.

흔히 '영국 낭만주의'라고 하면 워즈워드와 코울리지 같은 호반 시인과 그들의 동료들을 떠올리고, '낭만주의 운동'이라고 하면 상상력의 진실과 마음의 의도의 신성함, 있는 그대로의 자연에 대한 사랑, 자아의 정신적 발견 등을 떠올리게 된다. 그들은 속된 세상을 등지고, 영원하고 이상적이며 순수한 진리와 아름다움을 추구하여 외롭게 방황한 영웅적 개인들이다. 이런 관점에서 영국의 낭만주의를 평가하면 그것은 본질적으로 인생경험과 고립된 개인의 활동에서 발생한 것으로 간주하고, 낭만주의를 일련의 정신적 여행의 관점에서 주로 전기적으로 연구하기 십상이다.

그러나 "낭만적 탐구의 목표는 완전(perfection)의 문화를 배격하고 과정(process)의 문화를 지향해야 하고, 욕망을 위하여 설계를 버리는 데 있다"(Porter and Teich 1). 이렇듯 낭만주의자들은 유한한 것보다는 무한한 것을 가치 있게 여겼고, 질서를 거절하고 무질서를 좋아하였으며, 일반적인 것을 폄하하고 독특한 것을 선호하였으며, 물질적인 것보다는 정신적인 것을, 기계적인 것보다는 유기적인 것을 더 좋아하였으며, 예술을 취미나 모방 또는 훌륭한 솜씨의 산물로 보지 않고 특출한 재능의 자발적 분출로 보았다. 이런 의미에서 필자는 본 연구에서 소외되어 온 영국 낭만주의 선구자들을 그들이 펼쳐온 '애향 운동'(country movement)을 중심으로 영국의 낭만주의를 국가적인 맥락에서 고찰하려고 한다.

Ⅱ. 영국 낭만주의 선구자들의 애국 애향 운동

흔히 문학 사가들은 영국 낭만주의 운동의 원천을 루소(J. J.

Rousseau, 1712 – 78)의 "Return to Nature"로 보고 있다.[1] 즉 루소의 말은 정치, 사회, 철학, 예술 등 각 분야에 크나큰 영향을 준 자유민주주의이며, 영국 낭만주의 시인들의 개혁운동도 루소의 사상과 맥을 같이한다는 것이다. 이와 비슷하기는 하지만 영국 낭만주의의 동기를 사회질서에 대한 반발로 보는 사람들도 있다. 엘리엇(T. S. Eliot)은 워즈워드와 코울리지가 "실추된 전통을 무너뜨리고 있을 뿐만 아니라, 전체 사회질서에 대해 반발하고 있다."고 피력하였고(25), 타브리지(Sabri – Tabrizi)는 블레이크의 작품은 "당시 사회적 조건과 계급구조를 반영하고 있다. 블레이크가 스웨덴보르그(Swedenborg), 로크(Locke), 및 뉴턴(Newton) 같은 사람에 대해 반감을 보인 것은 그들 개인에 대한 것이 아니라, 그들이 지지하고 대표하는 사회질서에 대한 것이다."(1)라고 주장하였다. 그런가 하면 캐슬린 레인(Kathleen Raine)은 이탈리아의 르네상스가 플라톤의 저작에서 그 영감을 이끌어 냈듯이 영국의 낭만주의 운동도 그 영감을 플라톤의 저작에서, 즉 플라톤의 철학에서 이끌어 냈다고 주장한다(75).

그러나 버틀러는 영국 낭만주의 운동의 근원을 프랑스 혁명이나 외부에서 찾는 것을 거부하고, 영국이라는 국가적 맥락에서 찾아보려고 한다. 일반적으로 사람들은 낭만주의를 프랑스 혁명의 예술적 표현으로 생각하는 것이 보통이지만, 자유와 평등 및 독립국가라는 상징적 언어가 지난 50여 년 동안 영국에서 발전되어 왔음을 감안한다면 그것은 그 어떤 의미로 보더라도 맞는다고 할 수 없다는 것이다(51). 왜냐하면 프랑스 혁명의 정치적 영향은 영국에서, 적어도 지주계급에서 반혁명(counter – revolution)을 도발하는 계기가 되었

고, 그 결과 시와 같은 문학적 추구에서는 자유와 독립국가라는 수
사법을 폄하하고 침묵하는 계기가 되었기 때문이다. 그뿐만 아니라
서구 여러 문학에서, 특별히 영국과 독일의 문학에서 혁신에 대한
충동은 프랑스 혁명 이전에 일어났기 때문에, 문학적 및 정치적 혁
명은 문화적 변화의 동인(agent)이 아니며, 혁명 후의 낭만주의는
일련의 혁신 안에서 일어난 제2의 국면(secondary phase)으로 인식
되어야 한다는 것이 버틀러의 주장이다(40). 바꾸어 말하면 영국에
서 처음에 시작된 초기단계의 낭만주의 운동은 시골주민을 바탕으
로 일어난 것이며, 이것이 혁명 후에 소위 본격적인 낭만주의 단계
로 성숙되는 내성(introspection)의 분위기를 조성하는 요인이 되었
다는 것이다.

드라이든(John Dryden, 1631 – 1700), 포우프(Alexander Pope, 1688 –
1744), 스위프트(Jonathan Swift, 1667 – 1745), 게이(John Gay, 1685 –
1732) 등 고전주의 시인들은 그들의 시에서 궁중, 런던 또는 귀족적
담론을 주제로 다루었으나, 톰슨(James Thomson, 1700 – 48)을 필두
로 그레이(Thomas Gray, 1716 – 71), 제임스 맥퍼슨(James Macpherson,
1736 – 96), 올리버 골드스미스(Oliver Goldsmith, 1728 – 74), 로버
트 번즈(Robert Burns, 1759 – 96)에 이르기까지 18세기 낭만주의
선구자들, 그리고 그 후에 블레이크와 워즈워드는 그들의 시에서
'country'는 애국심과 애향심을 드높이는 상징적 언어로 사용되었다.
이 당시에 'country'와 함께 즐겨 사용된 다른 용어는 '애국자'(patriot)
였으며, 주로 왕권과 웨스트민스터에 집중된 관료주의에 반대하는
뜻으로 사용되었다.

영어 'country'에는 서로 양립할 수 없는 두 가지 다른 개념이 있

다. 하나는 읍(town)이나 도시(city)가 아닌 시골(countryside)이라는 개념이다. 이것은 국가적인 측면에서 본다면 한 부분에 해당하며, 아직 개발되지 않은 측면에서 본다면 부정적 개념이다. 'country'의 또 다른 개념은 국가(nation)이다. 이것은 시골과는 달리 부분보다는 전체라는 개념을 함축하고 있다. 그런데 문학을 통해서 'country'는 정서, 이상주의 및 충성심을 고무시키는 이미지가 된다. 톰슨, 그레이 및 골드스미스 같은 시인들은 독자들에게 영국의 시골을 아름답고 친근하게 해 주었으며, 중요하게는 선사시대로 거슬러 올라가서 영국에 아주 새로운 역사적 과거를 부여하였다(Butler 42).

이때까지 시인들은 마치 대도시, 궁중, 지식층이 역사적 기록의 모든 열쇠를 쥐고 있는 것처럼 글을 쓰는 경향이 있었다. 그러나 18세기 중엽 시인들은 좀 더 보편화된 그리고 소외된 사람들의 역사에 관심을 가지게 되었다. 바꾸어 말하면 영국의 낭만주의 운동은 루소나 프랑스 혁명의 영향을 받기 이전에 18세기 중엽 시인들이 살던 시골에서부터 시작되었다고 보는 것이 타당하다. 즉 하나님께서 주신 아름다운 자연과 소박한 마을에 대한 시인들의 관심은 그들의 시에서 애국심과 애향심으로 나타났다.

실제로 영국 낭만주의 시의 효시로 일컬어지는 톰슨의 대표작인 『4계절』(The Seasons)은 1750년 이전에 「겨울」("Winter", 1726), 「여름」("Summer", 1727), 「봄」("Spring", 1728), 「가을」("Autumn", 1730)의 순으로 쓰였으며, 끝에 자연에 대한 「찬미가」("Hymn")를 보태었다. 톰슨은 자연을 묘사한 최초의 시인이었다. 즉 자연을 위해서, 그리고 들판, 새, 구름 및 일 년 열두 달의 진행에 대한 사랑에서 자연에 대해 시를 쓴 최초의 시인이었다(Hopkins 219). 4계절에 관

한 그의 4개의 장시는 일 년 중 각기 다른 시기에 시골풍경을 묘
사하고 그의 묘사에 간간이 인간에 대한 명상들을 끼워 넣었다. 이
시는 밀턴의 장중미와 무운시(blank verse) 형식, 알렉산더 포우프의
전원시, 에드먼드 스펜서의 목가 등을 융합하여 자연의 아름다움을
낭만적으로 찬미한 목가적인 전원시이다. 새로운 생기가 태동하는
이 시는 동시대의 시인뿐만 아니라 다음 세기의 워즈워드와 셸리
에게도 큰 영향을 미쳤으며, 이 시의 치밀한 자연관찰의 미적 정서
에는 시인의 주관적 감정인 그의 신앙, 애국심, 다소의 풍자가 섞여
서 18세기의 압도적인 영웅 이행연구(heroic couplet) 시형의 전통을
깨뜨리고 자유롭게 시상을 옮길 수 있는 무운시형이 사용되었다.

톰슨은 그의 시의 주제가 '자연'으로서 18세기 고전주의와 차별
화된 것임을 「겨울」의 서문에서 다음과 같이 웅변적으로 말한다.

나는 자연의 작품보다 더 인간의 마음을 고양시키고, 더 흥미롭고,
시적 열정과 철학적 명상과 도덕적 감정을 더 일깨워주는 주제를 알
지 못한다. 어디에서 우리는 그처럼 다양함, 그처럼 아름다움, 그처럼
장려함을 만날 수 있겠나? ···· 무엇이 고요하고 광대한 자연의 작
품보다 더 고무적인가?···· 봄은 얼마나 상쾌하게 보이는가? 여름은
얼마나 영광스러운가? 가을은 얼마나 기분 좋은가? 겨울은 얼마나
고상한가? ─그러나 시로 표현하지 않고는 이런 것들을 생각할 수도
없다. 시는 그야말로 그들의 탁월함에 대한 평이하고도 부정할 수 없
는 논증이다···· 야생의 낭만적인 시골이 그들에게는 즐거운 곳이었
다. 그들은 인적이 드문 들판에서, 작고 번잡한 세계로부터 멀리 떨
어져서 무아경에 빠져, 한가로이 자연의 작품들을 명상하고 노래할
때 가장 행복했던 것 같다. (Daiches 652)

톰슨은 스코틀랜드 변경의 시골에서 태어나서 에든버러 대학에

서 공부를 마친 뒤에 런던에 와서 문학계에 진출했다. 그가 성장한 시골의 환경이 그의 상상력에 상당한 영향을 미쳤을 가능성이 높다. 톰슨은 18세기의 시에 그 당시 문학인들이 가장 좋아했던 것과는 약간 다른 어떤 것을 가져왔다고 하더라도, 그는 그것을 18세기 초기의 영국인의 풍토에서 흡수한 것이었다. 즉 우주는 최초의 설계자인 하나님이 작성한 우주의 법칙들에 의해 질서 정연하게 움직인다는 것이며, 이것은 이미 뉴턴이 발견한 법칙이었다. 또한 그가 묘사하는 자연현상은 이 질서 정연한 체계의 일로 간주된 것이다. 1725년에 런던 문학계에 출현한 신인으로서 이듬해인 1726년에 톰슨은 「겨울」에서 흰 눈 덮인 영국 산야의 아름다움을 이렇게 묘사한다.

조용해진 대기를 통해 하얀 소나기가 내리네.
처음에는 흩날리다가, 마침내 눈송이가
아주 넓고 빠르게 떨어져서, 날을 흐리게 하네.
계속되는 흐름으로 소중히 가꾼 들판은
가장 깨끗한 하얀색 겨울옷을 입었다네.
온통 밝음뿐이네. 굽이쳐 흐르는 시냇물 따라
새로 내린 눈이 녹는 곳을 제외하고는.

Through the hushed air the whitening shower descends,
At first thin – wavering; till at last the flakes
Fall broad and wide and fast, dimming the day
With a continual flow. The cherished fields
Put on their winter robe of purest white.
Tis brightness all; save where the new snow melts
Along the mazy current. (229 – 35)

자연적 현상으로 관찰된 사계절의 전체적인 요점은 누구나 사계절을 경험한다는 것이다. 『4계절』에 드러난 사상들은 새로운 것이 아니었다. 그러나 적어도 이 시에 반영된 감수성은 어느 정도는 새로운 것이었다. 이 시대에는 데넘(Sir John Denham, 1615－69)의 「쿠퍼의 언덕」("Cooper's Hill")이 대표하는 그런 종류의 특정지역을 묘사한 시를 좋아했다. 그러나 데넘과 그의 추종자들은 역사적인 회고 혹은 우연한 명상에 의한 장식적인 묘사를 하는 데 그쳤었다(Daiches 654). 반면에 톰슨의 명상은 한층 더 심오했고, 자연에 대한 심사숙고에 있어서 이도저으로 골똘히 생각에 잠기게 한 것은 완전히 다른 종류의 감수성을 보여준 것이다. 뿐만 아니라 톰슨의『4계절』은 표면적으로는 전원시이기는 하지만 그때까지의 영국 전원시의 확고한 전통과는 예리하게 구별되고 있다. 톰슨은 그 배경으로 인간사를 포함시키면서 자연 그 자체를 묘사했고, 이렇게 함으로써 도덕극이나 인간상황의 본보기를 위한 배경으로 자연을 묘사하던 그 당시 전통과 결별하게 된다. 예를 들어 포우프의 「겨울」("Winter")과 톰슨의 「겨울」을 비교해 보면 쉽게 이 시의 새로운 표현방식을 감지할 수 있다. 톰슨은 자연을 묘사하는 데 있어서 당시의 전통과는 달리 무운시로 낭만적으로 취급하고, 자연풍경을 객관적으로 세밀하게 묘사함으로써 일찍이 새로운 감수성을 보여주었다.

광활한 풍경과 폭넓은 효과들에 대한 그의 묘사는 유쾌한 것이든 불쾌한 것이든 간에 독자 앞에 자연의 장엄함을 유감없이 펼쳐보인다. 「봄」에 드러난 경쾌함, 「여름」의 찬란함, 「가을」의 고요함, 그리고 「겨울」의 두려움은 차례로 독자의 마음을 사로잡는다. 그리고 톰슨은 "이것들은, 그들이 변화할 때, 전능하신 하나님이시여,

이들은 다만 다양한 하나님이지요! 굴러가는 세월은 당신으로 충만합니다."로 시작되는 말미에 붙인 「찬미가」에서 자연의 아름다운 현상들은 하나님의 자비로운 고안의 결과라고 밝히고 있다.

그러므로 톰슨이 시골의 풍경과 소리에 대한 그의 느낌과 이것들을 애정을 가지고 세밀하게 묘사할 때 그가 즉시 이 시대의 정신이라고 연상되는 것과는 조금 다른 감수성을 보여주기는 하지만, 그가 자연묘사를 통해서 인간에 관한 여러 가지 일반화를 시도할 때, 그리고 그의 이신론적 질서관(deistic view of order)을 피력할 때 그는 그의 시대를 대변했고 그의 동시대인들의 마음에 들게 되었다. 이렇듯 이 시가 18세기 시인들에게 미친 영향은 대단하였다. 존슨 박사와 포우프를 비롯하여 동시대 시인들은 이 시를 높이 평가하였다. 톰슨의 『4계절』에 매혹된 존슨 박사는 "시인은 계절에 따라 연속적으로 변화하는 사물의 외양을 보도록 우리를 안내하고, 우리에게 그 자신의 열정을 아주 많이 전달해서 우리의 생각은 그의 이미지들로 팽창하고, 그의 감정들로 불이 당겨진다(Daiches 655)." 라고 칭찬을 아끼지 않았다. 포우프, 스위프트 및 게이의 가장 인기 있는 시에는 런던사람, 궁중인, 작가, 시의원, 포주 등이 거명되지만, 하류의 독자들은 대체로 배제되었다. 그러나 1720년대에 톰슨의 태도는 반귀족적이라기보다는 중산층과 보통 사람들에게 동정적이었다. 그리하여 그의 시 『4계절』은 프랑스 혁명 시기에 워즈워드와 버컨 백작 같은 자유주의자들에 의해 활성화되었고, 1830년대와 1840년대에도 인기 있는 작품으로 여겨졌다(Butler 42).

톰슨의 또 다른 중요한 작품은 『태만의 성』(*The Castle of Indolence*, 1746)이다. 이 시는 그의 마지막 작품으로 중산층 지방 독자들에게 웅변적으로 말한다. 이 시는 에드먼드 스펜서의 『선녀 여왕』(*The Faerie Queen*)의 모방작으로, 스펜서 시체(Spenserian stanza)로 쓰였다. 『태만의 성』 제1부에서 마술사 '나태'는 기진맥진한 순례자들을 '졸리는 머리'의 연꽃나라에 있는 자기의 성으로 유인하고 화력과 자유의지를 희생시켜 나태와 병폐의 상태에 빠지게 한다.

졸리는 머리의 흥겨운 나라에서 반쯤 감은
눈앞에 나부끼는 것은 꿈에 관한 것이었다.
그리고 여름 하늘에 계속 쏟아져 나와
지나가는 구름 속의 유쾌한 성채에 관한 것이었다.
그곳엔 또 부드러운 기쁨들이, 매혹적으로
가슴을 통해서 방자한 달콤함을 주입시킨다.
그리고 고요한 쾌락들이, 항상 가까이 감돌았다.
그러나 근심이나 불안의 기미가 있는 것은 무엇이나
이 감미로운 둥지에서 멀리멀리 추방되었다.

A pleasing land of drowsy — head it was
Of dreams that wave before the half — shut eye;
And of gay castles in the clouds that pass,
For ever flushing round a summer sky.
There eke the soft delights, that witchingly
Instil a wanton sweetness through the breast,
And the calm pleasures, always hovered nigh;
But whate'er smackt of noyance or unrest
Was far, far off expelled from this delicious nest. (1 — 9)

톰슨이 에드먼드 스펜서의 『선녀 여왕』을 모방한 것은 스펜서가 이 당시에 열렬한 개신교 애국자로 해석되었기 때문이다. 그리하여 그는 이 시에서 우의적으로 로버트 월폴(Robert Walpole, 1676 —

1745)의 억압적이며, 방탕하고, 귀족적인 영국을 재현하고 있는 것
이다(Butler 43). 제2부에서는 예술과 산업의 기사가 '나태'를 정복
하고 그의 성을 파괴한다. 이것은 신흥 공업지역인 영국 북서지방
에 위치한 분주하고 근대적인 상업 지역이 월폴의 영국을 대체하
고 있음을 가정한 것이다. 그뿐 아니라 톰슨은 그의 후기 작품에서
국가의 과거를 모든 국민의 역사와 동등시하는 경향을 보여주어,
스코틀랜드와 웨일즈 원주민들의 문화에까지 거슬러 올라간다. 즉
톰슨은『태만의 성』, 무운 장시『자유』(Liberty, 1735), 애국자 가면
극『앨프릿』(Alfred, 1740) 등의 시에서 "드루이드"(Druid)[2]라는 상
징적 인물을 '원형적 시인'(archetypal poet) 및 속칭 집합적 지혜의
기록보관자로 소개하는 데까지 이른다. 톰슨에게 있어서 자연은 공
허한 곳이 아니었다. 그의 '시골'은 주민이 안락하게 살고, 생산적
인 곳이었다. 이렇듯 시골에 대한 그의 놀라운 시상은 워즈워드에
게 큰 영향을 미쳤으며,「틴턴 사원」("Tintern Abbey")은 18세기 시
인 에이큰사이드(Akenside)와 톰슨의 전통을 이어받은 '18세기 명상
시의 예쁜 꽃'(Daiches 857)이라고 일컬어져 왔다.

18세기 중반에 톰슨 다음으로 역량 있는 시인은 토머스 그레이
였다. 영국 낭만주의 운동에 있어서 그레이의 영향력을 절대로 과
소 평가할 수 없음을 데이쉬즈는 다음과 같이 강조한다.

그레이는 여러 의미에서 워즈워드보다 훨씬 더 '낭만적'이다. (블레이
크는 더 말할 것도 없고) 그레이 같은 시인들을 '낭만주의 선구
자'(pre-romantic)라고 명명하는 것은 아무 유익이 없다. 왜냐하면
그것은 일직선으로 발전해 온 단일한 운동이 있었고, 그 후에 등장한

시인들은 그들보다 앞선 시인들보다 그 운동에서 좀 더 철저하였다는 것을 암시하기 때문이다. (857)

그레이의 유명한 두 개의 시는 18세기에 애고자 전통에 속하는 것으로 인식되었다. 하나는 「시골 묘지에서 쓴 애가」("Elegy Written in a Country Churchyard")로 1742년에 쓰였으나, 퇴고를 거듭하여 1751년에 출판되었다. 이 시는 그의 시 가운데서 가장 인기 있는 시이고, 또한 영시 중에서도 오랫동안 인기를 누렸다. 그는 이 작품에서 인생의 허무함을 낭만적 자연을 배경으로 하여 묘사하고 있으며, 누구나 읽기 쉬운 용어와 혼연 일치한 운율 및 격한 어조로 시골 묘지에 묻혀 있는 가난한 자들의 순박한 삶, 그러나 사람들의 뇌리에서 잊힌 삶을 부자들의 화려한 기념비와 파괴적인 경력과 비교하고 있다.

> 만종은 저물어 가는 날의 조종을 울리고
> 음매 하고 우는 소 떼는 천천히 풀밭을 돌아가네.
> 농부는 집을 향해 그의 고달픈 길을 뚜벅뚜벅 걸어가고
> 세상을 어둠과 나에게 남겨놓는구나.
> . . . .
> 어떤 마을의 햄프덴이 용감무쌍하게
> 그의 농장의 작은 폭군에게 저항했다네.
> 침묵하고 이름 없던 어떤 밀턴이 여기에 쉬고 있겠지.
> 자기 나라의 피에 대해 무죄한 어떤 크롬웰도.

> The curfew tolls the knell of parting day,
> The lowing herd wind slowly o'er the lea,
> The plowman homeward plods his weary way,
> And leaves the world to darkness and to me.

. . . .

Some village Hampden,[3] that with dauntless breast
The little tyrant of his fields withstood;
Some mute inglorious Milton here may rest,
Some Cromwell guiltless of his country's blood. (1 – 4, 57 – 60)

존슨 박사도 일반 독자와 함께 이 시를 칭찬했다고 한다(Daiches 678). 단순하고 진행이 느린 연 형식이 이 시에서는 대단히 교묘하게 다루어진다. 처음에 이 시는 황혼이 깔리면서 풍경에서 여러 모습과 소리가 점차적으로 사라지는 것을 효과적으로 펼쳐 가고, 생각이 여러 차례 바뀌는 동안 비극적이고 명상적인 어조가 내내 유지된다. 이 시는 묘지에서의 명상의 전통을 따르고 있다. 그러나 배경의 취급방법과 명상의 전개 방법에서 고도의 기술을 과시하고 있다. 이 시는 풍경의 묘사에서 가난한 이들의 짧고 소박한 연대기에 대한 생각으로, 이 생각에서 유래되는 도덕적인 사상들을 암시하기 위해서 유연하게 움직여 나간다.

이 시의 구조에서 특이한 점은 처음 18연까지엔 역설적 표현이 많은 반면에 제19연부터는 역설적 표현이 없다는 것이다. 역설적 표현의 예로는 "leaves the world to darkness and to me"(1), "short and simple annals"(32), "The path of glory lead but to the grave"(36), "the gem of purest ray"(53), "The dark unfathom'd caves"(54) 등이다. 베잇슨(F. W. Bateson)은 제15연에는 마을의 햄프덴들, 밀턴들과 크롬웰들 같은 계속 확장된 역설이 있으므로 제15연은 이 시의 중심부이며, 이 시에서 가장 훌륭한 구절이라고 생각한다(446). 로마의 카토(Cato), 털리(Tully), 씨자(Caesar)에 비견할 만한 마을의 햄

프덴, 밀턴, 크롬웰 같은 인물들―톰슨은 그들을 '마을의 초라한 선조들'(The rude Forefathers of the hamlet)(ㅣ. 16)이라고 부른다― 이 좁다란 시골묘지에 묻혀 있는 현실에서 그레이는 환경이 어떠하든지 간에 인간의 본성은 변하지 않는다는 것을 분명하게 보여주고 있다. '교만한 자들'(ye Proud)(37)이 그레이에게 있어서 공적인 또는 사적인 상징으로서 이중의 의미가 있다면, '마을의 초라한 선조들'도 이중의 상징적 의미가 있다고 보아야 할 것이다. 뿐만 아니라 이 시에서 시골마을은 단순히 반복되는 상징은 아닐 것이다. 톰슨은 생각 없는 세상을 시끄러운 소리와 동일시하고, 시골마을의 순수함을 고요함과 동일시하고 있음은 매우 흥미 있는 일이다. 그리하여 서두의 풍경은 엄숙하게 고요한 특징이 있고, 교만한 자들의 장례식에는 지축이 울리는 찬가와 고관에게 큰소리로 아첨하는 목소리가 들린다. 어쨌든 그레이의 「만가」는 지방분권을 위한 탄원서로서, 지나치게 도시화된 지배계급에게 영주들의 폭정에 시달리는 시골의 민초들에 대한 관심을 불러일으키는 그 시대를 위한 한 편의 소논문이었다고 본다(Bateson 446).

　그레이의 또 다른 애향적 정서를 담은 시는 「음유시인」("The Bard")과 「숙명의 자매들」("The Fatal Sisters")이다. 그레이는 1755년 [음유시인」에 착수했으나, 불분명한 이유로 중단하고 있었다. 그러다가 1757년 고대 웨일즈의 전통적 노래에 정통한 웨일즈의 맹인으로 하프 연주자였던 존 패리(John Parry)가 케임브리지를 방문한 것이 계기가 되어 그는 다시 「음유시인」을 계속 써서 마침내 그해에 완성하였다. 월폴(Walpole)의 권유로 그레이는 1768년 주석을 달았는데, 13세기 말 잉글랜드의 에드워드 일세가 웨일즈를 정복하고,

민족정신을 고취시키는 주모자격인 음유시인들을 한데 모아 사형
에 처했다는 웨일즈의 전설에 근거하고 있음을 밝히고 있다. 한편
비망록에서 그레이는 당당한 풍채를 지닌 한 음유시인이 높다란
스노든(Snowdon) 산의 절벽 꼭대기에서 초인적인 목소리로 에드워
드 일세를 향하여 그가 몰고 온 재난을 비난하고, 진정한 덕망과
용기를 찬양하고, 압제에 대항할 시인의 고결한 목소리는 이 고장
에서 결코 사라지지 않을 것이라고 예언한 후 바위에서 몸을 날려
강물 속으로 뛰어들고 만다는 내용의 시작계획을 보여주고 있다.
이 핀다풍의 송시(Pindaric Ode)는 장엄함과 전형적 주제 — 이를테
면 자유, 예언자로서의 시인, 자연의 장엄함과 거셈과 같은 것 —
를 한데 연결시키고 있다. 존슨 박사와 워즈워드는 그레이의 시어
가 너무 인위적이라고 혹평했으나(Daiches 677), 그레이의 목적은 오
히려 자연은 상상력으로 초월하는 데 있었다고 보아야 할 것이며,
바로 이 점 때문에 블레이크와 같은 낭만주의 시인의 주목을 받게
되었을 것이다. 또한 「음유시인」이 영국 낭만주의 시에서 중요한
시로 남아 있는 것은 이 시가 가장 기억하기 쉬운 형태로 그 후 영
국 시인들에게 일련의 연결을 맺어주기 때문이다. 즉 시민권 존중
에 대한 지방민의 권리와 권력에 대한 어떤 접근은 정당화되어야
한다는 것이다(Butler 43).

그레이의 「숙명의 자매들」은 유산으로 끝난 『영시의 역사』(History
of English Poetry)를 쓰기 위한 작업의 일환으로 고대 노르웨이와 웨
일즈의 시를 번역하던 1761년에 쓰인 시이다. 이 시는 고대 노르웨
이 시의 라틴어 역에 근거한 것으로 1014년 성금요일에 행해진 클
론타프(Clontarf) 전쟁에 대한 예언적 내용을 담고 있다. 그레이의

서언에 따르면 오크니(Orkney) 공작 시구르드(Sigurd)는 장인인 문
스터(Munster) 왕 브라이언(Brian)을 상대로 싸우는 젊은 더블린 왕
식트뤼그(Sictryg)를 돕기 위해 군대를 이끌고 아일랜드에 상륙한다.
전쟁에서 시구르드와 그의 부하는 브라이언에게 잡혀 갈기갈기 찢
겨지는 죽음을 당하였으나 식트뤼그는 간신히 브라이언에게 승리
한다. 그러나 브라이언이 죽었음에도 불구하고 실제로 식트뤼그는
전쟁에 패하여 후퇴하고 만다. 전쟁이 시작되던 날 오크니에서 가
장 가까운 스코틀랜드 본토의 어느 마을, 케이드네스(Caithness)의
한 주민은 한 떼의 사람들이 말을 타고 산을 향하여 전속력으로 달
리더니, 그 속으로 들어가는 것을 목격하였다. 그들을 뒤따라가 바
위틈에 숨어 엿보았을 때, 그는 베틀 안에 앉아 있는 열두 명의 거
인여자들을 발견한다. 그들은 베를 짜면서 이 노래를 부른다.

이제 폭풍은 잦아지기 시작한다
(서둘러라, 지옥의 베틀을 준비하라!)
화살 소나기의 쇠 진눈깨비가
어둠이 깔린 대기에 돌진한다.

번쩍이는 창들은 베틀이로다.
그곳에서 황혼의 날줄을 우리는 당기노라
수많은 병사들의 운명을 짜면서
오크니의 참화와 랜드버의 파멸을.

Now the storm begins to lower,
(Haste, the loom of hell prepare!)
Iron − sleet of arrowy shower
Hurtles in the darkened air.

Glittering lances are the loom,
Where the dusky warp we strain,
Weaving many a soldier's doom,
Orkney's woe and Randver's bane. (1 – 8)

베를 다 짠 후, 그들은 베를 열두 조각으로 찢어서 각자 한 조각씩 나누어 가진 후, 여섯 명은 북쪽으로, 여섯 명은 남쪽으로 달려갔다. 이 시에서 숙명의 자매들은 튜턴(Teuton)족 신화에 나오는 밸키리(Valkyrie)[4]를 의미한다. 존슨 박사는 「숙명의 자매들」을 "신기한 것들 중에 놀랍게 신기한 것"(the Wonderful Wonder of Wonders)(Daiches 676)이라고 말하면서 「음유 시인」보다 더 이해하기 어려운 작품이라고 평한다.

스코틀랜드 출신의 무명시인 제임스 맥퍼슨(James Macpherson, 1736 – 96)은 두 편의 게일어(Gaelic) 서사시 『핀걸』(*Fingal, An Ancient Epic*, 1761)과 『테모라』(*Temora, An Epic Poem*, 1763)와 『오씨안의 시』(*The Poems of Ossian*, 1765)를 펴냈다. 주인공 핀걸은 3세기 스코틀랜드 부족의 추장으로 『핀걸』에서는 스칸디나비아인들의 침략으로부터 아일랜드에 사는 그의 게일 친족을 보호한다. 그리고 그 후 『테모라』에서는 남부 아일랜드 부족의 배반에 대항하여 싸운다. 이 두 작품은 스코틀랜드 사람들의 영웅적 성격, 즉 그들의 열정적 애국심과 토지에 대한 그들의 권리주장의 적법성을 보여준다. 궁극적으로 이들 작품에서 독자의 관심을 끄는 것은 핀걸과 그의 아들 음유시인 오씨안(Ossian)의 개인적 성격이 아니라 스코틀랜드 사람들의 애향심이다. 그들은 정치적 운명에 의해 침잠되었으나 결코 강력한 이웃나라에 동화되지 않았다는 점이다.

맥퍼슨은 『오씨안의 시』에서 스코틀랜드 고지의 풍경에 기반을 두었지만 좀 더 모호하고 숭고한 풍경을 배경으로 해서 자연인의 숭고성에 대한 당시의 사상을 반영하는 영웅적인 행동을 그렸다. 데이쉬즈는 『오씨안의 시』에 묘사된 "인물들은 그들의 언어의 앙양된 수사와 그들의 행위의 비극적인 숭고성에서, 자연에 대한 민감성과 태양, 달, 그리고 바람에 대한 그들의 돈호법에서, 원시주의자들의 여러 가지 이론을 옹호했고, 위대한 게일어 서사시의 존재에 입각한 국민문학을 소유하고 있다고 주장한 스코틀랜드인의 국민적 자존심을 떠받들어 주었다."(679)고 주장한다.

1800년대 중반에 대지주와 비교적 큰 규모의 농부들을 위해 마을의 토지에 울타리를 만든 것은 시골에 어떤 변화와 불안을 야기하였다. 재산을 박탈당하고 고향을 떠나야만 했던 가난한 사람들은 영국사회를 불안하게 하였다. 올리버 골드스미스(Oliver Goldsmith)의 「버려진 마을」("The Deserted Village", 1770)에 잘 묘사되어 있다.

그리운 오번이여! 평야의 가장 사랑스런 마을이로다.
그곳은 건강과 풍요가 수고하는 농부들을 격려했고,
그곳은 미소 짓는 봄이 제일 먼저 찾아왔던 곳,
그리고 떠나는 여름이 주춤거리는 꽃들로 지체된 곳.

Sweet Auburn![5] loveliest village of the plain,
Where health and plenty cheered the laboring swain,
Where smiling spring its earliest visit paid,
And parting summer's lingering blooms delayed. (1 – 4)

이렇게 시작된 이 시는 영국이 산업화와 도시화로 야기된 여러 가지 부작용과 병폐를 고발함과 동시에 정다웠던 고향에 대한 향수를 묘사하고 있다. 그곳에 살던 늙은 농부는 착한 아버지였고, 그의 딸은 아름다웠고, 그의 사위는 다정한 사람이었다. 그러나 산업화와 도시화로 인한 사회 환경의 변화는 사람들의 마음을 사막과 같이 변화시켰다. 그리하여 거만하고 부유한 남자에게 배반당한 가난한 여자의 모습은 그 당시의 폐허가 된 마을의 모습과 함께 사람들의 마음을 잘 반영하고 있다.

> 이제는 모든 것을 잃었다. 그녀의 친구들, 정조는 달아났고,
> 그녀의 배신자의 문간에 그녀는 자기의 머리를 눕히고,
> 추위로 꼬집히고, 소나기로 몸을 움츠리고,
> 침통한 마음으로 저 불운한 시간을 서글퍼한다.
> 그때 처음에는 헛되이, 도시에 대한 야심으로
> 그녀는 그녀의 물레와 갈색 시골의 옷을 떠났다.

> Now lost to all; her friends, her virtue fled,
> Near her betrayer's door she lays her head,
> And pinch'd with cold, and shrinking from the shower,
> With heavy heart deplores that luckless hour,
> When idly first, ambitious of the town,
> She left her wheel and robe of country brown. (331 – 36)

불쌍한 시골 농부들이 강제로 고향을 떠나 도시에서 고생하는 이야기는 감상적인 멜로드라마의 극치를 보여준다고 하겠다.

그리고 산업혁명은 도시사회에서의 삶의 가치에 대해 앤 여왕(Queen Anne, 1702 – 14)시대 작가들에게서 발견되는 견해와 전혀 다른 견해를 산출케 하였다. 그 좋은 예로 블레이크의 「런던」("London")

을 들 수 있다.

> 모든 사람의 모든 울부짖음에서,
> 모는 영아늘이 부서워 울부짖는데서,
> 모든 목소리에서, 모든 금지명령에서,
> 마음에서 만들어진 족쇄소리 나는 듣노라.

> In every cry of every man,
> In every infant's cry of fear,
> In every voice, in every ban,
> The mind – forged manacles I hear. (5 – 8)

블레이크의 『경험의 노래』(*Songs of Experience*, 1794)에는 개인생활에 가해진 참을 수 없는 여러 가지 제약과 온갖 부패와 사회의 구조적인 악이 잘 묘사되어 있다. 노동자 계급 출신인 블레이크는 그의 초기작품 『시적 소묘』(*Poetical Sketches*, 1783) ― 예를 들면 「봄에게」("To Spring")와 「노르웨이의 왕, 권」("Gwin, King of Norway") ― 에서 애국심을 표현하는 데 있어서 목가적 및 역사적 표상(historical emblems)을 사용하고 있다. 그리고 그는 『순수의 노래』(*Songs of Innocence*, 1789)에서는 전원을 배경으로 인종과 종교를 초월하여 어린아이의 소박함과 목가적 세계의 소박함을 이상화하고, 그것들을 성인사회의 부패한 면과 대조시키고 있다. 이런 면에서 데이쉬즈는 "낭만주의 운동"(Romantic Movement)의 꽃이 활짝 핀 시기의 시인들 ― 워즈워드, 코울리지, 셸리, 키이츠, 바이런 ― 이 블레이크보다 결코 진보된 것이 없다. 왜냐하면 블레이크는 이미 그 방향으로 갈 데까지 갔기 때문이(857)라고 주장한다.

"내 작품의 본질은 환상적 또는 상상적이다. 그것은 옛사람들이 황금시대라고 부른 것을 회복하려는 노력이다."(『최후 심판의 환상』 71-72)라고 말한 바 있는 블레이크는 1790년부터 혁명적 새 천 년을 투사한 상상적 세계사에 몰두하였다. 그리하여 그는 히브리 민족의 예언자처럼 일련의 예언시들 ―「아메리카」(1793), 「유럽」 (1794), 그리고 「로스의 노래」(1795) ― 를 썼다. 「로스의 노래」 제1 부는 '아프리카', 제2부는 '아시아'로 되어 있다. 「아메리카」는 블 레이크가 격찬한 맥퍼슨의 『핀걸』 같은 또 다른 위대한 상고주의 서사시(primitivist epic)이다. 「유럽」에서 그는 유럽의 강대국 프랑 스와 영국을 공격하면서 다음 세대의 자유분방한 시인들의 작품을 예기한다. 1800년 이후 애국자 역사주의(patriot historicism)의 친근 한 유형으로 되돌아가 1800년과 1803년 사이에 그의 마지막 두 서 사시 『밀턴』(*Milton*)과 『예루살렘』(*Jerusalem*)을 구상하였다.

1808년까지 블레이크는 영국의 신화적 주제로 도상작품을 포함 하여 많은 문예작품을 펴내면서 『서술목록』(*A Descriptive Catalogue*, 1809)에서 다음과 같은 의미심장한 말을 했다.

> 영국의 고대문화는 지금 예술가의 손안에 있으며, 그의 모든 환상적
> 명상은 그 자신의 나라와 그 옛날의 영광에 관한 것이다. 그런 시대
> (아더 왕의 시대)가 다시 돌아오겠지만, 그때는 영국이 학문과 영감
> 의 원천이었다···· 아담은 한 명의 드루이드였고, 노아도 아브라함
> 도 드루이드시대를 계승하도록 부름받았으며····[6]

이것은 분명히 최근 웨일즈의 급진적 문화 민족주의의 영향을 받 은 것이며, 그의 드루이드 교훈 중, 특히 이올로(Iolo)에 대한 묘사

에서 가장 유명하고 기억할 만한 것은 영혼의 환생(transmigration)이다(Butler 49). 이올로는 당시에 정치적 행동주의자 겸 혁명 동조자로서 죽은 영웅이 되돌아올지도 모른다고 하였다. 여기에서 블레이크는 인류의 위대한 정신이자 은인들인 이전 음유시인들과 그 자신의 음유시인적 일치를 은근히 암시하고 있으며, 『밀턴』에서 그것이 재현된다.

『밀턴』(1810)에서 블레이크는 그의 새로운 창안을 통해서 백 년 전에 죽은 존 밀턴(John Milton)이 하늘나라에서 수집한 예언적 진리를 전하도록 지상에 내려오게 한다. 그리고 밀턴은 블레이크의 영혼 속으로 들어가서 그와 통합된다. 그리하여 그는 『밀턴』의 서시에서 예루살렘이 영국 땅에 다시 세워질 천년왕국에 대해 다음과 같이 노래하고 있다.

> 나는 정신적 투쟁을 중단하지 않겠다.
> 나의 칼도 내 손에서 잠자지 않으리라
> 우리가 예루살렘 건축을 완성할 때까지
> 영국의 푸르고 아름다운 땅에.
>
> I will not cease from mental fight,
> Nor shall my sword sleep in my hand,
> Till we have built Jerusalem,
> In England's green and pleasant land.
>
> (『밀턴』 Pl. 1:33 – 36)

그리고 그는 『예루살렘』(1820) 제2장 '유대인들에게'(To the Jews)라는 메시지에서 문화적 우월성에 대한 웨일즈 민족주의자들의 주장을 반영하면서 옛날의 애국심을 환기시키고 있다.

들판은 이즐링턴부터 메리보운까지
프림로우즈 언덕과 성 요한 숲까지
황금의 기둥으로 건설되었다네.
그리고 그곳에 예루살렘의 기둥들이 세워졌다네.

The fields from Islington to Marybone,
To Primrose Hill and Saint John's Wood,
Were builded over with pillars of gold,
And there Jerusalem's pillars stood.
(『예루살렘』 Pl. 27:19 – 22)

『예루살렘』에서 영국 사람들은 남성 앨비언(Albion)으로, 유대인들은 여성 예루살렘으로 상징된다. 그들이 종국에 가서 화해하게 되는 것은 유대인들이 기독교로 개종하는 것을 뜻한다. 그는 이 시에서 원형적 영국인으로 상징되는 거인 앨비언을 기리고, 지명은 런던 교외부터 보통 사람들이 살고 있는 웨일즈 산악까지 거명된다. 그러나 전체로 볼 때 이 시는 여전히 영국의 제도적인 면, 즉 궁중, 법률, 및 국가종교 등을 거부한다.

블레이크보다 2년 뒤에 태어난 로버트 번즈(Robert Burns, 1759 – 96))는 일찍이 앨런 램지(Allan Ramsay, 1686 – 1758)에 의해 시작된 스코틀랜드의 시문학에 찬란한 종지부를 찍는다. 번즈는 그의 시에서 스코틀랜드의 민속 전통뿐만 아니라 시문학 전통에도 대단한 관심을 보였다. 그는 1786년에 킬마노크(Kilmarnock)에서 주로 스코틀랜드 방언으로 쓴 『시집』(Poems)을 출판하였는데 즉시 대성공을 거두었으며, 이 시집에는 몇 편의 일급 스코틀랜드어로 된 시들 ― 「두 마리의 개」("The Twa Dogs"), 「새앙 쥐에게」("To a Mouse"), 「이에게」("To a Louse") 등 ― 이 포함되어 있다. 「두 마리의 개」에서 그는 한 신사의 개와 그보다 신분이 낮은 한 전형적인 개 사이에서 일어나는 대화를 솜씨 있게 스코틀랜드의 전통에 맞게 그려낸 것이다. 「이에게」는 밝고, 생기 있고, 유머가 있으며 결말을 향해 기민하게 움직여 간다. 그 결말은 시골의 속담에서 보는 격언적인 힘찬 함축성을 가지고 표현되어 있다. 또 「핼로윈」("The Halloween")과 같이 시골의 풍속과 의식을 끈기 있게 묘사하고, 옛적의 시골말을 거의 과시적으로 사용하는 등 너무 자의식적으로 농촌 냄새를 풍기는 시도 들어 있다. 또 당대의 비평가들에게 이 시집의 수작으로 여겨졌던 「농부의 토요일 밤」("The Cotter's Saturday Night")이 들어 있다. 번즈는 스코틀랜드의 한 농부가족의 생활을 스펜서식의 연으로 장중하게 묘사하면서 마지막 제21연에서는 스코틀랜드에 대한 애국심을 보여주고 있다.

> 오 하나님! 당신은 애국적인 조류를 쏟아부어
> 왈리스의 대담한 마음을 통해 흐르게 했지요.
> 그는 과감하게 폭군적인 교만을 멋지게 저지시키든지,
> 아니면 멋지게 죽어 제2의 영광스런 부분이 되겠지요.
> (특이하게 당신은 애국자의 하나님이시며,
> 그의 친구요, 고무자요, 보호자요, 또한 상급이지요!)
> 오 결코, 결코, 스코틀랜드의 왕국을 버리지 마소서.
> 그러나 언제나 애국자와 애국자시인을
> 계속하여 일으켜 주소서, 그녀의 장식품과 수호자를!

> O Thou! who poured the patriotic tide
> That streamed thro' Wallace's undaunted heart;
> Who dared to nobly stem tyrannic pride,
> Or nobly die, the second glorious part,
> (The patriot's God, peculiarly thou art,

His friend, inspirer, guardian, and reward!)
O never, never, Scotia's realm desert;
But still the patriot, and the patriot – bard,
In bright succession raise, her ornament and guard! (181 – 89)

이 시에 등장하는 왈리스(Sir William Wallace, 1272? – 1305)는 13세기 말에 스코틀랜드의 독립과 자유를 위해 잉글랜드에 항거한 애국자요 유격대 대장이었다. 뿐만 아니라 "왈리스와 함께 피를 흘린 스코틀랜드인들이여(Scots, wha hae wi' Wallace bled), 종종 브루스의 휘하에 있던 스코틀랜드인들이여(Scots, wham Bruce has aften led)"로 시작되는 시에서도 그는 13세기 말에서 14세기 초에 잉글랜드의 에드워드 2세가 스코틀랜드를 침공해 왔을 때, 군사적인 면에서 열세였던 스코틀랜드가 왈리스 장군과 브루스 장군의 지휘하에 승리를 쟁취한 역사적 사건을 시로 재현하여 애국심을 고취시키고 있다(강엽 255).

Ⅲ. 결 론

대부분의 영문학자들은 영문학사에서 중요한 위치를 차지하고 있는 영국 낭만주의를 역사적 정확성을 가지고 정의하기가 불가능하다고 본다. 그 이유로는 낭만주의를 한마디로 정의하려는 어떠한 시도도 그 시대의 다채로운 사실들을 다 포괄하는 데는 훨씬 미치지 못하며, 그 시대는 그 업적의 범위와 다양성에서 영문학의 거의 모든 시대를 능가하기 때문이다. 게다가 여러 영문학사가들이 영국 낭만주의의 활짝 핀 꽃에 초점을 맞추어 평가하다 보니 자연히 그 꽃이 피게 된 과정은 도외시하여 영국 낭만주의 선구자들은 소외되어 온 것도 사실이다.

그러나 지금까지 영국의 낭만주의는 주로 국외적인 상황 — 특히 루소의 "Return to Nature", 프랑스 혁명(1789)과 유럽의 "낭만주의 선언"(1797) 또는 플라톤의 철학사상 — 과 연계되어 평가되었기 때문에 그 동기와 시기에 오류가 있었고, 결과적으로 영국 낭만주의에 공헌한 낭만주의 선구자들이 소외당한 것이다. 하지만 영국의 낭만주의를 영국이라는 국가적인 맥락에서 다시 평가해 보면 그 원류는 유럽보다 약 반세기는 앞서는 것을 발견할 수 있다. 즉 영국의 자연에 대한 애착심, 시골에 대한 애향심 또는 자기 부족이나 민족에 대한 열렬한 애국심 등이 18세기 중반 제임스 톰슨을 필두로 토머스 그레이, 제임스 맥퍼슨, 올리버 골드스미스, 윌리엄 블레이크, 로버트 번즈에 이르기까지 약 반세기가량 여러 시인들의 작품을 통해 잘 묘사되어 있다. 그 결과로 워즈워드와 코울리지의『서정 민요집』(1798)이 출판되어 영국의 낭만주의에 꽃을 피우게 된 것이다.

그러므로 영국의 낭만주의는 결과만을 중요시할 것이 아니라 그 과정도 중요시하여야 한다고 본다. 즉 영국의 낭만주의를 그 국가적 맥락에서 평가하여 그 시기의 출발점은 지금의 1798년보다 반세기 앞서는 1740년 또는 1750년으로 조정되는 것이 바람직하다고 본다. 그리고 영국 낭만주의 운동의 동기는 영국인의 자국에 대한 사랑, 즉 자연 그대로의 시골, 부족 또는 민족에 대한 사랑에서 찾아야 한다. 뿐만 아니라 작가의 분류도 단순히 워즈워드, 코울리지,

바이런, 셸리, 및 키이츠라는 5대 작가와 그 이전의 '낭만주의 선구자들'이라는 껍질을 깨야 한다고 본다. 왜냐하면 데이쉬즈의 주장과 같이 토머스 그레이와 윌리엄 블레이크도 낭만주의 5대 시인 못지않게 영국 낭만주의에 공헌하였기 때문이다(857).

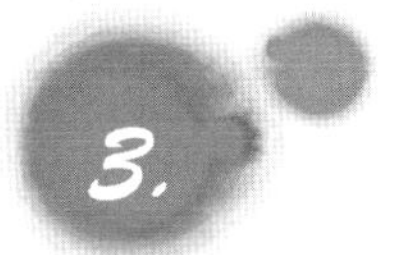

블레이크 시의 상징체계

블레이크는 합리주의가 팽배한 18세기 후반에 온건한 신비주의자로 인정을 받지 못하고 정신이상자로 간주되었다. 19세기 낭만주의의 거장 워즈워드(William Wordsworth)까지도 그를 미친 사람으로 보았으나 그래도 그에게는 정신이 멀쩡한 바이런(Byron)이나 월터 스코트(Walter Scott)보다 더 흥미를 끄는 것이 있다고 말했다(Bottrall ed. *William Blake: Songs of Inn. & Exp.,* 35). 그런가 하면 코울리지(Samuel T. Coleridge)는 "블레이크야말로 계시적 시인으로서 천재인 동시에 스웨덴보르그(Emanuel Swedenborg, 1688 – 1772) 같은 위대한 신비주의자"라고 그의 시인으로서의 영감을 높이 평가하였다(Bottrall ed. *William Blake: Songs of Inn. & Exp.,* 37).

블레이크의 신비주의는 스웨덴의 과학자이자 신학자였던 스웨덴보르그, 스위스의 의학자이자 연금술사였던 파라켈수스(Paracelsus, 1493? – 1541), 그리고 독일의 신비사상가 야코프 뵈메(Jakob Boehme, 1575 – 1624) 등의 영향을 받은 것이다. 이 세 사람 중에서 스웨덴보그가 단연 블레이크에게 지대한 영향을 미쳤다. 그는 이들로부터 많은 아이디어를 습득하였으나, 결코 단순한 모방자는 아니었으며, 그의 마음의 도가니에서 그가 습득한 아이디어를 용해시켜서 신선하게 제시하는 놀라운 독창력을 발휘하였다.

마크 쇼러(Mark Schorer)는 블레이크가 신앙적으로는 신비사상가들의 영향을 받았지만, 문학적으로는 밀턴(John Milton)의 영향을 많이 받았다고 주장한다(342). 예를 들면 블레이크의 『순수의 노래』(*Songs of Innocence*)와 『경험의 노래』(*Songs of Experience*)는 밀턴의 「명랑한 사람」("L'Allegro")과 「우울한 사람」("Il Penseroso")의 영향을 받았고, 『텔의 서』(*The Book of Thel*)는 『코머스』(*Comus*)를 개작한 것으로 볼 수 있으며, 밀턴의 『교리와 교회규율』(The Doctrine and Discipline)은 블레이크의 『앨비언의 딸들의 환상』(*Visions of the Daughters of Albion*)의 재료가 되었고, 『실낙원』(*Paradise Lost*)은 블레이크의 대예언시 『밀턴』(*Milton*)의 원인이 되었다고 본다. 그러나 블레이크는 그가 사숙하던 선배의 궤적을 답습하지만은 않았다. 그는 창조적 상상력을 발휘하여 자기 나름대로의 상징체계를 창안해 냈다. 그의 예술은 그의 많은 신비적 경험에 밑바탕을 두고 있지만, "신・구약성경은 예술의 위대한 법전이다."(The Old & New Testaments are the Great Code of Art)(Kazin ed. *The Portable Blake*, 499)라고 'The Laocoön Group'에서 자신이 밝힌 바와 같이, 그의 시에 나타나는 많은 상징은 무엇보다도 성경에서 취한 전통적 상징체계이다. 디그비(G. W. Digby)는 『블레이크의 상징과 이미지』(*Symbol and Image in Blake*)에서 이 점을 다음과 같이 말하고 있다.

블레이크는 그의 상징의 많은 부분을 성경에서 취하였다. 아니 그는
이름들과 이미지들을 그에게 상징으로 도움이 될 만한 성경문맥에서
빌려왔다고 하는 것이 좋을 것이다. 이런 방식으로 성경원문에 대한
폭넓은 용어의 참조가 경험에 대한 그의 독특한 기록을 설명하고 윤
색하는 데 도움이 될 것이다.

Blake took many of his symbols from the Bible, or rather he borrowed
names and images from the Bible contexts to serve him as symbols; in
this way the wider terms of reference of the Bible texts would help to
elucidate and his own particular record of experience. (15)

블레이크는 이렇게 전통적 상징체계를 따르면서 다른 한편으로
는 개인적 상징체계를 수립하려고 노력하였다. 이 점을 간파한 현
대시인 예이츠(W. B. Yeats)는 "그는 자기의 상징을 창안해야만 했
던 상징주의자였다."라고 말하였다(Bottrall 86). 또한 바우러(C. M.
Bowra)도 그의 개인적 상징체계에 대하여 "블레이크는 우주에서
작용하고 있는 그가 본 수많은 신비한 힘에 대한 상징들을 가지고
있다."고 말한다(*The Romantic Imagination* 3).

그런데 그의 상징체계는 너무도 광범위하고 복잡해서 그 자신도
혼선을 빚을 정도이다. 따라서 여기에서는 『순수의 노래』와 『경험
의 노래』에 나타난 상징체계의 근간을 주로 다루고, 그의 "신관과
인간관" 및 『네 생물』(*Four Zoas*)에서 조금 더 부연될 것이다.

Ⅰ. 『순수의 노래』에서의 상징체계

야곱(Jacob)은 자기의 나이를 묻는 이집트(Egypt)의 바로 왕(Pharaoh)에게, "내 나그네 길의 세월이 일백삼십 년입니다."(The days of the years of my pilgrimage are a hundred and thirty years.)라고 대답했다(창세기 47:9). 이처럼 모든 기독교인들은 이 지상의 인생을 나그네의 길 또는 순례자의 길이라고 생각한다. 이러한 삶의 태도는 기독교 신비주의자들에게도 마찬가지로 적용되겠지만, 카진(Alfred Kazin)은 특별히 기독교 신비주의자의 특징을 이렇게 지적한다.

> 신비주의자에게 있어서 하나님은 천지만물의 핵이며, 인간의 지상생활은 자기의 길을 다시 찾아 가야 하는 이탈된 원자이다. 신비주의자는 신성한 질서에 복종으로 시작한다. 그는 이 신성한 질서를 대단한 확신으로 받아들이기에 지상생활은 그에게 중요한 것이 못 된다. 그는 다만 자기를 위로 하나님께 데려갈 영혼의 여행을 위하여 산다. 다른 사람들에게 육체적 고통이 될 만한 것이, 그에게는 정화(purgation)이다. 다른 사람들에게 의심이 될 만한 것이, 그에게는 지옥이다. 다른 사람들에게 죽음이 될 만한 것이, 그에게는 최종적 완성이며, 그는 살아 있는 육체에서 거기에 도달하려고 애쓴다.

> To the mystic, God is the necleus of the Creation, and man in his earthly life is a dislodged atom that must find its way back. The mystic begins with submission to a divine order, which he accepts with such conviction that earthly life becomes nothing to him. He lives only for the journey of the soul that will take him away, upward to God. What would be physical pain to others, to him is purgation; what would be doubt to others, to him is hell; what would be death for others, to him is the final consummation and he tries to reach in the living body. (9)

블레이크는 한 사람의 신비주의자로서 카진의 말과 같이 인간의 지상생활을 영혼의 여행으로 생각하고 있었다. 하나님은 모든 천지만물의 핵이요, 지상의 인간은 이탈된 원자와 같아서, 언젠가는 하나님의 품으로 되돌아가야 한다고 믿고 있었다. 타락한 인간이 예수 그리스도의 구속(救贖)으로 말미암아 잃어버린 신성(Divine nature)을 되찾고 영생하게 된다는 사상은 전통적인 기독교의 사상과 다를 바가 없다. 그러나 그가 생각하고 있던 '존재의 순환'(Cycle of Being)에 대한 개념은 기독교의 그것과 약간 다르다. 그는 인간이 영혼의 세계에서 타락하여 신성을 상실하고 사탄(Satan)과 같은 영원한 형벌을 받을 처지에서 하나님의 자비하심으로 육체를 입게 되었다고 믿는다. 인간의 세계에서는 '순수'(Innocence)의 단계를 지나서 '경험'(Experience)의 단계를 통과한 뒤에 '고차원의 순수'(Higher Innocence)의 단계, 즉 신성을 회복한 단계로 들어간다고 보고 있다. 따라서 그가 인간에 대해서 '순수'라는 용어를 사용하고 있는 것은 일반적인 상황에 사용된 그 단어의 의미와는 약간 다른 뉘앙스를 지니고 있다.

블레이크의 타락 신화는 인간적 관점에서 볼 때 '원시 무의식'(pristine unconsciousness)에서 자아의식으로 옮겨가는 것이라고 글레크너(R. F. Gleckner)는 말한다(37). 모든 어린 아기는 하나의 자아로 태어난다. 그러나 천진무구한 어린 시절에는 그 자아가 인식되지 않는다. 그가 뜻하는 '순수'의 개념은 자아는 물론이거니와 악덕이라는 것도 모르는 상태이다. 그러므로 프라이(Northrop Frye)는 이러한 상태를 노래한 『순수의 노래』의 세계를 '타락하지 않은 세계'(unfallen world)라고 말한다(*Fearful Symmetry*, 125). 프라이의 이러한 표현은 블레이크의 '순수'에 대한 개념을 적절하게 나타내고 있다고 본다. 데이먼(S. Foster Damon)은 그의 사전에서 프라이와 마찬가지로 "'순수'는 타락하지 않은 인간의 상태를 나타내는 전문용어였다."라고 말하고 있다(*A Blake Dictionary*, 378).

블레이크의 『순수의 노래』와 『경험의 노래』를 이해하려면 이처럼 그의 개인적인 상징체계를 알아야 한다. 다른 예술가들과 마찬가지로 블레이크도 '존재의 순환'의 각 상태를 주도하는 상징적 패턴을 형성하기 위하여 이에 관련된 여러 상징들의 중심이 되는 상징들을 사용하고 있다. 베잇슨(F. W. Bateson)은 블레이크의 시 작품을 이해하려는 초심자들을 위해서 일반적인 지침으로 주요 상징들을 다음과 같이 요약하고 있다(cf. M. Bottrall ed. *William Blake: Songs of Innocence & Experience*, 176 – 77).

순수 상징	어린아이, 양, 새, 꽃, 푸른 들, 새벽, 이슬, 봄, 그리고 연관된 이미지로는 목동, 계곡, 언덕
에너지상징	사자, 호랑이, 늑대, 독수리, 정오, 여름, 태양, 대장간, 검, 창, 병거
성적 상징	꿈, 나무 가지, 장미꽃, 금, 은, 달빛, 그리고 연관된 이미지로는 그물, 새장, 요정, 활과 화살
타락 상징	베틀, 커튼, 도시, 집, 뱀, 저녁, 고요함, 질병
억압 상징	왕, 사제, 아버지, 맷돌, 숲, 산, 바다, 동굴, 구름, 밤, 별, 우레, 겨울, 돌, 쇠

이들 주요 상징들을 이해하면 『순수의 노래』와 『경험의 노래』에 나타나는 군소 상징들을 이해하는 데 큰 도움이 된다.

블레이크가 어린아이를 '순수'의 상징으로 본 것은 어떤 의미에서는 성경에서 취한 전통적 상징이라고 볼 수도 있다. 왜냐하면 예수님은 천국에 들어가려면 마음이 어린아이와 같이 되어야 한다고 말씀하셨기 때문이다.

> 예수께서 한 어린아이를 불러 저희 가운데 세우시고, 가라사대 진실
> 로 너희에게 이르노니 너희가 돌이켜 어린아이들과 같이 되지 아니
> 하면 결단코 천국에 들어가지 못하리라. (마태복음 18:2 – 3)

> So Jesus called a child, made him stand in front of him, and said, "I
> assure you that unless you change and become like children, you will
> never enter the Kingdom of heaven."

> 때에 사람들이 예수의 안수하고 기도하심을 바라고 어린아이들을 데
> 리고 오매 제자들이 꾸짖거늘, 예수께서 가라사대 어린아이들을 용납
> 하고 내게 오는 것을 금하지 말라. 천국이 이런 자의 것이니라. (마태
> 복음 19:13 – 14)

> Let the children come to me and do not step them, because the
> Kingdom of heaven belongs to such as these.

이러한 성서적 전통에 기초를 두고서 그는 「버클리론」("On Berkeley")에서 "어린아이들은 항상 천국의 아버지의 얼굴을 뵈옵는다."(Little children always behold the Face of the Heavenly Father.) 라고 말하고 있다(Keynes ed., *The Complete Writings of William Blake*, 774). 이런 의미에서 그가 말하는 '순수의 상태'는 어린아이가 영광의 구름을 끌면서 온 '영원한 세계'(Eternity)와 가장 가까운 상태를 뜻한다. 이렇게 아직 타락하지 않고 악덕에 물들지 않은 어린이에 대하여 글레크너는 '하나님과 흡사한 존재'라고 말한다(35).

블레이크가 어린이를 통해 나타내는 주된 상징은 하나님과 가까운 존재라는 것이다. 이러한 상징이 『순수의 노래』의 중심이 되는

시 「어린양」("The Lamb")에 잘 묘사되어 있다.

어린양이여, 내가 너에게 가르쳐주지
어린양이여, 내가 너에게 가르쳐주지.
그분은 너의 이름으로 불린단다.
그분은 스스로 어린양이라 부르기에.
그분은 온유하시고, 그분은 온순하시지.
그분은 어린아이가 되셨어.
나는 아이, 그리고 너는 어린양
우리는 그분의 이름으로 불린단다.
어린양이여, 하나님이 복 주시기를!
이린양이여, 하나님이 복 주시기를!

Little Lamb, I'll tell thee,
Little Lamb, I'll tell thee:
He is called by thy name,
For he calls himself a Lamb.
He is meek, & he is mild;
He became a little child.
I a child, & thou a lamb,
We are called by his name.
Little Lamb, God bless thee!
Little Lamb, God bless thee!

("The Lamb" 11 – 20)

이 시에서 어린아이는 마치 자기 친구와 이야기를 하듯이 어린양과 대화를 하고 있다. 블레이크는 어린양의 속성을 통해서 어린이의 성품을 나타내고 있다. 어린양은 남을 해칠 줄을 모르며(harmlessness), 온순하며(gentleness), 자신을 위험으로부터 방어할 줄을 모르는(defenselessness) 연약한 동물이다. 따라서 어린양이 상징하는 것은 온유함(meekness), 천진난만함(innocence), 또는 순결함(purity) 등이다. 그는 이 시에서 단순히 어린양의 속성을 통한 어린이의 심리적 상태만을 묘사하려는 것이 아니다. 그가 성경에서 이 표현을 빌려왔기 때문에, 이 시에서뿐만 아니라 『순수의 노래』에서 기독교적 상징을 배제할 수 없다.

세례 요한(John the Baptist)은 제자들에게 예수님을 세상의 죄를 지고 갈 '하나님의 어린양'(the Lamb of God)이라고 소개하였다(요한복음 1:29). 여기에서 '어린양'은 단순히 속죄양(scapegoat)만을 뜻하지는 않는다. 인간에 대한 하나님의 사랑이 눈에 보이는 형태로 나타난 것을 암시하고 있다. 마찬가지로 블레이크도 이 시에서 어린양을 '순수'와 '하나님의 사랑'의 상징으로 사용하고 있다. 이 뿐만 아니라 그는 이 시에서 "우리는 그분의 이름으로 불린단다."(We are called by his name)라고 표현하므로 어린아이＝어린양＝예수님의 관계를 분명히 나타내고 있다. 이러한 관계는 앞에서 밝혔듯이 어린아이가 하나님과 가장 가까운 존재라는 것을 잘 대변해 주는 동시에 타락하지 않은 세계는 만물이 조화를 이루고 있으며, 창조주와 피조물이 하나가 되어 있음을 상징한다. 이 점을 홀로웨이(John Holloway)는 『블레이크: 서정시』(*Blake: Lyric Poetry*)에서 다음과 같이 간략하게 지적하고 있다.

> ····그것은 이념의 구조를 가지고 있다. 그리고 이념의 구조는 동일성의 구조, 즉 합병시키고 혼합하는 구조로서 조화로운 하나 됨의 상태이다. 조화의 세계에서 창조주의 일은 단순히 자신을 복제하고 재복제하는 쪽으로 나아가서, 마침내 그것은 축복된 하나 됨이다.

‥‥it has a structure of ideas: and the structure of ideas is a structure of identity, of the merging and inter－fusion which is the ultimate condition of harmonious oneness. In a world of harmony, the work of the Creator tends simply towards being a duplication and re－duplication of himself: until finally, it is oneness which is blessedness. (29)

블레이크는 이처럼 「어린양」에서 하나님과 인간의 형상과 성품이 같다고 하는 신인 동형 동성론(anthropomorphism)적인 표현을 하고 있는데, 「신성한 형상」("The Divine Image")에서는 이 같은 성질을 명백히 하고 있다.

자비, 동정, 화평, 그리고 사랑에게
모든 사람 고통 중에 기도드리네.
이들 즐거움의 덕목에
(모든 사람) 감사드리네.

왜냐하면 우리 아버지 하나님은
자비, 동정, 화평, 그리고 사랑이시며
또한 그분의 귀여운 자녀 인간도
자비, 동정, 화평, 그리고 사랑이기에.

왜냐하면 자비는 인간의 심장을
동정은 인간의 얼굴을 지녔기에,
사랑은 신성한 인간의 모습을
그리고 화평은 인간의 의상을 입었기에.

To Mercy, Pity, Peace, and Love
All pray in their distress;
And to these virtues of delight
Return their thankfulness.

For Mercy, Pity, Peace and Love
Is God, our father dear,
And Mercy, Pity, Peace, and Love
Is Man, his child and care.

For Mercy has a human heart,
Pity a human face,
And Love, the human form divine,
And Peace, the human dress.
("The Divine Image" 1 – 12)

블레이크는 「어린양」에서 '기쁨의 옷'(clothing of delight)이라고 묘사한 것을 이 시에서는 '기쁨의 덕목'(virtues of delight)이라고 표현하고 있다. 하나님에게서 찾아볼 수 있는 미덕을 그는 인간에게서도 찾아볼 수 있다고 생각한 것이다. 다시 말하면 그는 이신론자들(Deists)이 믿고 있는 추상적인 하나님을 배척하고, 구체적으로 나타난 하나님을 찾은 것이다. 그리하여 그는 어린아이에게서 하나님의 속성을 발견한 것이다.

블레이크가 어린아이를 통해서 하나님의 속성 다음으로 상징하는 것은 기쁨이다. 그의 인생에 대한 기본 철학은 아주 단순한데 그것은 바로 기쁨이라고 조셉 윅스티드(Joseph Wicksteed)는 다음과 같이 설파하고 있다.

그는 기쁨을 인생의 핵심으로 생각한다. 그 기쁨은 우리가 그 어떤 것으로부터 배우거나, 받아들이거나, 이끌어 낸 것이 아니라, 우리의 존재요 본질인 것이다.

Joy he conceives as the core of life, joy which we do not learn, or receive,

or derive, from something else, but which is our being and essence.
(Bottrall ed. *William Blake: Songs of Inn. & Exp.*, 101)

이러한 그의 인생철학이 「영아의 기쁨」("Infant Joy")에도 잘 나
타나 있다.

"나는 이름이 없어요
나는 겨우 이틀 됐어요."
내가 너를 무엇이라 부를까?
"나는 행복해요
기쁨이 나의 이름이에요."
달콤한 기쁨이 너에게 있기를!

예쁜 기쁨이로다!
이틀밖에 안 되었지만 달콤한 기쁨
나는 너를 달콤한 기쁨이라 부른다.
너는 미소 짓는구나,
그동안 나는 노래하지,
달콤한 기쁨이 너에게 있기를!

"I have no name:
I am but two days old."
What shall I call thee?
"I happy am,
Joy is my name."
Sweet joy befall thee!

Pretty joy!
Sweet joy but two days old,
Sweet joy I call thee:
Thou dost smile,

I sing the while,
Sweet joy befall thee!
                ("Infant Joy" 1 – 12)

언뜻 보기에는 이 시가 『순수의 노래』의 모든 시들 중에서 가장 단순한 시로 보인다. 그래서 이 시는 내용도 없고, 혀짜래기 어린 아이가 재잘댄 말처럼 느껴질지도 모른다. 그러나 자세히 살펴보면 영아도 어머니도 기뻐하고 있을 뿐만 아니라 이 세상은 잠재적으로 기쁨이 있는 장소임을 암시하고 있다. 이러한 사실을 존 홀로웨이(John Holloway)는 다음과 같이 설파한다.

> 이 시는 결말에서 인간이 태어났다는 사실만으로 세상은 인간이 태어나 기쁨으로 들어가는 장소임을 보게 되는 지점까지 우리를 이끈다. 출생은 단순히 어머니가 된다는 커다란 기쁨과 동일한 것이다.

> The poem brings us, at its close, to the point of seeing that the world is a place where humans are born into joy by the very fact that humans are born at all. Birth is simply one and the same with the great joy of motherhood. The generations are made one by a joint heritage of fruitfulness and innocence. (29)

이처럼 이 세상이 어른과 아이들이 함께 즐거움을 얻을 수 있는 장소라는 것이 「메아리치는 녹지」("The Echoing Green")에도 잘 묘사되어 있다.

> 백발의 존 할아버지
> 웃음으로 근심을 날려버리네
> 참나무 아래에 앉아서

노인들과 함께.
그들은 우리의 놀이를 보고 웃네.
그리고 이내 그들은 말하네.
"기쁨은 바로 그런 것들이야
우리 모두 소년소녀시절에
우리의 청춘시절에 맛보았지
메아리치는 녹지 위에서.

Old John, with white hair,
Does laugh away care,
Sitting under the oak,
Among the old folk.
They laugh at our play,
And soon they all say:
"Such, such were the joys
When we all, girls & boys,
In our youth — time were seen
On the Echoing Green."

("The Echoing Green" 11 – 20)

블레이크가 『순수의 노래』에서 어린이를 통해 상징하는 것 중에 빼놓을 수 없는 것은 자유의지(free – will)이다. 그는 자유를 억압하는 인간의 제도를 싫어하였다. 교회가 자유를 제한할 때 "검어 가는 교회를 제거하라."(Remove away that blackening church)고 「옛날 속담」("An ancient proverb") 제1행에서 율법주의에 얽매인 교회를 비난하였다. 국가의 제도가 자유를 억누를 때 그는 비난을 퍼부었다. 자유를 억압하는 프랑스에 대하여 「프랑스 혁명」("The French Revolution")에서 공격하였으며, 『천국과 지옥의 결혼』(*The Marriage of Heaven and Hell*)에서는 「자유의 노래」("A Song of Liberty") 결말에서 "제국은 더 이상 없다! 그리고 이제는 사자와 늑대는 존재하지 않을 것이다."(Empire is no more! And now the lion & wolf shall cease.)라고 자유의 찬가를 부르며 합창으로 끝을 맺는다. 블레이크는 초기 시에서부터 예언시에 이르기까지 시종일관 자유를 구속하는 것은 하나님의 뜻이 아님을 명백히 하고 있다.

> 새장에 갇힌 한 마리 붉은 가슴 로빈 새는
> 온 천국을 분노하게 한다.
> 비둘기들로 가득 찬 비둘기 집은
> 지옥 구석구석마나 몸서리치게 한다.
>
> A Robin Red breast in a Cage
> Puts all Heaven in a Rage.
> A dove – house filled with doves and pigeons
> Shudders Hell through all its regions.
>
> ("Auguries of Innocence" 5 – 8)

그는 어른의 자유뿐 아니라 어린아이의 자유도 매우 소중하게 여겼다. 순수의 세계에서 어른들은 어린아이들의 자유로운 활동에 제약을 가하는 것이 아니라 오히려 도와주고 보호자 역할을 한다.

> 아이들의 목소리가 녹지에서 들리고
> 웃는 소리가 언덕에서 들릴 때
> 내 마음은 가슴속에서 안심이 되고
> 그 외에 모든 것이 고요하다.
>
> "그때, 애들아, 집에 가자, 해가 졌다
> 그리고 밤의 이슬이 오른다.
> 오라, 오라, 그만 놀아, 어서 가자

아침이 하늘에 나타날 때까지."

"싫어요, 싫어요, 우리 놀아요, 아직 낮이에요
우리는 자러 갈 수 없어요.
그리고 하늘엔 작은 새들이 날아다니고
언덕은 모두 양들로 덮여 있어요."

"좋아. 좋아, 가서 놀아라, 빛이 사라질 때까지
그리고 그 다음에 자러 가자."
어린아이들은 뛰고 소리치고 웃었다
그리고 모든 언덕들은 메아리쳤다.

When the voices of children are heard on the green,
And laughing is heard on the hill,
My heart is at rest within my breast,
and everything else is still.

"Then come home, my children, the sun is gone down
And the dews of night arise;
Come, come, leave off play, and let us away
Till the morning appears in the skies."

"No, no, let us play, for it is yet day
And we cannot go to sleep;
Besides, in the sky the little birds fly
And the hills are all covered with sheep."

"Well, well, go & play till the light fades away
And then go home to bed."
The little ones leaped & shouted & laughed,
And all the hills echoed.

("Nurse's Song" 1 – 16)

이 시에서 알 수 있듯이 어른은 아이들의 자유를 속박하지 않는 것이 순수의 세계이다. 오히려 어린이를 잘 보호하고 선도하며 그들의 놀이를 보고 함께 기뻐한다. 이러한 어른에 대한 태도는 「목자」("The Shepherd")와 「어린 검둥이 소년」("The Little Black Boy")에도 잘 나타나 있다. 그러나 경험의 세계에서는 어른들은 자유를 구속하는 상징으로 나타난다.

블레이크가 『순수의 노래』에서 노래한 것은 「서시」("Introduction")의 마지막 연에서 밝힌 바와 같이 '행복한 노래'이다. 이 행복한 노래들이 여러 가지를 상징하는 어린아이, 천국의 상태를 방불한 어린아이를 통해서 묘사되고 있다. 글레크너(R. F. Gleckner)는 이렇게 타락하지 않은 어린이, 하나님의 성품을 닮은 "어린이가 사는 곳이 곧 낙원이다."라고 말한다(35).

Ⅱ. 『경험의 노래』에서의 상징체계

블레이크는 『순수의 노래』에서 하나님의 성품을 닮은 어린이, 자유와 기쁨의 상징인 어린이, 그들이 사는 곳이 낙원임을 노래하였다. 그러나 이러한 어린이가 사춘기에 이르면 마음은 발전하고 감각은 성숙된다. 이렇게 되면 인간은 천진무구의 세계에서 경험의 세계로 들어가게 된다. 경험의 세계로 들어간다는 것은 '존재의 순환'(Cycle of Being)에 있어서 더 높은 인생의 차원으로 들어간다는 뜻이다. 조셉 윅스티드(Joseph Wicksteed)는 사람이 더 높은 인생의 차원으로 들어가는 데는 '고통과 괴로움'(pain and distress)이라는 관문을 통과해야 한다고 말하고 있다(Bottrall ed. *William Blake: Songs of Inn. & Exp.*, 101).

블레이크는 인생이 발전하기 위해서는 상반된 세력이 있어야 된다고 보고 있다.

> 상반된 것들이 없으면 발전이 없다. 매력과 역겨움,
> 이성과 활동력, 사랑과 미움은 인간 실존에 필요하다.
> 이들 상반된 것들로부터 종교에서 말하는 선과 악이 솟아난다.
> 선은 이성에 순종하는 수동적인 것이다. 악은 활동력으로부터 솟아나
> 는 능동적인 것이다.
> 선은 천국이고, 악은 지옥이다.
>
> Without Contraries is no progression. Attraction and
> Repulsion, Reason and Energy, Love and Hate, are necessary to
> Human existence.
> From these contraries spring what the religious call
> Good & Evil. Good is the passive that obeys Reason.
> Evil is the active springing from Energy.
> Good is Heaven; Evil is Hell.
>
> (*The Marriage of Heaven and Hell* 3:7 – 13)

낙원의 상태를 방불한 '순수'의 세계에서 인간은 발전을 하기 위해 악의 세계에서 살게 된다. 그러나 블레이크는 '악'을 '순수'의 반대되는 개념으로 표현하지 않는다. '악'의 반대되는 개념은 '선'이다. 그렇다고 해서 '경험'을 '순수'의 반대되는 개념으로 보는 것도 아니다. '경험'은 '순수'로부터 인간이 넘어가는 일종의 감정의 전이(transference)로 보는 것이다. 따라서 프라이(Northrop Frye)는

'경험'은 '순수'와 대조를 이루는 그의 독창적인 신비적 상징어로서, 이 '경험'의 세계에서는 '순수'에서 누리던 낙원의 축복은 파괴되고, 타락한 세계(fallen world)가 묘사되어 있다고 말한다(42).

『순수의 노래』에서 주요한 상징은 '어린아이'임을 앞에서 지적하였다. 그런가 하면『경험의 노래』에서 주요 상징은 어른, 즉 '왕', '사제' 또는 '아버지'로 나타난다.『순수의 노래』를 대표하는 시, 「어린 양」("The Lamb")에서 어린양에게 이야기를 하는 화자는 어린아이였다. 그런데『경험의 노래』에서 대표가 되는 「호랑이」("The Tyger")에서 호랑이의 모습을 보고 경악하며 질문을 거듭하는 화자는 성인이다.

> 호랑이여! 호랑이여!
> 밤중의 숲 속에서 타오르는구나.
> 어떤 불멸의 손이 아니면 눈이
> 그대의 가공할 균형을 만들 수 있었느냐?
>
> Tyger! Tyger! burning bright
> In the forests of the night,
> What immortal hand or eye
> Could frame thy fearful symmetry?
>
> ("The Tyger" 1 − 4)

순수의 세계에서 어린아이는 성품이 어린양을 닮은 것으로 묘사되었다. 그렇다면 경험의 세계에서는 성인의 성품이 호랑이를 닮은 것으로 묘사되고 있다는 결론이 나온다. 어린양이 순수 세계의 '선'(Good)을 상징한다면, 호랑이는 경험세계의 '악'(Evil)을 상징하게 된다.

블레이크는 『천국과 지옥의 결혼』(9:44), 『네 생물』(*The Four Zoas* ii :35) 등에서 호랑이를 분노(wrath)의 표상으로 묘사하고 있다. 한편 에드먼드 스펜서(Edmund Spenser)는 『선녀 여왕』(*The Faerie Queen* Ⅱ, iv. 35)에서 "Wrath is a fire"라고 묘사하고 있으며, 불에 대한 전통적 상징으로뿐만 아니라 블레이크의 개인적 상징체계에서도 불은 호랑이, 특히 그가 특이한 철자로 쓴 'Tyger'와 연관이 있음을 데이먼(S. Foster Damon)은 지적하고 있다(*A Blake Dictionary*, 413). 이러한 호랑이가 활동하는 무대는 '밤중의 숲 속'이다. 어두움, 밤, 검은색 등은 '혼돈', '죽음', '악', '무의식' 등을 나타내는 원형이다. 또한 『네 생물』(vii:9~10)에서 "그의 호랑이들은 고통의 숲 속에서 되돌아오는 연기 중에 배회한다."(his tygers roam in the redounding smoke in forests of affliction.)라고 그는 묘사하고 있다. 이처럼 그의 시에서, 특히 경험의 세계에서 밤은 죽음과 고통이 지배하는 세계임을 상징하고 있다. 인간의 마음속에 있는 원형적 파괴적 성질을 그는 「병든 장미꽃」("The Sick Rose")에서 잘 묘사하고 있다.

> 오 장미꽃이여, 그대 병들었구려!
> 보이지 않는 벌레가
> 어두운 밤중에
> 울부짖는 폭풍우 속에 날아와
>
> 그대 침상에서
> 진홍빛 기쁨을 찾아내었군.
> 그리고 그의 어두운 은밀한 사랑이
> 그대의 생명을 망치는구나.

O rose, thou art sick!
The invisible worm
That flies in the night,
In the howling storm,

Has found out thy bed
Of crimson joy,
And his dark secret love
Does thy life destroy.
　　　　　("The Sick Rose" 1 − 8)

경험의 세계에서 성인들이 자행하는 이러한 악을 상징하기 위하여 블레이크가 '호랑이'를 사용한 것은 적절하다고 생각된다. 데이먼은 "어린양은 사랑하는 하나님을 상징하고, 호랑이는 화난 하나님을 상징한다."(The Lamb symbolizes the Loving God; the Tyger, the Angry God)(414)라고 말하므로 어린양과 호랑이를 하나님의 성품의 양면을 나타내는 것으로 보고 있으나, 이것은 잘못된 견해이다(cf. 「호랑이」론). 왜냐하면 그는 『순수와 경험의 노래』의 부제를 "Shewing the Two Contrary States of the Human Soul"이라고 붙이므로 인간의 성품에 있어서 두 가지 상반된 상태를 명시하고 있기 때문이다.

순수의 세계는 「신성한 형상」("The Divine Image")에 묘사되어 있듯이 "자비, 동정, 화평, 및 사랑"이 있으며, 자유가 속박당하지 않은 낙원이다. 그러나 경험의 세계, 타락한 세상에는 하나님의 신성한 형상이 사라지고 악마의 형상이 인간의 마음을 지배하고 있다.

잔인함이 인간의 심장을 가지고
질투가 인간의 얼굴을 가졌네.
공포가 신성한 인간의 모습을 하고
비밀이 인간의 의상을 걸쳤네.

Cruelty has a Human Heart,
And Jealousy a Human Face;
Terror the Human Form Divine,
And Secrecy the Human Dress.

("A Divine Image" 1 − 4)

이러한 경험의 세계에는 낙원의 모습은 자취를 감추고, 가는 곳마다 비애, 공포, 고통, 속박이 있다. 루소(J. J. Rousseau)는 "인간은 자유롭게 태어났으나, 도처에서 인간은 사슬에 매여 있다."(Man is born free, and everywhere man is in chains.)(I. Babbitt, *Rousseau and Romanticism* 44)라고 말하면서, 그는 인간의 모든 불행과 죄악의 원인이 개인에 있지 않고 문명과 그릇된 사회제도에 있음을 지적하고, 인간성 회복을 위해 "자연으로 돌아가라."(Return to nature.)고 역설하였다.

인간이 사슬에 매여 있다는 루소의 사상은 블레이크에게서도 찾아볼 수 있다. 그는 인간 사회에 자행되고 있는 온갖 악을 인간의 마음에서 만들어진 수갑이라고 「런던」에서 밝히고 있다.

나는 특혜를 준 거리마다 다녀보네
특혜를 준 템스 강이 흐르는 근처를.
내가 마주치는 얼굴마다 보이는 것 있네.
나약의 표지, 비애의 표지로다.

모든 사람의 울부짖는 소리마다
공포에 질린 모든 영아의 절규마다
목소리마다, 금지령마다
마음이 만든 족쇄소리 들리는구나.

굴뚝청소원의 울부짖는 소리가
모든 검어지는 교회를 얼마나 오싹하게 하는지.
그리고 운이 없는 병사의 한숨은
궁중 담 밑으로 얼마나 피가 되어 흐르는지.

그러나 무엇보다도 한밤중 거리에서 난 듣노라
어떻게 젊디젊은 창녀의 저주가
갓 태어난 영아의 눈물을 말려버리고
역병으로 결혼영구차를 고사시키는지를.

I wander through each chartered street
Near where the chartered Thames does flow,
And mark in every face I meet
Marks of weakness, marks of woe.

In every cry of every Man,
In every Infant's cry of fear,
In every voice, in every ban,
The mind − forged manacles I hear.

How the Chimney − sweeper's cry
Every blackening Church appalls;
And the hapless Soldiers sigh
Runs in blood down Palace walls.

But most through midnight street I hear
How the youthful Harlot's curse

Blasts the new born Infant's tear,

And blights with plagues the Marriage hearse.

("London" 1 – 16)

이 시는 「성목요일」("Holy Thursday"), 「굴뚝청소원」("The Chimney Sweeper")과 더불어 블레이크가 살던 당시 사회제도와 정치제도에 대한 풍자시로 생각되고 있다. 그러나 런던은 호랑이가 불타오르는 '밤중의 숲 속'(the forests of the night)임을 알 수 있다. 다시 말하면 「런던」은 "정신 상태를 그린 한 폭의 그림"(a picture of a mental state)(Damon, *William Blake: His Philosophy and Symbol*, 283), 즉 타락한 마음의 상징임을 알 수 있다. 한편 「런던」에 묘사된 타락한 사회상을 허쉬(E. D. Hirsch)는 "런던 시는 망상에 사로잡힌 유리즌적인 '인간의 두뇌'에서 창출된 것들이 사람을 타락한 상태로 이끌어 온 방식의 상징이다."(262)라고 갈파한다.

순수의 세계에는 기쁨과 자유가 있는 곳이었다. 어린 아기는 생후 이틀밖에 안 되었어도 기쁨이 넘쳤으며, 어른에게도 기쁨을 주었다. 어린이들은 마음대로 뛰어놀았다. 이렇게 기쁨과 자유의 상징이던 어린이가 경험의 세계에서는 어른에게는 고통과 비애를 가져다주며, 자신은 속박된 생활의 상징이 된다.

나의 어머니는 신음했네! 나의 아버지는 울었지
위험한 세상으로 나는 뛰어들었지.
나약하게, 벗은 몸으로, 빽빽 울어댔지
구름 속에 숨은 악마처럼.

나의 아버지의 손에서 발버둥 치며
나의 강보에서 벗어나려고 애쓰며
묶여서 지친 채 내 어머니의 품에서
칭얼대는 것이 최상이라고 생각했다.

My mother groaned! my father wept.
Into the dangerous world I leapt:
Helpless, naked, piping loud:
Like a fiend hid in a cloud.

Struggling in my father's hands,
Striving against my swaddling bands,
Bound and weary I thought best
To sulk upon my mother's breast.

("Infant sorrow" 1 − 8)

이 시의 두 번째 연에서 알 수 있듯이 사랑으로 돌보아야 할 아 버지의 손길은 자유를 속박하는 상징으로 묘사되고 있다.

순수의 세계에서 어린양으로 상징된 어린이는 '기쁨의 옷'(clothes of delight)을 입고 있었으며, '행복한 노래'(happy songs)를 불렀다. 그러나 경험의 어린이는 「굴뚝청소원」("The Chimney Sweeper")에 묘사된 바와 같이 그들의 부모는 '죽음의 옷'(clothes of death)을 입 혀주고, '비애의 곡조'(notes of woe)를 부르도록 가르쳐주며, 왕과 사제는 낙원을 조성하는 대신에 불행한 환경을 조성하므로 죽음, 비애, 불행의 상징으로 나타난다.

사랑과 기쁨을 모든 사람에게 안겨 줘야 할 사제들은 기쁨을 속 박하고, 교회는 금지령의 대명사가 된다.

이 예배당의 문은 닫혀 있었고
문 위엔 "출입금지"가 쓰여 있었지
그래서 나는 사랑의 정원으로 향했다
수많은 예쁜 꽃들이 피어 있는 곳으로.

그리고 그곳은 무덤으로 가득 찬 것을 보았지
그리고 꽃들이 있어야 할 묘비들도 보았다.
그리고 검은 제복을 입은 사제들이 순행하면서
나의 기쁨과 욕망을 가시덤불로 묶고 있었지.

And the gates of this Chapel were shut,
And "Thou shalt not" writ over the door;
So I turned to the Garden of Love
That so many sweet flowers bore;

And I saw it was filled with graves,
And tomb — stones where flowers should be;
And Priests in black gowns were walking their rounds,
And binding with briars my joy & desires.

("The Garden of Love" 5 – 12)

순수의 세계에서 즐겁게 뛰놀던 사랑의 동산은 자유와 기쁨이 사라진 죽음의 동산이 되어 있다. 순수의 세계에서 우정의 동산이 경험의 세계에서는 분노의 동산이 된다. 이러한 동산에 자라는 나무는 '독 나무'(poison tree)뿐이다. 블레이크의 시에서 나무는 육체를 상징하고, 연인들은 가지들과 뿌리들이 엉켜 있는 두 그루의 나무이다(Damon, *A Blake Dictionary* 410). 물론 블레이크가 사람을 나무로 표현한 것은 성경에서 취한 상징이다. 예수님은 자신을 참포도나무에, 제자들을 가지에 비유하셨다(요한복음 15:1 – 8). 세례 요한도 사람을 나무에 비유하여 회개하지 않는 바리새인들과 사두개인들을 책망하였다. "이미 도끼가 나무뿌리에 놓였으니 좋은 열매 맺지 아니하는 나무마다 찍혀 불에 던지우리라."(마태복음 3:10) 다음은 예수님께서 사람을 나무에 비유한 좋은 예이다.

그의 열매로 그들을 알지니 가시나무에서 포도를 또는 엉겅퀴에서 무화과를 따겠느냐? 이와 같이 좋은 나무마다 아름다운 열매를 맺고, 못된 나무가 나쁜 열매를 맺나니, 좋은 나무가 나쁜 열매를 맺을 수 없고, 못된 나무가 아름다운 열매를 맺을 수 없느니라. 아름다운 열매를 맺지 아니하는 나무마다 찍혀 불에 던지우느니라. 이러므로 그의 열매로 그들을 알리라. (마태복음 7:16 – 20)

그러나 나무는 또한 과오(error)를 상징하기도 하며, 숲(forests)은 과오의 축적이라고 생각한다.

타락한 경험세계에 살고 있는 성인들은 호랑이처럼 악을 상징하고 있다. 심지어는 어린아이까지도 고통과 비애의 원인이 되고 있다. 블레이크는 '자비, 동정, 화평, 및 사랑'이 없는 인간, 다만 '커다란 악들(Great Evils), 즉 공포, 이기심, 잔인함, 죽음, 빈곤, 불행' 등 악의 열매들이 열려 있는 '신비의 나무'(Tree of Mystery)를 「인간 요약」("The Human Abstract")에서 잘 묘사하고 있다. 블레이크는 이런 신비의 나무가 인간의 두뇌에서 자라고 있다고 말한다.

그의 열매로 그들을 알리라. 땅과 바다의 신들은
이 나무를 찾으려고 자연을 뒤졌지
그러나 그들의 수색은 모두 허사였어
인간의 두뇌에 한 그루가 자라고 있기에.

The Gods of the earth and sea

Sought through Nature to find this Tree;

But their search was all in vain:

There grows one in the Human Brain.

("The Human Abstract" 21 – 24)

이렇게 타락한 인간을 블레이크는 '땅'이라고 부르며, 시인이자 예언자인 'Bard'의 목소리를 듣고 죄악의 길에서 돌이킬 것을 권고한다.

"오 땅이여, 오 땅이여, 돌아오라!

이슬 맺힌 풀밭에서 일어나라.

밤은 깊었고

그리고 아침은

졸리는 땅덩어리에서 밝아온다."

"다시는 돌아서지 마라

어째서 너는 돌아서려고 하느냐?

별이 총총한 바닥

출렁이는 바닷가는

날이 새기까지 너에게 주어졌느니라."

"O Earth, O Earth, return!

Arise from out the dewy grass;

Night is worn,

And the morn

Rises from the slumberous mass."

"Turn away no more;

Why wilt thou turn away?

The starry floor,

The watery shore

Is given thee till the break of day."

("Introduction" of *S.* of *E.* 11 – 20)

이 시에서 '밤'은 물론 죄와 죽음이 지배하는 기간을 뜻하며, '별이 총총한 바닥'과 '출렁이는 바닷가'는 다 같이 유리즌(Urizen)이 지배하는 경험의 세계를 상징한다. 그리고 바우러(C. M. Bowra)는 '아침'과 '날이 새다'는 '새로운 인생의 상징'으로서 "경험의 인생이 끝나면 '고차원의 순수'(Higher Innocence)의 세계가 있음을 암시하고 있다(Bottrall ed. *William Blake: Songs of Inn. & Exp.*, 155)."

제임스 도퍼티(James Daugherty)는 블레이크의 시의 주제를 선과 악, 이성과 상상력, 정신적 자유와 물질적 속박, 빛과 어둠 사이의 싸움이라고 말한다(62).

블레이크는 이러한 주제를 상징을 통해서 작용하는 그의 직관적 상상력을 가지고 『순수의 노래』와 『경험의 노래』에서 잘 나타내고 있다. 『순수의 노래』에서 그는 인간의 타락 이전의 낙원의 상태인 순수의 세계에 대한 상상적 환상을 표현했으며, 『경험의 노래』에서는 타락 이후의 경험의 세계에 사는 인간이 순수를 부패시키고 파괴하는 것을 묘사하였다.

『순수의 노래』에서의 주요 상징은 '어린아이'이다. 어린아이는 어린양과 함께 자비, 연민, 화평, 사랑, 자유, 기쁨, 온유 등의 상징으로 나타난다. 어른 특히 어머니와 목자도 순수의 세계에서는 보호자 또는 선한 길로 인도하는 안내자로 나타난다. 기타 새, 꽃, 푸른 들, 새벽, 봄, 이슬 등도 순수의 상징으로 나타나고 있다.

반면에 『경험의 노래』에서 경험의 주요 상징은 아버지와 어른이다. 특히 성인은 개인적으로, 종교적으로, 정치적으로 억압의 상징으로 나타나며, 이들과 관련된 이미지로는 사제, 왕, 밤, 별, 겨울, 숲 등이 있다. 또한 파괴적인 악의 상징으로는 호랑이가 있다. 때로는 사자와 늑대도 파괴적 악의 상징으로 나타난다. 경험의 세계에서 성적 상징으로는 꿈, 나뭇가지, 장미, 황금 등이 있고, 부패의 상징으로는 도시, 집, 뱀, 저녁, 질병 등이 있다.

블레이크는 후기 예언서가 아닌 초기 시에서도 이렇게 복잡한 상징체계를 사용했다. 그는 그의 상징체계에 있어서 전통보다는 개인주의에 너무 치우친 것이 흠이라고 보겠다. 그리하여 상징체계가 발전함에 따라 보통 상징들로는 풀 수 없는 정교하고도 난해한 신화를 곁들인 상징체계로까지 확대된다. 그러나 참신한 시인으로서 그가 표현하고자 하는 것과 영어와 영문학 전통이 그에게 허용하는 표현력의 범위 사이에는 어떤 긴장이 있다고 보아야 한다. 그러나 그의 경우에 있어서 이러한 긴장이 그의 지나친 개인주의 때문에 다른 작가보다 더 심하게 나타나고 있는 것도 사실이다.

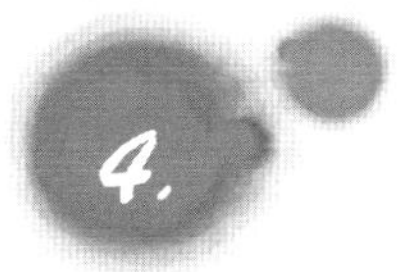

블레이크의 신관과 인간관

윌리엄 블레이크는 자기 시대의 문화적 패턴으로부터 의도적으로 떨어져 나와 15세기 후반 이래 유럽 사상을 지배하던 신비적 전통에 깊이 빠져 있었다. 블레이크의 신비적 경험과 사상은 스웨덴의 과학자, 신비사상가 및 신학자였던 임마누엘 스웨덴보르그(Emanuel Swedenborg, 1688 – 1772), 독일의 신비가인 야코프 뵈메(Jakob Boehme, 1575 – 1624)들의 영향을 크게 받았다. 그러므로 블레이크는 당시의 신학적, 도덕적 및 심미적 견해와는 완전히 다른 견해를 보일 수밖에 없었으며, 그의 이러한 태도를 이성이 지배하던 18세기 후반 사람들이 좋게 받아들일 리가 없었다.

저술가인 헨리 크랩 로빈슨(Henry Crabb Robinson)은 그의 일기에서 "내가 그를 예술가나 천재 혹은 신비가 혹은 미친 사람이라고 부를 수 있을까? 아마도 그는 이 모두에 해당하는 사람이다."(Shall I call him Artist or Genius – or mystic – or madman? Probably he is all.)(Bottrall ed. 35)라고 말했으며, 낭만주의 시인 윌리엄 워즈워드

(William Wordsworth)는 블레이크에 대하여 이렇게 말하고 있다.

> 이 가난한 사람이 미쳤음에 틀림없으나, 이 사람의 미침에는 바이런 경과 월터 스코트보다 온전한 정신보다도 더 나에게 흥미를 끌게 하는 뭔가 있다.
>
> There is no doubt this poor man was mad, but there is something in the madness of this man which interests me more than the sanity of Lord Byron and Water Scott. (Bottrall ed. 37)

한편 같은 낭만주의 시인 사무엘 테일러 코울리지(Samuel T. Coleridge)는 블레이크를 천재인 동시에 스웨덴보르그와 같은 신비주의자라고 말하면서, 똑같은 시인인 블레이크를 신비주의자라고 부른 것은 너무도 평범한 감각의 늪에 빠져 있는 자기와 비교해 볼 때 블레이크는 계시적 시인이기 때문이라고 블레이크의 시적 영감을 높이 칭찬하였다(Bottrall ed. 37 – 38). 그런가 하면 현대시인 윌리엄 버틀러 예이츠(W. B. Yeats)는 "그는 그의 상징을 고안하여야만 했던 상징주의자였다."(He was a symbolist who had to invent his symbols.)(Bottrall ed. 86)라고 말한다.

그러나 블레이크가 가장 감내하기 어려운 말은 이단자로 불리는 것이라고 본다. 현대의 비평가 마크 쇼러(Mark Schorer)는 블레이크를 신학도 신도 없는 종교 시인이라고 혹평한다.

> 블레이크는 신학이나 적합한 신이 없는 종교 시인이다. 첫째로는 그 자신이 고안한 신화를 대체했기 때문이고, 둘째는 인간의 이미지는 ·····블레이크에게 있어서 고안된 신화는 추상화하는 수단이며, 가능하다면 '인간 삶의 영원한 원칙 혹은 성격'이라는 문제들을 극화하는

수단이다. 단테와 밀턴은 그들의 시에서 구체적인 표현을 해 줌으로
써 철학의 추상적 개념을 지지하였고, 블레이크는 그의 철학에서 추
상적 개념들을 극복하기 위해서 그의 시에서 그것들을 사용하였다.
그의 신들은 이러한 추상적 개념들-하늘에서, 즉 인간의 가슴속에
서 전쟁을 수행하는 거대한 인물에 투사된 인간의 기능들이다.

Blake is a religious poet who is without either a theology or a proper
God; for the first he substituted mythology of his own devising, for
the second, the image of Man⋯ in Blake, an invented mythology is
the means of abstracting and then, if possible, of dramatizing the
problems, 'the eternal principles or characters of human life.' Date and
Milton supported the abstractions of philosophy by giving them
concrete expression in their poetry; Blake employed abstractions in his
poetry in order to overcome them in his philosophy. His Gods are
those abstractions - human faculties projected into gigantic figures who
conduct wars in heaven; that is, in the human breast. (248)

블레이크의 예술은 그의 많은 신비적 경험에 밑바탕을 두고 있
지만 그는 "구약과 신약은 예술의 위대한 법전이다."(The Old &
New Testaments are the Great Code of Art)(Kazin ed. 499)라고
'The Laocoon Group'에서 자기 예술의 출전을 밝히고 있다. 그의
작품 속에는 신·구약성경 전반에 걸쳐 나타난 천지창조라든지, 인
가의 타락경위, 타락한 세상에서의 인간의 역사, 타락한 인간의 구
원 등 여러 가지 사항이 묘사되어 있으나 자기 나름대로 구성하여
표현한 것이기 때문에 성경에 나타난 하나님(God) 혹은 인간(Man)
에 대한 표현은 물론 기독교의 교리와 다른 점이 발견된다. 그런고
로 여기에서는 블레이크의 예술 활동의 핵심을 이루고 있는 그의
신관과 인간관을 종합해서 고찰해 보려는 것이다.

Ⅰ. 블레이크의 신관(神觀)

블레이크의 신관은 뚜렷하게 설명하기가 어렵다는 것이 일반적인 견해이다. 또한 블레이크의 예언서(prophetic books)에 나오는 신화적 인물들을 보는 견해도 다양하다. 어떤 사람은 그 등장인물을 실제로 그들 나름대로의 존재를 소유하고 있는 영적 행위자(spiritual agents)로 보는가 하면, 다른 사람은 어떤 인물에는 객관적 존재를 부여하고, 다른 인물은 심리적 상태의 상징으로 처리해 버리기 때문에 혼란은 더욱 가중된다.

블레이크의 『유리즌 서』(*The First Book of Urizen*), 『네 생물들』(*The Four Zoas*), 『밀턴』(*Milton*), 『예루살렘』(*Jerusalem*) 등 여러 예언서에는 많은 인물들이 등장하기 때문에 복잡하다. 그래서 블레이크의 서정시는 투명체처럼 가장 소박한 작품이지만, 그의 예언시는 가장 난공불락의 복잡한 작품이라고 생각하는 사람이 많으며, 혹자는 서정시는 블레이크가 정신이 온전할 때 쓴 것이고, 예언시는 모종의 정신분열증을 일으켰을 때 쓴 것이 아니냐는 억측도 해본다.

그러나 블레이크 연구의 대가 노드롭 프라이(Northrop Frye)는 많은 비평가들이 단순하다 싶은 서정시에 대해서는 연구를 소홀히 하고, 복잡하다 싶은 예언서는 특별한 관심을 가지고 비평서를 내놓는데 ― 노드롭 프라이 자신도 그중에 한 사람으로서『가공할 균형』(*Fearful Symmetry*)을 펴냈지만 ― 장기적인 안목에서 볼 때에 이것은 잘못된 견해라고 일침을 가한다(23). 왜냐하면 블레이크는 예술가로서 이론과 실천 양면에서 일관성이 있기 때문이라는 것이다. 그러니까 블레이크는 온전한 정신으로 서정시를 쓰고, 정신적으로 이상이 생겼을 때에 횡설수설 예언서를 쓴 것이 아니라 대부분이 10대에 쓰인 『시적 소묘』(*Poetical Sketches*)에도 똑같은 비율로 초기 서정시와 예언이 담겨 있고, 『순수와 경험의 노래들』(*Songs of Innocences and Experience*)을 쓰면서 한편으로는 거기에 대항하는 예언서를 집필하고 있었다는 것이다. 그렇다면 그가 가지고 있던 신에 대한 개념은 서정시에 묘사된 것이나 예언시에 묘사된 것이나 다를 바가 없다고 본다.

블레이크는 하나님(God)에 대하여 '사람들이 이기적인 아버지'(Selfish father of man, "Earth's Answer" 11행), '질투의 아버지'(Father of Jealousy, "To Nobadaddy" 2행), '이 세상의 하나님'(the God of this World, Epilogue of "The Gates of Paradise") 등의 표현을 자주 쓰기 때문에 그가 혹시 영지주의자(Gnostic)[7])가 아니냐는 의구심을 불러일으킨다. 그러나 블레이크가 하나님에 대하여 위에서 예를 든 것과 같은 인간에게서 찾아볼 수 있는 성품을 부여한 것은 분명히 스웨덴보르그의 영향이다. 스웨던보르그는 신비주의자이자 선견자이었지만, 한편으론 과학자로서 애매하고 불확실한 존재로서의 하나님의 개념을 받아들이지 않았다. 그는 『진실한 기독교』(*True Christian Religion*)에서 하나님을 인간적인 관점에서 접근해야 한다고 주장했다.

····하나님이 한 인간으로 생각되거나 접근되지 않는다면, 그분에 관한 모든 개념은 사라진다. 왜냐하면, 그렇다면 그 사고는 빈 공간에 대한 명상에서 상실되거나 자연과 그 대상들에게로 향하게 되기 때문이다. (J. G. Davies 35, 재인용)

····unless God is thought of and approached as a Man, all idea of Him. perishes; for then the thought is either lost in the contemplation of empty space, or directed to nature and its objects. (35)

이러한 스웨덴보르그의 영향을 받은 블레이크의 신과도 똑같은 입장을 취하고 있다. 그는 버클리(Berkeley)의 『시리스』(*Siris*)의 주석에서 "하나님은 사람이고 우리 안에 존재하며 우리는 그의 안에 존재한다."(God is Man & exists in us & we in him)(Davies 36)라고 말한다.

블레이크가 이러한 신관을 가지게 된 것은 이신론자들이 믿고 있는 하나님의 개념을 배격하려는 데 있는 것이다. 이신론자들이 생각하고 있는 하나님의 개념은 인간의 시야로부터 감추어진 혼돈 속에 거주하는 하나님, 즉 형이상학적인 하나님이다. 그들이 믿는 하나님은 인간 영혼과 멀리 떨어져서 영원부터 쓸쓸한 진공에서 살고 있는 하나님이다. 그러나 블레이크에게는 그런 하나님은 단순한 추상적인 비실재(Non‒Existence)인 것이다. 다시 말하면 당대의 많은 사람들 특히 이신론자들은 실제로는 존재하지 않는 자기네들의 이성의 산물을 하나님으로 숭배하고 있다고 블레이크는 본 것이다. 이런 하나님을 블레이크는 때때로 사탄이라고 부른다. 그는 『밀턴』에서 사탄을 이렇게 묘사한다.

사탄은 자신의 정체성으로부터 자신에게 율법을 만들어서
도덕적 감사와 복종에서 자기를 섬기도록 타자들을 강요하였고,
하나님이라 불리고, 하나님이라 불리는 모든 것보다 자신을 높이고,
죽은 자들의 망령들은 자신들을 하나님의 아들들이라 부르면서,
사탄의 회당에서 말로 표현할 수 없는 이름으로 그를 숭배한다.

Satan, making to himself Laws from his own identity,
Compell'd others to serve him in moral gratitude & submission,
Being call'd God, setting himself above all that is called God;
and all the Spectres of the Dead, calling themselves Sons of God,
In his Synagogues worship Satan under the Unutterable Name. (12:10 − 14)

또한 그는 『예루살렘』에서도 이신론자들이 섬기는 하나님은 사탄이라고 말한다.

사람은 어떤 종교를 가져야 하고 또 가질 것이다. 만일 그가 예수님의 종교를 갖지 않는다면, 그는 사탄의 종교를 가질 것이다···· 사탄은 이 세상의 왕, 하나님이라 부르며, 하나님의 이름으로 사탄을 숭배하지 않는 모든 자를 멸망시킨다. 혹자는 '하나님의 이름으로 사탄을 숭배하는 자들이 어디 있나?'라고 말할 것이다. 그들이 어디 있나? 들어 보라! 죄에 대한 복수를 설교하는 모든 종교는 원수와 복수자의 종교요, 죄를 용서해 주는 자의 종교가 아니다. 그리고 그들의 하나님은 신성한 이름으로 붙인 사탄이다. 오 이신론자들이여! 당신들의 종교, 이신론은 소위 자연종교 및 자연철학의 수단에 의해 이 세상의 신을 숭배하는 것이라오.

Man must & will have Some Religion: if he has not the Religion of Jesus, he will have the Religion of Satan ···· calling the Prince of this world, God, and destroying all who do not worship Satan under the Name of God. Will any one say, 'Where are those who worship Satan under the Name of God?' Where are they? Listen! Every Religion that Preaches Vengeance for Sin is the Religion of the Enemy & Avenger and not of the Forgiver of Sin, and their God is Satan, Named by the Divine name. Your Religion, O Deists! Deism, is the Worship of the God of this World by the means of what you call Natural Religion and Natural Philosophy. (52:17 − 27)

블레이크는 하나님께서 사탄을 창조한 것이 아니라 하나님의 허락으로 존재하게 된 것을 믿고 있었다고 헨리 크랩 로빈슨은 말한다. 그렇다면 이 말은 사탄이 하나님보다 열등한 존재이지만 자율적 존재라는 뜻으로 풀이될 수 있으며, 블레이크는 영지주의자라는 비난을 면하기 어려울 것이다. 그러나 블레이크는 사탄이라는 용어를 여러 가지 의미로 사용하고 있음을 인식해야 한다.

우선 사탄은 성경에 있는 바와 같이 '멸망의 자식'(요한 17:12), 즉 악인들의 집합체를 상징하고 있는 것을 볼 수 있다.

사탄을 그는 멸망의 아들이라
이름 지었고, 그의 모습은 흉측하고, 인간미가 없었으며, 괴물 같았다.
. . . .
혐오스럽고, 저주받은 자, 영원한 죽음에서 영원히 죽어간다.
난폭한 자들의 무리가 연합하여 신성한 형상에 대하여
신성 모독적인 말을 하는 사악한 사람들의 집합체로다.

Satan he was nam'd
Son of Perdition, Terrible his form, dehumanized, monstrous,
. . . .
Abhorr'd, accursed, ever dying on Eternal death,
Being multitudes of tyrant Men in union blasphemous
Against the Divine image, Congregated assemblies of wicked men.

(The Four Zoas, Night Ⅷ, 249 – 256)

두 번째로 사탄은 인류가 중생(Regeneration)의 과정에서 통과하게 되는 어떤 상태의 이름으로 사용되고 있으며(『예루살렘』 35:1 – 2), 세 번째는 중생의 과정이 시작되기 전에 하나님에 의해 허락된 악의 정도를 나타내는 것으로 사용되고 있다(『예루살렘』 42:29 –

31). 따라서 블레이크가 로빈슨에게 한 말은 세 번째의 함축된 의미일 것이며, 그 뜻은 하나님이 악을 창조하신 것이 아니라 그의 허락에 의해 존재하되, 「이신론자들에게」("To the Deists")에서 인용한 끝 부분에서 사탄을 뜻하는 '이 세상의 하나님'(the God of this World)은 창조주 하나님이 아니다. 다시 말하면 블레이크는 영지주의자가 아니라는 것이다.

이신론자들과는 달리 블레이크는 내재적 하나님(immanent God)을 믿은 것이다. 그는 내재하는 하나님, 인간처럼 친근감을 느낄 수 있는 하나님을 믿고 또 그런 하나님을 작품 중에서 묘사하고 있다. 앞에서 인용한 말 중에 "하나님···· 우리 안에 존재하고, 우리는 그분 안에 존재한다."(God···· exists in us & we in him)는 표현은 내재적 하나님을 나타낸 대표적인 것이라고 볼 수 있으며, 『예루살렘』에서도 이와 유사한 표현을 볼 수 있다.

나는 먼 곳에 있는 신이 아니라, 나는 형제요 친구니라.
너희 품안에 내가 거주하고, 너희는 내 안에 거주하느니라.

I am not a God afar off, I am a brother and friend:
Within your bosoms I reside, and you reside in me. (4:18 - 19)

블레이크는 『순수의 노래』에서 하나님의 속성에 대해 말할 때에 인간이 겉으로 나타내 보일 수 있는 성질로 묘사하여 인간이 하나님의 속성을 인식할 수 있게 하고 있다.

자비, 동정, 화평, 그리고 사랑에게
모든 사람 고통 중에 기도드리네.

이들 즐거움의 덕목에
(모든 사람) 감사드리네.

왜냐하면 우리 아버지 하나님은
자비, 동정, 화평, 그리고 사랑이시며
또한 그분의 귀여운 자녀 인간도
자비, 동정, 화평, 그리고 사랑이기에.

왜냐하면 자비는 인간의 심장을
동정은 인간의 얼굴을 지녔기에,
사랑은 신성한 인간의 모습을
그리고 화평은 인간의 의상을 입었기에····

To Mercy, Pity, Peace, and Love
All pray in their distress;
And to these virtues of delight
Return their thankfulness.

For Mercy, Pity, Peace, and Love
Is God, our father dear,
And Mercy, Pity, Peace, and Love
Is Man, his child and care.

For Mercy has a human heart,
Pity a human face,
And Love, the human form divine,
And Peace, the human dress.

("The Divine Image" sts. 1 - 3)

블레이크의 이러한 내재적 신관은 성경에서 나온 것이라고 볼
수 있다. 성경은 여러 곳에서 이런 개념을 묘사하고 있다. 특히 사
도 요한은 내재적 하나님을 많이 증거하고 있다.

너희가 나를 알았더라면 내 아버지도 알았으리라. 이제부터는 너희가
그를 알았고 또 보았느니라. 빌립이 가로되 주여, 아버지를 우리에게
보여주옵소서. 그리하면 족하겠나이다. 예수께서 가라사대 빌립아,
내가 이렇게 오래 너희와 함께 있으되 네가 나를 알지 못하느냐? 나
를 본 자는 아버지를 보았거늘 어찌하여 아버지를 보여 달라 하느
냐? 나는 아버지 안에 있고 아버지는 내 안에 계신 것을 네가 믿지
아니하느냐? (요한복음 14:7 - 10)

또한 사도 요한은 편지에서도 내재적 하나님에 대하여 증거하고
있다.

하나님은 사랑이시라. 사랑 안에 거하는 자는 하나님 안에 거하고 하
나님도 그 안에 거하시느니라. (요한 일서 4:16)

성경은 이렇게 내재적 신관을 증거하고 있으며, 블레이크는 성경
에서 그런 신관을 배우게 되었다. 어쨌든 바우러(C. M. Bowra)는 블
레이크의 내재적 신관에 대하여 "····인간을 제쳐놓고 하나님을 생
각한다는 것은 아무런 의미가 없다."(····apart from man the idea
of God has no meaning)(Bottrall ed. *William Blake: Songs of Inn. &*
Exp. 144)라고 논평하며, 한편 레오폴드 댐로쉬(Leopold Damrosch)
는 인간 속에 있는 신적 요소를 강조한 것이라고 말한다.

····블레이크는 그럼에도 불구하고 신성한 내재적 하나님을 주장한
다. "모든 신은 인간의 가슴속에 거주한다."는 말은 하나님을 개인의
상상에서 나온 하나의 은유로 폄하하려고 하기보다는 인간 안에 있
는 신적인 요소를 강조하려고 의도된 하나의 공식화이다. 개인이 고
립과 유아론(唯我論)에서 벗어나는 것은 하나님 안에서 뿐이다.

····Blake asserts an immanent God who is nonetheless divine. "All
deities reside in the human breast." is a formulation intended to
emphasize the divine element in man rather than to demote God to a
metaphor of individual human imaginations; it is in God that the
individual is freed from isolation and solipsism. (247)

내재적 하나님을 강조한 블레이크는 때로는 범신론자라는 비난
을 받기도 한다. 그 이유는 다음과 같은 표현에서 찾아볼 수 있다.

언젠가 나는 불꽃 속에서 악마를 보았다. 그는 구름 위에 앉은 천사
앞에서 일어났다. 그리고 그 악마는 이런 말을 했다.
"하나님을 숭배하는 것은 각자에게 그의 재능에 따라서 주신 다른
사람들 안에 있는 그의 은사를 존중하고, 가장 위대한 사람들을 가장
잘 사랑하는 것이다. 위대한 사람들을 시샘하거나 험담하는 자들은
하나님을 미워한다. 왜냐하면 다른 하나님이 없기 때문이다."

Once I saw a devil in a flame of fire, who arose before an angel that
sat on a cloud; and the devil uttered these words:
"The worship of God is honouring his gifts in other men, each
according to his genius, and loving the greatest men best. Those who
envy or calumniate great men hate God, for there is no other God."
(The Marriage of Heaven and Hell 22:255 − 23:261)

그러나 블레이크의 말은 하나님이 단순한 인간에 지나지 않는다
는 뜻이라기보다는 하나님의 내재를 강조한 것에 지나지 않음을
알 수 있다. 블레이크는 『예루살렘』에서 하나님의 내재적 성질을
다음과 같이 묘사한다.

그리고 이것은 여호와의
언약이다. 만일 너희가 서로를 용서한다면,
여호와도 너희를 용서하실 것이다
그분 자신이 너희 중에 거하시기 위해서.

And this is the Covenant
Of Jehovah: If you Forgive one – another, so shall Jehovah Forgive You,
That He Himself may Dwell among You. (61:24 – 26)

뿐만 아니라 블레이크는 하나님이 물질계를 초월하고 있음을 "하나님은 안에도 계시고 밖에도 계신다. 그분은 심지어 지옥의 깊은 곳에도 계신다."(God is within & without: he is even in the depths of Hell)(*Jerusalem* 12:15)라고 묘사한다.

사도 요한이 하나님의 내재성을 많이 말하였거니와 사도 바울도 하나님의 내재성을 언급하면서 어떻게 보면 범신론적인 말을 한 곳도 있다. 그는 골로새 교회에 편지를 보내면서 "그 안에는 신성의 모든 충만이 육체로 거하시고… 너희도 그 안에서 충만하여졌으니"(골로새서 2:9 – 10)라고 하나님의 내재성을 말하고, 또한 그리스도의 내재성을 이렇게 묘사한다.

거기는 헬라인과 유대인이나 할례당과 무할례당이나 야만인이나 스구디아인이나 종이나 자유인이 분별이 있을 수 없나니 오직 그리스도는 만유시요, 만유 안에 계시니라. (골로새 3:11)

사도 바울의 이상과 같은 언급 때문에 그를 범신론자라고 낙인을 찍을 사람은 아무도 없다. 마찬가지로 블레이크도 내재적 하나님을 강조하는 데에는 범신론이 아닌 하나님의 초월성도 인정하고 있음을 데이비스(J. G. Davies)는 이렇게 설파한다.

> 그런데 그분이 "밖에도 계신다."는 말에 관해서는 그분이 어느 정도
> 초월해야만 하는 인간 안에 전적으로 날 때부터 계실 수는 없다. 블
> 레이크는 하나님에 대해 인간을 초월하고 인간과 구별되는 존재이지
> 만, 그분의 자비하심으로 오셔서 인간 안에 인간과 함께 거주하시는
> 존재라고 되풀이하여 말했다.

> In so far then as He is 'without' He cannot be exclusively innate in
> man whom He must in some measure transcend. Blake repeatedly
> spoke of God as a Being who is above man and distinct from him,
> but who of His mercy comes and dwells in and with man. (87 – 88)

영이 인간 속에 내재하는 것을 부정하고, 영은 완전히 초월적인 어떤 것으로만 간주하게 되면 우리는 이신론에 접근하게 되고, 아울러서 하나님과 인간 사이의 어떤 내적 관계를 부정하는 것이 된다. 그런가 하면 하나님의 초월성을 너무 강조하게 되면 이원론에 빠지게 되어 하나님과 인간이 널따란 간격으로 분리되어 양자 사이에 아무런 교류도 이루어질 수 없다는 모순에 빠지게 된다. 이러한 블레이크의 신학사상은 스웨덴보르그의 영향에서 나온 것이다. 블레이크는 두 가지 면에서 하나님 – 인간(God – man) 신학사상을 가지게 되었다. 첫째, 그는 하나님께서 인류를 창조하셨기 때문에 하나님의 인간성을 강조하였다. 마치 컵이 그 용량보다 더 많은 것을 담을 수 없듯이, 인간은 인간보다 더 위대한 어떤 것을 생각할 수 없다. 그러나 하나님은 하나의 인간이다. 그분은 인간에 의해 그렇게 인식되기 때문이 아니라, 그분은 인간의 창조자이기 때문이다. 그러기에 블레이크는 "하나님은 인간이며, 우리 안에 존재하시고,

우리는 그분 안에 존재한다."고 선언할 수 있었던 것이다. 둘째, 그는 그리스도께서 육신으로 세상에 오신 것, 즉 성육신(Incarnation)은 하나님의 인간성과 인간의 중요한 본성을 드러내주었다고 주장하였다(Davies 89 - 90).

그리스도는 그의 생애와 죽음을 통해서 참다운 인간성을 드러내 보였다. 하나님 - 인간인 그리스도 안에는 하나님의 계시뿐만 아니라 하나님의 타아(Other - self), 즉 인간의 계시도 있는 것이다. 그러므로 어떤 의미에서 성삼위(Holy Trinity) 중에서 제2위는 인간(Man)이며, 그의 계시는 새로운 영적인 영원한 인간의 출현이라고 본다. 여기에 그리스도에 대한 블레이크의 특별한 관심이 있는 것이다. 따라서 그는 성삼위 중에서 제2위인 성자를 더 존경하게 되고 『예루살렘』에서 "인간의 환상이여! 인간적인 신이신, 구세주 예수님이시여, 영원히 찬양받으소서."(A Human Vision! Human Divine, Jesus the Saviour, blessed for ever.)라고 찬양한 것이다.

기독교에서 신관을 말할 때는 의례히 삼위일체 교리를 언급하게 된다. 하나님의 내재성, 즉 신성 - 인성(Divine - Humanity)에 더 관심을 기울인 블레이크는 삼위일체에 대해서는 별로 언급하지 않았다. 그가 삼위일체에 대해서 언급한 것은 우연한 일이요, 이따금씩 한 말도 일관성이 없다고 데이비스는 지적한다(91). 그러나 그의 작품에는 삼위가 분명하게 표현되어 있음을 볼 수 있다. 그는 성자가 성부에게 기도하는 모습을 묘사한다.

구세주시여, 만일 당신이 여기에 계셨더라면 우리의 오빠가 죽지 않았을 것입니다.

그리고 지금 우리는 당신이 하나님께 무엇을 구하든지
그분은 그것을 당신에게 주실 것을 알고 있습니다.

Lord, Saviour, if thou hadst been here our brother had not died;
And now we know that whatsoever thou wilt ask of God
He will give it thee. (*The Four Zoas* Ⅳ, 252 – 254)

또한 블레이크는 성경을 위에서처럼 인용하여 성자를 묘사하기
도 한다.

보이지 않는 하나님의 형상 예수님은
그것의 희생자, 하나의 저주, 하나의 제물 및 속죄가 되셨다
영원한 죽음을 위해.

Jesus, the image of the Invisible God,
Became its prey, a curse, an offering and an atonement
For Death Eternal. (*Milton* 2:12 – 14)

그런가 하면 블레이크는 삼위의 활동을 구별 짓기도 했다. 성부
를 창조주로(*The Book of Job Illustrations* ⅩⅤ), 성자를 구세주와 속
량자로(*A Vision of The Last Judgement* 85), 성령을 감화자로(*Descriptive
Catalogue* Ⅴ) 각각 표현했다. 성삼위에 대한 블레이크의 이와 같은
묘사는 성경이 증거하는 것이며, 정통 기독교의 교리인 것이다. 그
러나 이에서 그친 것이 아니라 블레이크는 똑같은 기능을 다른 신
위에 돌리기도 했다. 예를 들면 그는 성자를 "Divine Creator &
Redeemer"(*Jerusalem* 96:13)로 묘사하고 있는데, 여기에서 'Redeemer'
(속량자)는 누구에게나 쉽게 납득이 되지만 'Creator'는 다소 의문의

여지가 있다고 본다. 그러나 성경은 성자도 창조주임을 밝히 증거하고 있다. 사도 요한은 "만물이 그로 말미암아 지은 바 되었으니, 지은 것이 하나도 그가 없이는 된 것이 없느니라."(요한복음 1:3)고 말하고 있으며 사도 바울도 성자가 창조주임을 다음과 같이 가르치고 있다.

> 그는 보이지 아니하는 하나님의 형상이요, 모든 창조물보다 먼저 나신 자니 만물이 그에 의해 창조되었으되···· 만물이 다 그로 말미암고 그를 위하여 창조되었고····(골로새서 1:15 – 16)

그러므로 블레이크가 성자 그리스도를 창조주로 묘사한 것은 성경이나 전통 기독교 교리와 상치되지 않는다고 본다. 블레이크의 예언서뿐만 아니라 『순수의 노래』(*Songs of Innocence*)에서도 성자를 창조주로 묘사하고 있는데, 이것은 그의 신관이 그 작품을 통해서 일관성 있게 나타나고 있는 증거라고 보겠다. 그는 성자를 창조주로 이렇게 노래한다.

> 귀여운 아기야, 한때는 너처럼
> 너의 창조자는 누어서 나를 위해 우셨지
> 나를 위해, 너를 위해, 모두를 위해 우셨지
> 그분이 어린 아기였을 때.

> Sweet babe, once like thee,
> Thy maker lay & wept for me,
> Wept for me, for thee, for all,
> When he was an infant small.
>
> ("A Cradle Song" 23 – 26)

결국 블레이크는 그의 작품에서 삼위일체 교리를 밝히지는 아니
하였어도 그의 작품 활동 초기에서부터 말년에 이르기까지 삼위일
체 교리를 받아들인 것으로 보인다. 특히 블레이크는 그의 만년에
창세기를 도해하면서 삼위가 함께 일하는 것으로 표현하고 있음을
데이비스는 지적한다.

> 그래서 그의 생애의 만년에 그가 시작한 도해에서 블레이크는 성삼
> 위가 신적 통일체로 함께 일하시는 것을 묘사하였다.

> So in the Genesis illustrations, which he began in the last year of his
> life, Blake depicted the Holy Trinity working together in divine unity.
> (93)

그러나 그의 신앙의 중심은 성육신(Incarnation)하여 하나님의 사
랑을 인간에게 나타낸 예수 그리스도였다. 그래서 그는 삼위 중에
서 그리스도를 더욱 예배의 대상으로 묘사하고 있다.

> …이 세상의 창조주는 매우 잔인한 존재이고, 그리스도를 숭배하는
> 자로서 나는 말하지 않을 수 없다. "성자여, 오 성부와 얼마나 같지
> 않은가?" 처음에 전능하신 하나님은 머리를 탁 치며 오신다. 그 다음
> 예수 그리스도는 그것을 치료하기 위해 연고를 가지고 오신다.

> …the Creator of this world is a very cruel Being, & being a
> Worshipper of Christ, I cannot help saying: "the Son, O how unlike
> the Father!" First God Almighty comes with a Thump on the Head.
> Then Jesus Christ comes with a balm to heal it. (*A Vision of the Last
> Judgement* 92 – 95)

Ⅱ. 블레이크의 인간관

블레이크의 작품에 묘사된 인간에 대한 개념은 신에 대한 그것보다 더 복잡하다. 그래서 블레이크는 인간의 개념을 확실히 파악할 수 없음을 "인간이 어떤 존재인가? 누가 말할 수 있을까?"(What may Man be? Who can tell? 『예루살렘』 34:25)라고 자인하고 있다.

블레이크가 이렇게 인간에 대해 확실한 개념을 파악하지 못한 것은 그가 예술의 출전으로 삼고 있는 성경에 나타난 인간의 개념이 복잡하기 때문일 것이다. 성경에 묘사된 인간관은 간단한 것 같지만 실은 대단히 복잡하다. 우선 인간창조의 신화를 고찰해 보면 3단계로 되어 있음을 알 수 있다.

첫 단계에서는 하나님의 형상대로 남자와 여자를 하나님이 창조하신 것으로 되어 있다(창세기 1:26 – 27). 둘째 단계에서는 "하나님이 흙으로 사람을 지으시고 생기(breath of life)를 그 코에 불어넣으시니 사람이 생령(living soul)이 된지라."(창세기 2:7)고 되어 있다. 셋째 단계에서는 사람이 혼자 사는 것이 좋지 못하기 때문에 하나님이 아담의 갈비뼈로 그의 배필을 창조하신 것으로 묘사되어 있다(창세기 2:18 – 22). 흔히 제2, 제3단계는 제1단계를 다시 설명하는 것이라고 한다. 그러나 하나님께서 '우리의 형상'(our image) 또는 '우리의 모양'(our likeness)대로 인간을 만들자고 하셨을 때, 그 개념이 하나님의 외형을 뜻하는 것인지 아니면 속성을 뜻하는 것인지 파악하기 어렵다.

다음으로 인간의 타락, 즉 원죄에 대한 개념도 파악하기 어렵다.

성경은 아담과 하와가 에덴동산이라는 낙원에서 살다가 뱀의 형상
으로 나타난 사탄의 간계에 넘어가 '선악을 알게 하는 나무'(tree of
the Knowledge of good and evil)에서 열매를 따 먹으므로 인간은
원죄(Original Sin)를 저지르게 되어 낙원에서 추방되며, 이리하여
인간 세상에는 고통과 사망이 지배하게 되었다고 증거하고 있다(창
세기 3:1 - 19). 여기에서 흔히 말하는 "선악을 알게 하는 나무의
열매를 따 먹는다."는 말이 무엇을 의미하는지 분명히 파악하기가
어렵다는 것이다.

성경은 천지창조의 여섯째 날에 인간이 창조되었고 그 후 에덴
동산에서 타락한 것으로 묘사하고 있으나, 블레이크는 물질 세상이
창조되기 이전에 인간이 영적으로 창조되었으며 그 인간이 타락하
고 난 뒤에 현상세계가 창조되었다고 『유리즌 서』, 『네 생물들』
등에서 묘사하고 있다. 그리하여 타락한 인간은 현재의 상태가 만
족스럽지 못하기 때문에 타락 이전의 가장 복된 상태를 그리워한
다고 다음과 같이 묘사한다.

> ····오 저 감미로운 지복의 들판들은 얼마나 같지 않은가?
> 그곳엔 자유가 정의였고, 영원한 과학이 자비였지.

> ····O how unlike those sweet fields of bliss
> 0Where liberty was justice, & eternal science was mercy.
>
> (*The Four Zoas*, Ⅲ. 39 - 40)

1794년 블레이크는 『유리즌 서』를 조판(engraving)하였는데 여기
에서 그는 인간의 타락 신화를 처음으로 말한다. 그 후 1797년 『발

라』(*Vala*)라는 이름으로 출판했다가 후에 『네 생물』(*The Four Zoas*)로 이름을 바꾼 책에서 그는 인간의 타락에서부터 최후의 심판까지 아홉 개 부분으로 나누어 인간에 대한 미완성 서사시를 썼다.

물질 이전의 세계 또는 물질을 벗어난 세계는 '영원'(Eternity)이다. 시간과 공간이 있기 전에 인간은 영원한 세계에서 영체(spiritual body)로 존재하였다. 이 영체를 블레이크는 '보편적 인간'(Universal Man)혹은 '앨비언'(Albion)이라 부른다. 이 최초의 인간인 보편적 인간은 사고, 감정, 감각 및 직관 등 네 요소가 잘 균형이 잡힌 전인이었을 뿐만 아니라 한 몸에 남·녀의 양성을 다 갖추고 있었다. 데이비스는 블레이크의 이러한 인간관은 독일의 신비주의자 야코프 뵈메의 영향을 받은 것이라고 말한다.

> 블레이크는 이러한 착상의 기원에 대해 뵈메의 은덕을 입은 것 같다. '아담은···· 남성과 여성인 하나님의 완전한 형상이었다. 그리고 그럼에도 불구하고 그들의 어느 쪽도 분리되지 않았다. 그러나 순결한 처녀처럼 순수하였다···· 아담은 한 개체 안에 부부였다.' 인간은 그러므로 하나의 통합된 전체였다(97). 바클레이 시편 주석 서문을 참조.
>
> it seems likely that Blake was indebted to Boehme for the genesis of this idea. 'Adam···· was a complete image of God, male and female, and, nevertheless, neither of them separately, but pure like a chaste virgin···· Adam was man and wife in one individuality.' Man, therefore, was an integrated whole. (97)

인간이 천지창조 이전에 존재하였다는 것은 기원 3세기 희랍의 신학자 오리겐(Origen)이 주장한 바 있으며, 이것을 뵈메가 체계화하였고, 그 사상을 다시 블레이크가 물려받았다. 어쨌든 최초의 인간을 블레이크는 '아담'(Adam)이라고 하지 않고 '보편적 인간'(Universal Man) 혹은 '앨비언'(Albion)이라고 부르는데, 이 사람에는 많은 민족이 포함되어 있다고 그는 말한다.

> ····이들 여러 가지 상태를 나는 나의 상상 속에서 보았다. 멀리 떨어져 있을 때 그들은 한 사람처럼 보이나, 당신이 가까이 가면 그들은 여러 국가의 많은 무리로 나타난다.

> ····these various States I have seen in my Imagination; when distant they appear as One Man, but as you approach they appear multitudes of Nations.
>
> (A Vision of the Last Judgement 76 – 77)

이 최초의 인간 앨비언 속에 많은 인류가 내포되어 있음을 프라이(Northrop Frye)는 이렇게 설명한다.

> 앨비언은, 비록 단 한 명의 타이탄 혹은 거인으로 시각화되었을지라도, 어쩌면 시간과 공간의 세계에서 우리가 알고 있는 모든 인류를 내포하고 있을 것이다.

> Albion includes, presumably, all the humanity that we know in the world of time and space, though visualized as a single Titan or giant.
> (Fearful Symmetry 125)

이 영체 앨비언은 네 개의 얼굴을 가지고 있는데, 블레이크는 그들을 '네 생물들'(Four Zoas)이라고 부른다. 블레이크는 구약성경 에스겔서 1장 5절에 나오는 "Four Living Creatures"에서 네 생물의 암시를 얻었다. 그리하여 그는 그들의 이름을 각각 '우르도나'(Urthona),

'유리즌'(Urizen), '루바'(Luvah), 그리고 '타르마스'(Tharmas)라고 이름 지어 주었다. 그의 시에서 이들은 각각 다른 것을 다양하게 상징하고 있다. 우선 기본적으로 우르토나는 상상력(Imagination)을, 유리즌은 이성(Reason)을, 루바는 열정(Passions) 혹은 감정(Emotions)을, 그리고 타르마스는 감각(Senses) 혹은 육체(Body)를 상징하고 있다. 그 외에 이들이 상징하는 방위, 원소, 감각기관, 계절, 신체의 부위, 금속 등을 해도하면 다음과 같다.[8]

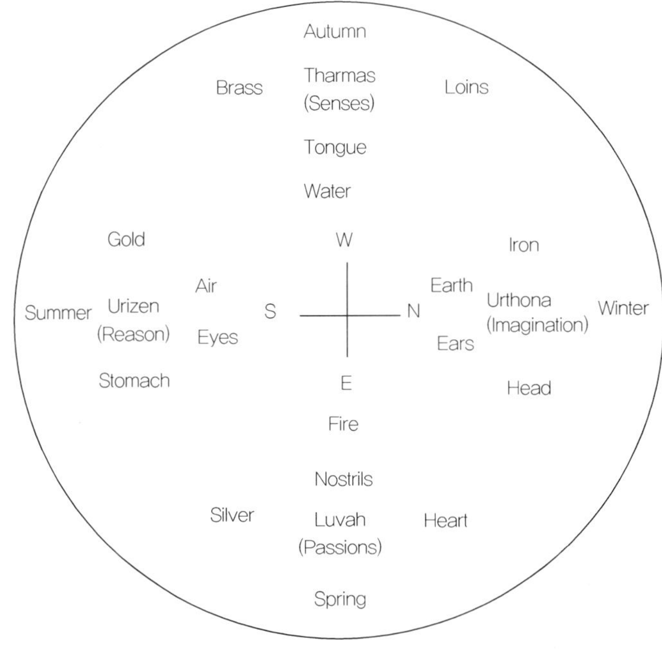

Universal Man or Albion

원은 완전한 기하학적 도형이기도 하지만, 절대적 균형의 상징일 뿐만 아니라 인간 영혼의 상징도 된다.

네 생물들은 인간의 타락 전까지는 서로 조화를 이루며 산다. 보편적 인간의 감각은 우리들의 그것처럼 범위가 제한되어 있지 않았다. 그에게는 강렬한 지각력과 다양한 지각력이 부여되어 있었다. 또한 그는 자유변통(all-flexible)이었다. 따라서 그는 마음대로 확장되거나 수축될 수 있었다. 확장될 때 인간은 자기를 '통일체'(Unity)로 보았으며, 수축되었을 때 그는 자신을 '다양체'(Diversity)로 보았다. 버나드 블랙스톤(Bernard Blackstone)은 여기에 블레이크의 신비한 환상과 철학적 문제를 풀 수 있는 열쇠가 있다고 말한다(제4장). 즉 그것은 급진적 이상주의로서 죄와 고통이라는 모든 타락의 당연한 결과와 함께 타락의 여지를 가지고 있으며, 개인을 위한 그리고 그의 다양한 정열과 열망을 위한 여지를 남겨놓는다는 것이다.

그런데 조화를 이루며 살던 네 생물들은 그 속에 있던 통일체가 어느 날 분열을 일으켜 조화가 깨지게 된다. 블레이크는 네 생물들의 분열에 대한 묘사를 일관성 있게 하지 않았다. 그 주된 원인은 그가 자기의 이상을 표현하기 위해 창안해 낸 몇 개의 신화를 완성한 것이 없다는 데서 찾아볼 수 있다. 또한 그는 인류의 타락을 교리로 다루지 않고 인간 심리의 해석을 쌓아올리는 데 필요한 기틀로만 사용하고 있다는 데에서도 찾아볼 수 있다. 어쨌든 블레이크의 신화에서 네 생물들의 조화가 깨지는 것이 인간의 타락이며, 그것이 바로 원죄(Original Sin)에 해당되는 것이다. 그 네 생물들의 조화가 깨지는 신화를 데이비스는 세 개의 범주로 나누고 있다.

·····(타락)신화는 세 개의 명확한 범주로 나누어진다. (첫째) 타락은

인간의 네 요소 중에 하나 혹은 다른 것이 통치권을 장악하려는 시도에서 비롯되었다고 보는 신화, (둘째) 자연이 하늘을 버리도록 인간을 유혹한다는 신화, 그리고 (셋째) 인간 자신이 책임이 있다고 보는 신화이다.

> ····the myths fall into three definite categories: those in which the Fall is attributed to the attempts of one or other of man's four elements to achieve domination, those in which nature tempts man to desert heaven, and those in which man himself is said to be responsible. (97)

인간 타락의 신화를 세 개의 범주로 나누어 놓고 보아도 거기에서 공통인수를 찾는다면 역시 인간 자신이라고 본다. 그러므로 블레이크는 『네 생물들』에서 그 점을 "자기의 눈을 외부에서 자아로 향할 때, 신성한 환상을 상실한다."(Turning his Eyes outward to Self, losing the Divine Vision)(Ⅱ. 2)라고 말하며, Night the First의 제282행에서는 "신성한 형상을 바라보기를 거절할 때"(Refusing to behold the Divine Image)라고 말하고, 또 『예루살렘』에서는 "신성한 환상에 대해 그의 등을 돌렸다."(turned his back against the Divine Vision)(39:14)라고 자아에 집착한 것을 묘사하고 있다. 바꾸어 말하면 인간의 자아집착은 타락에 아킬레스의 발꿈치(Achilles' heel)가 되기 쉽다는 것이다. 그러므로 네 생물들 중에 유리즌이든, 타르마스이든, 루바이든 간에 자아를 인식하고 자아에 집착한 데서 자연의 유혹을 쉽게 받게 되었고, 그 결과로 형제우애는 깨지게 되었으며, 마침내 인간은 하나님을 등지게 된 것이다. 이것이 바로 원죄에 대한 블레이크의 견해이다(Davies 100).

　이제 자아의 인식과 집착으로 분열이 생긴 후 타락한 보편적 인간 혹은 앨비언은 영적인 몸에서 육적인 몸을 입게 된다. 이것을 요약해서 블레이크는 이렇게 말한다.

> 그들은 본래 네 명으로 된 한 사람이었다. 그는 자아분열이 되었고, 그의 진정한 인간성은 생성의 혈통 위에서 소멸되었다.

> They were originally one man, who was fourfold; he was self−divided, and his real humanity slain on the stems of generation.
>
> *(Descriptive Catalogue* Ⅴ.)

　인간이 타락하므로 '생성'(generation)의 세계로 들어가게 되었다는 것은 기독교의 교리와는 상치되는 개념이다. 선악을 알게 하는 나무의 열매를 따 먹는 행위가 무엇을 의미하는지 파악하기 힘들다는 것은 앞에서 지적되었다. 금지된 열매를 따먹었다는 것은 하나님의 명령, 즉 약속을 어긴 것이기 때문에 커다란 범죄행위라고 흔히 생각한다. 그러나 블레이크는 선악과를 먹는다는 것을 선과 악의 싸움으로, 생명과를 먹는 것을 진리와 과오의 싸움으로 묘사하고 있는 것이 특이하다.

> 선과 악의 싸움은 지식의 나무에서 열매를 따 먹는 것이다. 진리와 과오의 싸움은 생명의 나무에서 열매를 따 먹는 것이다.

> The Combats of Good & Evil is Eating of the Tree of Knowledge. The Combats of Truth & Error is Eating of the Tree of Life.
>
> *(A Vision of the Last Judgement* 86−90)

그리고 이 선과 악의 싸움에서 인간은 남성과 여성으로 갈라지게 되었다(*Descriptive Catalogue* V).

이제 성경에서 말하는 인간의 타락과 블레이크의 작품 속에 묘사된 그것과 서로 일치되지 않지만 하나의 공통점은 찾아볼 수 있다. 그것은 아담과 하와가 하나님의 명령을 어긴 것이나, 보편적 인간이 분열하게 된 원인이나 다 같이 자아를 내세웠다는 점이다. 그렇다면 기독교의 인간 타락에 관한 교리와 블레이크의 그것 사이에는 큰 차이가 없다고 본다.

그러나 물질계의 창조에 있어서는 상당한 차이가 발견된다. 성경은 천지창조 후에 마지막으로 인간이 창조되었고 인간이 타락하므로 물질계도 저주를 받은 것으로 묘사하고 있다(창세기 1－3장). 이에 반하여 블레이크는 현상계의 창조는 인간 타락의 결과로 보고 있다. 바꾸어 말하면 인간은 현상계 창조 이전에 영원세계에서 창조되었기 때문에 재창조될 필요가 없고 다만 영체에서 육체를 입는 생성의 세계로 들어가기만 하면 된다는 것이다.

그런데 인간이 타락하여 '신성한 본성'(Divine Nature)을 상실하였을 때는 벌레(A Worm: *The Four Zoas* 9:624) 같은 존재가 되었고, 이제는 영생이 사라지고 사탄과 같이 '비실재'(Non Existence)의 상태로 곤두박질할 위기에 놓이게 되었다. 블레이크는 그 상황을 다음과 같이 묘사한다.

그리고 지금 그의 영원한 생명은
하나의 꿈처럼 말살되었다.

And now his eternal life

Like a dream was obliterated.

    (*The First Book of Urizen* Ⅴ. 3)

그는 아래로 무한한 공간을 보았고, 그의 영혼은 공포로 위축되었다.
그의 발은 비실재의 가장자리에 서 있다.

He saw the indefinite space beneath & his soul shrunk with horror,
His feet upon the verge of Non Existence.

        (*The Four Zoas* Ⅱ. 20 − 21)

앨비언이 절벽에서 비실재로 떨어지려는 것을 보았다.

Beholding Albion upon the Precipice ready to fall into Non − Eternity

        (*Jerusalem* 43:15)

그러나 블레이크는 하나님께서 인간이 육체를 입고 살 수 있는
세계를 창조한 것은 자비와 사랑의 행위로 본다.

생성된 인간에게 가시적인 것은 무엇이든지
사탄적인 공허로부터 벗어나는 자비와 사랑의 피조물이다.

Whatever is visible to the Generated Man
Is a Creation of mercy & love from the Satanic Void.

      (*Jerusalem* 13:44 − 45)

…천지창조····는 자비의 행위였다.

…Creation····was an act of Mercy.

    (*A Vision of the Last Judgement* 91 − 92)

하나님의 자비로 물질세계가 창조되므로 인간은 비실재를 면하

게 되었다. 인간은 물질세계에서 물질에 빠져 있지만 장차 그리스
도에 의해 구속(救贖)되어 물질을 뛰어넘을 수 있게 될 것이다. 왜
냐하면 그리스도는 인간으로 하여금 타락의 원인이 되었던 자아중
심을 말살할 수 있게 해 주고, 또한 인간의 불멸의 영혼이 자기의
영원한 고향으로 돌아갈 수 있도록 길을 열어 놓았기 때문이다. 그
러므로 블레이크는 인간이 생성(Generation)의 세계에 들어온 것은
'중생'(Regeneration)하여 상실한 '신성한 본성'(Divine Nature)을 되
찾을 수 있는 기간으로 보고 있다.

> 오 거룩한 생성, 중생의 형상이여!
>
> O holy Generation, Image of Regeneration!
>
> *(Jerusalem* 7:65)

> …아름다운 세속의 껍질,
> 죽은 자들의 허깨비의 거주지, 그리고 구속의
> 장소요, 다시 각성하여 영원으로 들어가는 장소.
>
> …the beautiful Mundane Shell,
> The Habitation of the Spectres of the Dead, & the Place
> Of Redemption & of awaking again into Eternity.
>
> *(Jerusalem* 59:7 − 9)

인간이 육체를 입고 이 세상에 잠시 살다가 영원한 세계로 복귀
한다는 사상은 블레이크의 예언서에서뿐만 아니라 『순수의 노래』
에서도 찾아볼 수 있다.

그리고 우리는 잠시 세상에 머문다.
우리가 사랑의 광선을 감당하는 법을 배우도록.

And we are put on earth a little space,
That we may learn to bear the beams of love
("The Little Black Boy" 13 – 14)

블레이크의 타락 신화는 인간적 관점에서 볼 때에 '원시 무의식' (pristine unconsciousness)에서 자아의식으로 옮겨가는 것이라고 글레크너(R. F. Gleckner)는 말한다(37). 모든 아이는 하나의 자아로 태어난다. 그러나 천진무구한 어린 시절에는 그 자아가 인식되지 않는다. 자아는 물론 악이라는 것도 모르는 것이 블레이크가 묘사한 『순수의 노래』의 세계이다. 그러므로 노드롭 프라이(Northrop Frye)는 『순수의 노래』의 세계를 "타락하지 않은 세계"(unfallen world)라고 말하며(*Fearful Symmetry* 42), 글레크너는 "어린이는 하나님과 흡사한 존재이며, 그가 사는 곳이 곧 낙원이다."라고 말한다(35). 그러기에 어린이는 영아시절에도 기쁨을 맛본다.

"나는 행복해요
기쁨이 나의 이름이지요."

I happy am,
Joy is my name.
("Infant Joy" 4 – 5)

신생아뿐만 아니라 풀밭에서 뛰노는 어린아이들도 그들을 지켜보는 노인들도 기쁨으로 가득 차 있다.

백발의 존 할아버지
웃음으로 근심을 날려버리네
참나무 아래에 앉아서
노인들 사이에서.
그들은 우리의 놀이를 보고 웃네.
그리고 이내 그들은 말하네.
"기쁨은 바로 그런 것들이야
우리 모두 소년소녀시절에
우리의 청춘시절에 맛보았지
메아리치는 녹지 위에서."

Old John, with white hair,
Does laugh away care,
Sitting under the oak,
Among the old folk.
They laugh at our play,
And soon they all say:
"Such, such were the joys
When we all, girls & boys,
In our youth time were seen
On the Ecchoing Green."

("The Ecchoing Green" 11 – 20)

블레이크는 기쁨을 인생의 핵심으로 생각한다. 이 기쁨은 외부의 어떤 것으로부터 배우거나 받거나 유래되는 것이 아니라 '우리의 존재이며 본질'(our being and essence)이라고 윅스테드(J. Wickstead)는 말한다(Bottrall ed. *William Blake: Songs of Inn. & Exp.* 101). 악과 자아도 모르는 완전한 행복, 제한하는 법률이 없는 자유와 에너지, 어린이의 생활과 동물들의 생활과 주위를 둘러싼 우주 사이의 방해 없는 교제 등, 어린이의 세계는 즐겁기만 하다. 그가 꿈에도 그리던 인류의 황금시대, 즉 회복된 낙원의 밝은 환상인 것이다.

> 그분은 너의 이름으로 불린단다.
> 그분은 스스로 어린양이라 부르기에.
> 그분은 온유하시고, 그분은 온순하시지.
> 그분은 어린아이가 되셨어.
> 나는 아이, 그리고 너는 어린양
> 우리는 그분의 이름으로 불린단다.

> He is called by thy name,
> For he calls himself a Lamb.
> He is meek, & he is mild;
> He became a little child.
> I a child, & thou a lamb,
> We are called by his name.
>
> ("The Lamb" 13 – 18)

블레이크는 어린아이에게서 하나님의 모습을 발견한 것이다. 해롤드 블룸(Herold Bloom)은 블레이크가 어린아이에게서 "사람 안에 있는 하나님"(God – in – man)을 본 것이라고 말한다(39). 그의 논평은 타당한 말이라고 본다. 왜냐하면 블레이크는 그리스도의 신성에 관한 질문을 받았을 때, "그는 오직 하나님"(He is the only God)이라고 대답했기 때문이다(Judith O'Neill ed. *Critics on Blake* 15). 바꾸어 말하면 블레이크는 「어린 양」("the Lamb")에서 어린아이와 하나님인 예수님을 동일시하고 있기 때문이다. 그러므로 어린이를 타락 이전의 통일체의 상징으로 보는 글레크너의 생각은 옳다고 본다.

『순수의 노래』에서 어린아이는 원시 통일체의 상징이며, 모든 실용적 목적을 위해서 한 분의 하나님이다. 그는 하나의 무의식의 자아이다. 바꾸어 말하면 순수는 영생에 공동으로 동참하므로 하나님 안에서 연합된 영원한 가족이다.

In the Songs of Innocence the child is the symbol of primal unity, for all practical purposes a God. He is an unconscious self; in other words, innocence is the Eternal Family united in God by common participation in eternal life. (45)

그러나 어린이가 사춘기에 이르면 마음은 발전하고 감각은 성숙된다. 그렇게 되면 인간은 천진무구의 세계에서 자연스럽게 경험의 세계로 들어가게 된다. 경험의 세계로 들어간다는 것은 더 높은 인생의 차원으로 들어간다는 뜻이다. 윅스테드(J. Wickstead)는 이것을 "…고차원의 생명으로 태어나기 위해서는 모두가 고통과 고난의 관문을 통과해야 된다."라고 설명한다(Bottrall ed. 101). 자아로 태어난 어린이는 천진무구의 상태가 계속되는 한 무지의 왕국이다. 안다는 것은 자각을 뜻하며, 자각은 외부세계와 관련하여 자신의 육체적 존재를 인식하므로 얻어지게 된다. 그러므로 블레이크는 철부지의 인생을 탈피하여 조직화된 순수, 즉 지혜와 더불어 살되 결코 무지와 더불어 살지 않는 순수를 그려보았다고 생각된다. 그렇기 때문에 블레이크는 인생이 발전하기 위해서는 상반된 세력이 있어야 된다고 주장한다.

상반된 것들이 없으면 발전이 없다. 매력과
역겨움, 이성과 활동력, 사랑과 미움은
인간 실존에 필요하다.

이들 상반된 것들로부터 종교에서 말하는
선과 악이 솟아난다. 선은 이성에 순종하는 수동적인 것이다.
악은 활동력으로부터 솟아나는 능동적인 것이다.
선은 천국이고, 악은 지옥이다.

Without Contraries is no progression. Attraction and
Repulsion, Reason and Energy, Love and Hate, are necessary
to Human Existence.
From these contraries spring what the religious call
Good & Evil. Good is the passive that obeys Reason.
Evil is the active springing from Energy.
Good is Heaven. Evil is Hell.

(The Marriage of Heaven and Hell 3:7 − 13)

　낙원의 상태를 방불한 천진무구의 어린 시절에서 경험 세계로 들어온 인간은 발전하기 위해서 악이 지배하는 세계에서 살게 된다. 악이 지배하는 인간의 세계를 묘사한 블레이크의 『경험의 노래』(*Songs of Experience*)를 프라이는 '타락한 세계'(fallen world)라고 지칭한다(*Fearful Symmetry* 42). 하나님의 모습을 닮았던 순수 세계에서는 「신성한 형상」("The Divine Image")을 노래했지만, 경험 세계에서는 악마의 형상이 「인간 요약」("The Human Abstract")에 잘 묘사되어 있다. 자비와 동정과 사랑이 없고, 이기심과 잔인함과 위선 등이 가득 찬 인간이 된다. 동심의 세계에서 찾아보던 하나님의 거룩한 속성은 사라지고, 타락한 악마의 형상만 남아 있다.

잔인함이 인간의 심장을 가지고 있네.
그리고 질투가 인간의 얼굴을
공포가 신성한 인간의 모습을
비밀이 인간의 의상을 입고 있네.

Cruelty has a Human Heart,
And Jealousy a Human Face;
Terror the Human Form Divine,
And Secrecy the Human Dress.

상징했듯이, 호랑이로써 경험 세계의 인간의 악을 상징하고 있다. 인간이 경험 세계를 초월한 차원 높은 삶을 성취하는 데는 단순한 선의나 경건한 열망만으로는 되지 않고 호랑이와 같은 정열과 힘과 에너지를 통해서만 가능하다는 것을 블레이크는 잘 알고 있었다. 바우러는 블레이크가 호랑이 상징을 사용한 것에 대해 인간 속에 숨겨진 "위대한 힘"(the great forces)을 강조한 것이라고 말한다(Bottrall ed. 156).

블레이크는 스웨덴보르그, 파라켈수스, 그리고 뵈메 등의 영향을 받은 신비주의자였다. 신비주의자는 남다른 환상을 보기도 하지만 신의 질서에 복종하는 것이 우선이다. 신비주의자는 특히 지상생활을 영혼의 여행으로 생각하고 있다. 하나님은 모든 피조물의 핵이요, 지상의 인간은 궤도를 이탈한 원자와 같아서 언젠가는 하나님 품으로 되돌아가야 하는 것이다. 어떤 의미에서 이런 점들은 성경의 가르침과 크게 다를 바가 없다. 그러나 블레이크가 그의 작품에서 묘사한 신관과 인간관은 성경의 가르침과 일치하지 않는 점이 있으며, 그의 인간관은 더욱 그렇다. 이런 이유로 블레이크는 신학도 하나님도 없는 종교 시인이라는 비난을 받게 되었다. 그러나 그는 자기의 작품 속에서 기독교의 교리를 설명하려는 것이 아니었다. 블레이크는 자기의 작품의 성질을 이렇게 밝히고 있다.

내 작품의 본질은 환상적이거나 상상적이다. 그것은 옛사람들이 황금
시대라고 부른 것을 회복하려는 노력의 일환이다.

The nature of my Work is Visionary or imaginative; it is an Endeavour
to Restore what the Ancients called the Golden Age.

(A Vision of the Last Judgement 71)

이렇듯 문학 작품을 통해서 상실한 인류의 황금시대를 되찾으려
는 환상적인 작품에서 기독교의 정통 교리를 찾아내려고 하는 것
은 커다란 착각이라고 생각된다.

상실된 낙원을 되찾으려는 블레이크의 예술적 환상은 그 나름대
로의 철학과 종교의 단편들로 구성된 신화를 꾸며내지 않으면 안
되었다. 그러므로 그의 신관과 인간관은 성경이나 기독교의 교리와
다른 점이 있는 것이 당연하다고 본다. 특히 신관에 있어서 블레이
크는 기독교의 전통적 개념과 이신론자와는 달리, 인간 속에 내재
하는 하나님을 강조하고 있다. 인간을 떠나서 하나님을 생각한다는
것은 무의미한 것으로 보았다. 따라서 블레이크는 하나님의 사랑을
가장 잘 나타내 준 성자 예수 그리스도를 신앙의 중심으로 생각한
것이다.

블레이크의 인간관은 성경의 가르침과 더욱 차이가 있다. 그는
인간이 영원한 세상에서 보편적 인간으로 창조되어 하나님의 형상
을 닮았으나, 자아를 내세우므로 타락하였으며, 그 후 영체는 육체
를 입게 되어 영원한 사망을 면하게 되었고, 육체가 살 수 있는 물
질세계가 창조된 것은 하나님의 자비로운 행위로 본다. 인간은 어
린 시절에는 자아를 인식하지 못하나 경험의 세계에서 그것을 인

식하게 되고, 마침내 그리스도에 의해 중생하여 상실했던 신성을 되찾고 낙원을 회복한다고 본 것이다.

블레이크의 작품 속에서 신과 인간이 동등시되기도 하지만, 에이브럼스(M. H. Abrams)는 그의 상상적 신화 속에서 그가 설정한 인물이 역사적 과정을 재현해 보이는 '극 중 인물'(dramatic persona)로 보아야 한다고 주장한다(*Natural Supernaturalism* 259). 블레이크의 작품에 나타난 인간의 타락과 우주 창조의 신화는 어떻게 보면 구약성경 창세기와 밀턴의 『실낙원』(*Paradise Lost*)을 희화화하는 것처럼 보인다. 그러나 프라이는 "…예술 안에서 모든 위대한 환상들은 성경에서 낙원, 그리고 고전에서 황금시대라고 불리는 타락하지 않은 세계의 환상들로 인도한다."(…all great visions in art lead up to visions of the unfallen world, called Paradise in the Bible and the Golden Age in the Classics.)고 말한다(*Fearful Symmetry* 40). 결국 블레이크가 남다른 신관과 인간관을 가진 것은 잃어버린 낙원을 되찾으려 하는 위대한 예술적 환상에서 나온 것이라고 보아야 할 것이다.

5.

블레이크의 시에서 잃어버린 인류의
황금시대와 예술의 도시 '골고누자'

I. 서 론

블레이크(William Blake, 1757 – 1827)는 인류가 상실한 낙원을 회복시키려는 꿈을 가진 시인이었다. 그리하여 그는 1789년에 목가적 전원시 31편을 담아서 『순수의 노래』(*Songs of Innocence*)를 펴냈다. 그는 이 시집에서 주로 전원을 배경으로 낙원에 대한 그의 꿈을 펼쳐 보이고 있다. 그가 묘사한 순수상태의 기본 정서는 사랑, 기쁨, 평화 및 자유이다. 그는 1794에 타락한 세상의 불행한 삶을 묘사한 23편의 시를 더 보태어 "인간 영혼의 두 개의 상반된 상태를 보여준다."는 부제를 붙여서 『순수와 경험의 노래』(*Songs of Innocence and of Experience*)를 펴냈다. 그 후 그는 여러 편의 소예언시와 『네 생물』(*The Four Zoas*), 『밀턴』(*Milton*), 및 『예루살렘』(*Jerusalem*)

같은 대예언시에서 타락한 인류의 불행한 생활상과 아울러 잃어버린 낙원을 회복시키려는 그의 문학적 꿈, 즉 골고누자(Golgonooza)를 건설하려는 꿈을 전개해 나갔다.

블레이크는 영국 낭만주의 시인에 걸맞게 상상력이 풍부한 시인이었다. 그는 "워즈워드에 대한 논평"(On Wordsworth)에서 "한 가지 능력만이 시인이 되게 한다. 상상력, 즉 신성한 환상이다."(One Power alone makes a Poet: Imagination, The Divine Vision.)라고 말함으로써 예술 활동에서 상상력의 중요성을 강조하고 있다(Keynes 782). 또한 그는 구약성경의 예언자들처럼 환상을 보는 시인이었다. 이스라엘의 예언자들은 하나님께서 보여주신 환상대로 통치자들과 백성의 죄악을 질타하며 새 예루살렘 건설을 위한 방법을 제시하였듯이, 블레이크도 국민의 자유를 억압하는 영국의 정치적, 종교적 지도자들에 대해 하나님을 대변하는 유일한 예언자였다(Raine 1979, 1). 그의 예술 활동은 이러한 그의 상상력을 토대로 구축된다. 그는 자기의 작품의 본질에 대하여 『최후 심판의 환상』(A Vision of The Last Judgment)에서 다음과 같이 말한다.

> 내 작품의 본질은 환상적 혹은 상상적이다. 그것은 옛사람들이 황금시대라고 부른 것을 회복하려는 노력의 일환이다.
>
> The Nature of my Work is Visionary or Imaginative; it is an Endeavour to Restore <what the Ancients called> the Golden Age. (72)

블레이크의 꿈은 인류가 잃어버린 낙원, 즉 인류의 황금시대를 회복하는 것이었다. 그는 상상력을 발휘하여 그의 예술 활동을 펼처 나갔다. 블레이크가 그의 작품을 통해서 회복하게 될 낙원은 예술의 도시 '골고누자'(Golgonooza)이다. 본 연구에서 필자는 블레이크가 인류의 황금시대를 잃어버린 과정과 낙원을 회복하는 과정을 그의 대예언시를 중심으로 규명해 보려고 한다.

Ⅱ. 잃어버린 인류의 황금시대

블레이크는 『경험의 노래』에서 타락한 인류의 생활상을 적나라하게 묘사하고 있다. '밤의 숲 속'과 같은 사회에는 위선 사기, 질투, 폭력 잔인함 등이 사람의 마음을 지배하고 있었다. 여기에서 그가 우리에게 들려주는 목소리는 혁명적인 것이 아니라 비극적인 것이다. 그리고 그는 소예언시와 대예언시에서 인류 타락의 경위를 전개해 나간다.

블레이크는 성경을 토대로 그의 시를 썼으나, 인류의 타락으로 인한 낙원 상실에 대해서는 성경과 다른 각도에서 다룬다. 바꾸어 말하면 블레이크는 자기 나름의 신화를 창조하여 인류의 타락을 묘사하고 있다. 성경은 인류의 시조를 '아담'이라고 하는 반면에 블레이크는 '앨비언'(Albion)이라는 인물을 내세운다. 최초의 인간 앨비언은 타락하기 전에 영원한 세계에서 영체(spiritual body)로 존재하였으며, 그 안에는 네 명의 강한 자들(Four Mighty Ones)이 완전한 통일체를 이루고 있었다. 블레이크는 이 영체를 '보편적 인간'(Universal Man)이라 칭한다(*Four Zoas* Ⅰ:4－6). 블레이크는 보편적 인간 안에 있는 네 명의 강한 자들을 '네 생물'(Four Zoas)이라고 부르며, 그들에게 각각 유리즌(Urizen), 루봐(Luvah), 우르도나(로스)(Urthona)(Los) 및 타르마스(Tharmas)라는 이름을 부여한다. 이네 생물은 다양한 기능 또는 능력을 가지고 있었으며, 이들의 상징체계는 아주 복잡하다. 그의 이러한 사상은 스웨덴의 과학자이며 신비주의자였던 스웨덴보르그(Emanuel Swedenborg, 1688 – 1772)의 영향이었다(Davies 35).

보편적 인간 앨비언은 그리스 신화에 나오는 거인(Grand Man)의 이름이다. 또한 앨비언은 브리튼(Britain)을 정복한 원주민 출신의 거인이었으며, 그는 그곳을 자기 이름을 따서 '앨비언'이라고 개칭하였다. 따라서 '앨비언'은 영시에서 흔히 영국(England)을 지칭하는 이름으로 쓰이고 있다. 이렇듯 앨비언은 블레이크의 시에서 '원형적 인간'(archetypal Man)으로 등장하기 때문에(Stevenson 314), 그의 이름에는 성경의 아담보다 더 폭넓은 의미가 함축되어 있다(강엽 312). 그런고로 벤틀리(Bentley)는 앨비언은 좁은 의미로는 당시의 영국의 상태에 대한 블레이크의 개념을 구체화시킨 것이며, 넓은 의미로는 현재 인류의 상태를 집약시켜서 나타낸 이름이라고 말한다(383).

아담이 타락한 원인은 하나님의 말씀에 대한 의심과 불순종이었다. 그러나 블레이크의 시에서는 교만과 자아본위가 타락의 바탕이 된다. 퍼시발(Milton O. Percival)은 "자아본위에서 교만과 야심의 씨가 성장할 수 있는 토양이 준비되어 있다."(163)라고 말한다. 블레이크는 앨비언의 타락이 교만과 자아본위에서 비롯된 것이라고 소예언시 『유리즌 서』(*The Book of Urizen*)의 「서곡」("Preludium")에서 다음과 같이 묘사한다.

> 최초의 사제가 권력을 장악한 것에 관하여
> 영원자들이 그의 종교를 일축하였을 때
> 그에게 북쪽의 한 공간을 주었다네,
> 희미하고, 그림자 같고, 공허하고, 고독한 곳을.
> 영원자들아, 나는 너희들의 외침을 기꺼이 듣노라.
> 빠른 날개 달린 말들을 받아써라, 그리고 두려워 마라
> 너희들의 암울한 고통의 환상을 공개하는 것을.

> Of the primeval Priest's assumed power,
> When Eternals spurned back his religion,
> And gave him a place in the north,
> Obscure, shadowy, void, solitary.
> Eternals, I hear your call gladly.
> Dictate swift − winged words, and fear not
> To unfold your dark visions of torment.
>
> ("Preludium", 1 − 7)

이 시에서 '최초의 사제'는 보편적 인간 앨비언 안에서 완전한 통일체를 이루고 존재하던 네 생물 사이에 분열(separation)을 조장한 유리즌을 가리키는 말이다. 마이클 퍼버(Michael Ferber)는 'primeval'은 원죄에 해당하는 '최초의 악'(prime evil)에 대한 언어유희이며, '권력을 잡은'(assumed)에는 정치적, 종교적 및 논리적 의미가 있다고 말함으로써(49), 블레이크의 신화창조 배경에는 종교와 정치적 뿌리가 있음을 시사하고 있다.

어쨌든 조화를 이루며 살던 앨비언 안에 존재하던 네 생물은 어느 날 분열을 일으켜서 통일체에 균열이 생기게 되는데, 이것이 블

레이크가 그의 작품에서 말하는 타락의 시작이다. 즉 어느 한 생물이 다른 생물들에 대한 지배력을 얻으려는 야심 때문에 앨비언은 타락하게 된 것이다. 또한 블레이크가 "그의 눈을 외부에서 자아에게 돌리므로, 신성한 환상을 상실하였다."(*Four Zoas* Ⅱ:212)라고 묘사함으로써, 그가 앨비언의 타락을 그 자신의 책임으로 돌린 것은 독일의 신비주의자 뵈메(Boehme)의 영향을 받은 것이라고 브라이언 오브리(Bryan Aubrey)는 주장한다(108).

블레이크는 앨비언의 타락을 『네 생물』에서는 다른 각도에서 취급한다. 앨비언이 타락하기 전에 네 생물은 저마다 발산체(Emanation), 즉 기쁨의 중심이 되는 여성원리를 포함하고 있었다. 그런데 선과 악의 싸움에서 남성과 여성으로 분리되고, 분리된 여성의지에 대한 열렬한 사랑으로 앨비언의 타락이 뽈라에서 시작된다.

블레이크는 『네 생물』을 아홉 개의 밤(Nine Nights)으로 나누어 여섯째 밤까지 보편적 인간 앨비언의 타락을 묘사한다. 그리고 일곱째 밤부터 시작되는 마지막 부분에서 그는 하나님의 어린양이 인류를 구원하는 과정을 제시한다. 첫째 밤은 타르마스의 타락과 함께 인류의 '황금시대'(Golden Age)가 사라졌음을 다루고, 둘째 밤은 루봐의 타락과 함께 인류의 '백은시대'(Silver Age)가 상실되었음을 다룬다. 셋째 밤은 유리즌의 타락과 함께 '황동시대'(Brazen Age)가 사라졌음을 취급하고, 넷째 밤에서 블레이크는 6천 년 전에 인류의 '흑철 시대'(Iron Age), 즉 현재상태의 인간성이 시작되었다는 것과 타락한 인생을 상징하는 아담(Adam)과 죽음을 상징하는 사탄(Satan)의 주기(cycle)가 확립되었음을 전개하고 있다. 다섯째 밤에서 그는 오르크(Orc)의 주기를 추적한다. 오르크는 로스와 에니타르몬

사이에 태어난 장자로서 물질세계에서 혁명을 상징한다. 여섯째 밤에서 그는 유리즌의 동굴 탐사와 여행을 묘사한다.

『네 생물』에서 주인공들의 행동은 이야기의 중간쯤에서 타르마스(Tharmas)가 이미 타락하여 그의 발산체인 에니언(Enion)이 그와 분리되어서 그를 괴롭힌다는 데서부터 시작된다.

> 그의 타락은 분할을 초래하고 그의 부활은 통일체로 이끈다.
> (그의 타락은 부패와 사망을 초래하고‥‥)
> 망했다! 망했다! 나의 발산체들은 망했다. 에니언, 오 에니언!
> 우리는 살아 있는 자들에게 회생제물이 되고, 우리는 은밀히 숨어 있다.
> 나는 예루살렘을 조용한 통회 중에 숨겼다. 오, 나를 불쌍히 여겨다오.
> 나는 그대에게 미궁도 지어주겠다, 오 나를 불쌍히 여겨다오. 오 에니언.
> 왜 그대는 상냥한 예루살렘을 나의 깊은 영혼에서 탈취해 갔는가?

> His fall into division & his resurrection to unity.
> (His fall into the generation of decay & death····)
> Lost! Lost! Lost are my emanations. Enion, O Enion!
> We are become a victim to the living, we hide in secret.
> I have hidden Jerusalem in silent contrition. O, pity me.
> I will build thee a labyrinth also; O, pity me. O Enion,
> Why hast thou taken sweet Jerusalem from my inmost soul?
>
> *(Four Zoas* Ⅰ:15 − 21)

타르마스와 에니언의 타락은 질투 때문에 일어난 것이다. 타르마스가 앨비언의 발산체인 예루살렘(Jerusalem)을 은밀히 사랑하는 것을 알게 된 에니언은 그를 떠난다. 사실 질투의 감정은 타락한 경험의 세계에서는 전형적인 자아본위의 모습이다. 그러기에 블레이크는 『네 생물』의 부제를 "사랑과 질투의 고통"(Torments of Love

& Jealousy)이라고 명명한 것 같다. 영원한 세계에서 중심부인 에덴은 능동적, 남성적, 상상적이며, 하나로 통일되어 있는 반면에, 주변부인 뿔라는 수동적, 여성적, 합리적이며, 분열된 다수로 구성되어 있다. 그러므로 블레이크의 타락 신화는 마이클 퍼시발(Michael Percival)이 지적하고 있듯이(164), 내부에서 외부로 점진적으로 확산되어 가는 복잡한 구조를 이루고 있다.

타락한 타르마스는 비통하게 울면서 시간이 지배하는 세계를 상징하는 '운명의 순환'(Circle of Destiny)을 돌린다(*Four Zoas* I :68). 즉 타르마스는 타락한 세상의 창조를 유발시키고, 그 세상이 구원받기까지 긴 여정을 계획하고 있다. 타르마스는 혼돈의 바닷속으로 깊이 가라앉고, 에니언은 밤낮 9일 동안 진펄 같은 물질을 엮어서 제10일째 되는 날 아침에 물렁한 구체(globe)를 만들게 된다. 이것이 뿔라의 타락한 형태로서 자연 세계를 덮고 있는 식물이 생장할 수 있는 곳이다. 이곳이 '생성의 세계'(The World of Generation)이며, 블레이크는 후에 뽈라(Vala)라고 명명한다. 폭군 유리즌이 지배권을 행사하려고 하는 영역은 바로 생성의 세계인 뽈라인 것이다. 또한 이곳은 '먹고 먹히는 곳'이며(Europe 2:5), '부패와 사망'이 있는 곳이고(*Four Zoas* I :22), 이곳은 삶을 위한 '다윈적 투쟁'(Darwinian struggle)이 있는 곳이다(Damon 150).

뽈라는 블레이크의 시에서 '어머니 자연'(Mother Nature)으로서 인간에게 환각을 수용하게 하는 악 또는 과오의 원리를 상징한다 (Nesfield — Cookson 56). 그런데 뽈라가 유리즌의 율법에 순종하여 자기를 향한 모든 욕망을 죽이려고 한다. 루봐로 의인화된 이 모든 욕망의 파멸에는 뽈라의 파멸도 수반된다. 블레이크의 시에서 죽음은 완전한 물질화를 의미한다. 사랑은 이제 물질적인 것, 즉 번식을 위한 욕망이 되어 버렸다. 앨비언 타락의 둘째 밤에서 영원한 사랑의 상징인 루봐가 타락하여 육체의 사랑으로 전락하였으며, 정신적인 아름다움의 상징인 뽤라가 타락하여 물질화되었다고 묘사함으로써 블레이크는 인류의 '백은 시대'(Silver Age)가 끝났음을 나타내고 있다. 그러나 블레이크는 인간이 영원한 멸망에 떨어지지 않도록 구원하려는 하나님의 계획을 상기시켜 준다(*Four Zoas* Ⅱ, 471 – 75).

마침내 타르마스와 에니언은 로스(Los)와 에니타르몬(Enitharmon)을 낳게 된다. 로스와 에니타르몬은 각각 시간과 공간을 상징한다(Frye 279). 로스와 에니타르몬은 이 작품의 끝 부분에서 인간에게 구원을 가져다주는 자들이 되지만, 오랫동안 그들은 부모를 거역한다. 이것은 로스와 에니타르몬이 유리즌의 영향을 받고 있다는 증거이다. 블레이크는 그 증거로『네 생물』의 첫째 밤의 끝 부분에서 유리즌이 루봐와 격렬한 싸움을 벌인다고 묘사한다. 로스와 에니타르몬이 본능을 거절하고 타락한 이성에 의해 지배를 받고 있는 것은 인간의 상상력에 혼란이 일어나고 있음을 암시하고 있다. 이에 대하여 매리 존슨(Mary L. Johnson)과 브라이언 윌키(Brian Wilkie)는 블레이크가 18세기 예술의 과도한 합리주의를 염두에 두고 말한 것이라고 한다(208). 이것은 인간의 타락이 유리즌만의 잘못에서 비롯된 것이 아니라, 이성과 에너지의 상반된 세력이 인간의 충만한 삶에 대하여 이기적인 음모를 꾸밀 수 있음을 암시하는 것이다.

하나님께서는 타락한 인간에게 구세주를 보내주실 것을 약속하신다(창세기 3:15). 마찬가지로 블레이크도 타락한 보편적 인간 앨비언에게 구원의 길을 예비한다. 뷸라에서 벌어진 격전의 보고를 접한 하나님의 공회는 예루살렘(Jerusalem)을 구원하기 위해 하나님의 어린양을 선정함으로써 타락한 인간에 대한 구원의 계획을 수립한다. 블레이크의 시에서 예루살렘은 '자유'(Liberty)의 상징이다 (*Jerusalem* 26:3; 54:5). 앨비언의 발산체로서 예루살렘은 모든 인류의 영감(inspiration)이며, 모든 개인 안에 있는 신성한 환상(Divine Vision)이다(*Jerusalem* 54:3). 또한 성경에서처럼 블레이크의 시에서도 예루살렘은 거룩한 평화의 도시이며, 완전한 사회를 상징하기도 한다. 바꾸어 말하면 블레이크는 새 예루살렘이 함축하고 있는 '신비적 연합'(Mystic Union)의 성경적 상징을 건전한 사회학으로 바꾼 것이다. 이렇듯 자유를 상징하는 예루살렘이 『네 생물』의 서두에 등장하는데, 타르마스와 에니언은 그녀를 숨겨 둔다(Ⅰ:27, 29). 그리고 유리즌은 루봐와 공모하여 그녀를 노예로 삼으려 한다(Ⅰ:497). 마침내 민족들의 분쟁으로 예루살렘은 폐허가 된다(Ⅰ, 545). 이것이 보편적 인간 앨비언이 타락한 첫 밤이며, 이때 인류의 황금시대가 사라진 것이다. 이렇듯 뷸라에서 시작된 타르마스와 에니언의 타락은 무엇보다도 '순수의 상태'의 타락을 말한다(Frye 284). 바꾸어 말하면 인간 사회에서 사랑, 기쁨, 평화 및 자유를 찾아볼 수 없게 된 것이다.

한편 블레이크는 『밀턴』의 서두에서 4연으로 된 4행시를 통해서 타락하기 이전에 영국에도 황금시대가 있었음을 상기시키고 있다.

그리고 거룩한 하나님의 얼굴이
우리의 구름 낀 언덕에 비추셨는가?

그리고 예루살렘이 여기 이 어두운
사탄의 맷돌 사이에 건설되었나?

And did the Countenance Divine
Shine forth upon our clouded hils?
And was Jerusalem builded here
Among these dark Satanic mills?

(Milton 1:25 – 28)

블레이크는 영국이 타락하기 이전에 거룩한 땅이었으며, 런던은
성경에서 말하는 예루살렘처럼 거룩한 도성이었다고 생각한다. 그
러나 지금은 타락하여 사탄이 지배하는 세상이 되었음을 그는 개
탄하고 있다. '어두운 사탄의 맷돌'은 사탄이 인간의 정신을 예속
화하고 있음을 상징하고 있다. 블레이크는 18세기에 합리주의와 유
물주의 이데올로기가 점점 삶의 질적인 면을 지배하고 변화시킨다고
보았다. 그러기에 그는 베이컨(Bacon), 뉴턴(Newton), 로크(Locke)를
사탄 교리의 주모자로 묘사했으며, 진짜 악마는 이 기계주의적 철
학자들임을 규명하기 위해『밀턴』을 썼다고 캐슬린 레인(Kathleen
Raine)은 주장한다(1979, 156). 즉 블레이크는 낙원 상실의 이유를
밝히기 위해 이 작품을 썼다는 것이다.

Ⅲ. 예술의 도시 골고누자 건설

'골고누자'(Golgonooza)는 블레이크가 만든 말로서 한마디로 '예

술의 도시'(city of Art)이다. 그는 골고누자를 로스(Los)가 건설하는
'예술과 제조의 도시'(city of Art & Manufacture)(*Milton* 24:50)라고
부른다. 캐슬린 레인은 블레이크의 시에서 도시는 '살아 있는 유기
체'(living organism)이며(1991, 100), '살아 있는 정신적 실체'(living
spiritual entity)라고 말한다(1991, 103). 또한 레인은 블레이크가 내
적(interior) 런던을 '골고누자'라고 칭한 이유에 대하여 "이 단어의
어근 'golgos'는 '해골'의 뜻이며, 도시의 존재는 인간의 두뇌에 있
기 때문이다."라고 말한다(1991, 103).

블레이크는 골고누자에 대하여 그의 대예언시 『네 생물』, 『밀턴』
및 『예루살렘』에서 골고루 다루고 있다. 이 도시의 형상은 요한 계
시록 제21장에 묘사되어 있는 '새 예루살렘'(New Jerusalem)처럼 정
사각형이며, 각 방위별로 한 개씩 네 개의 대문이 있다. 그 대문들은
칼 융(Carl G. Jung)의 정신(psyche)의 네 가지 기능, 즉 이성(reason),
감정(feeling), 직관(intuition), 감각(sensation)에 상응한다(Raine 1991,
109). 그 대문들에 대해서는 『예루살렘』(Plate 12 – 13)에 상세히 묘사
되어 있다. 각 대문은 에덴(Eden), 뿔라(Beulah), 생성(Generation) 및
울로(Ulro)로 통하는 네 개의 통로가 있다. 그리하여 상상력은 최후
의 날이 될 때까지 닫혀 있는 서쪽 대문을 제외하고 존재의 모든
국면으로 열려 있다. 타락한 아담과 하와는 에덴의 대문을 통해 지
상의 낙원으로부터 추방당했다. 블레이크는 이것을 감각적 세계의
외재화로 해석했다. 왜냐하면 도시의 서쪽 대문, 즉 감각의 대문은
닫혀 있기 때문이다.

이 도시엔 상아와 황금으로 지어진 거대한 첨탑과 아름답고 웅
장한 건물들이 즐비하다(*Milton* 35:25). 물론 이런 건축물들은 모두

남성과 여성의 상징이다. 블레이크의 시에서 도시는 살아 있는 유기체이기 때문이다. 지성(intellect)을 상징하는 남쪽엔 로스의 궁전이 있으며(*Jerusalem* 13:25), 중앙에는 용광로들이 딸린 로스의 대장간 '보울라훌라'(Bowlahoola)가 자리 잡고 있으며, 사람의 장기(organs)에 해당한다(*Milton* 24:49－59). 뷸라(Beulah) 쪽으로 나 있는 북쪽 대문에는 정원, 탑 및 첨탑들이 딸린 카데드론(Cathedron) 황금 전당이 있으며(*Jerusalem* 59:22－25), 그 전당에는 에니타르몬의 베틀이 설치되어 있다. 이 베틀은 여성의 자궁을 상징하며, 여기에서 남자의 몸이 직조된다. 그리고 도시의 중앙에는 여성의 질(vagina)을 상징하는 루반(Luban)의 대문이 있다. 불로 이루어진 해자(moat)가 루반, 로스의 궁전 및 카데드론의 베틀을 감싸고 있다. 그리고 도시 전체는 사탄의 전쟁에 대비하여 성벽으로 둘려 있다(*Four Zoas* Ⅷ:109).

블레이크는 '골고누자'라는 단어를 대예언시 『네 생물』에서 처음 사용한다. 로스(Los)는 오르크(Orc)의 출생 후에 에니타르몬과 함께 유단 아단(Udan Adan) 호수 위에 골고누자를 건설했다(*Four Zoas* Ⅴ:73－76). 로스가 유단 아단에 골고누자를 건설한다는 것은 타락한 인간에게 속죄의 과정을 제시하는 것이다. 그것은 타락한 인간의 재창조이며, 머리, 가슴 및 허리를 통하여 새 하늘과 새 땅을 여는 것이다. 그러나 로스가 골고누자를 건설하는 일에 사탄과 아담이라고 하는 이중의 한계에 부닥친다(*Four Zoas* Ⅶ:378－83). 유리즌이 오르크가 묶여 있는 것을 보기 위해 내려올 때 그의 발뒤꿈치에서 신비의 나무가 자라서 골고누자에까지 뻗친 것이다. 그렇지만 로스는 과거에 잔인했으며 육욕에 찬 생활을 회개하면서 형제로서 우르도나를 포용하고, 그들은 함께 현세를 영원한 창조로 변형시킬 준비를 한다. 그리고 에니타르몬이 자신들의 죗값을 치를 모종의 속전(ransom)이 필요하다고 걱정할 때 로스는 하나님의 어린 양이 그들을 속량할 것이라고 말한다.

> ····'지금 나는 엄숙한 회개의 무게를 느낀다오.
> 그렇게 떨지 마오, 나의 에니타르몬. 그대의 가련하고 상한 마음의
> 두려워하는 문들에서 나는 그림자 같은 그대를 본다오, 실존의
> 외부에서처럼 시들어가고 있구려. 그러나 보시오! 보시오! 안심하시오!
> 그대의 눈을 내면으로 돌리고, 그곳에서 하나님의 어린양을 보시오
> 루봐의 피의 두루마기를 입고 속량하기 위해 내려오신다오····'

> ····'Now I feel the weight of stern repentance.
> Tremble not so, my Enitharmon; at the awful gates
> Of thy poor broken heart I see thee like a shadow, withering
> As on the outside of existence. but look! behold! take comfort!
> Turn inwardly thine eyes, & there behold the Lamb of God
> Clothed in Luvah's robes of blood descending to redeem····'

(Four Zoas Ⅶ:407 – 12)

타락한 인류의 구원 계획이 구약성경 창세기부터 계속 이어지듯이, 블레이크는 하나님의 어린양을 통한 앨비언의 구원계획을 계속하여 언급해 왔다(Four Zoas Ⅱ:309 – 10; Ⅲ:65 – 66; Ⅷ:53). 마침내『네 생물』의 일곱째 밤에서 로스는 신성한 대장장이가 되어 에니타르몬의 도움으로 인류의 재생을 위해 일한다.

여덟째 밤에서는 그리스도의 성육신(Incarnation)과 적그리스도(Antichrist)의 출현이 사도 요한의 계시록을 근거로 전개된다. 앨비언은 죽음의 잠에서 깨어나고, 뺄라의 딸들은 전에 영원한 죽음을 보았던 그곳에서 구세주가 탄생하는 것을 보게 된다. 로스는 유리

즌과 오르크의 방해를 무릅쓰고 골고누자의 성벽을 더 견고히 하고, 에니타르몬과 함께 거대한 가족 예루살렘을 창조한다.

마침내 앨비언은 울로(Ulro)의 잠에서 깨어나고, 뿔라의 딸들은 이전에 영원한 죽음을 보았던 그곳에서 이제는 구세주의 형상으로 나타나는 '신성한 환상'(Divine Vision)을 보게 된다. 반면에 유리즌은 하나님의 어린양이 루봐의 피의 두루마기를 입고 나타나는 것을 보고 깜짝 놀라서 한층 더 파괴적인 전쟁을 감행하여 로스의 골고누자 건설을 방해한다. 그러나 로스는 골고누자의 성벽을 더 견고히 하고, 에니타르몬과 함께 거대한 가족 예루살렘을 창조한다.

> 로스는 에니타르몬에게 말했다. '불쌍히 여김을 나는 보았다.
> 불쌍히 여겨서 하나님의 어린양이 예루살렘의 문들을 통해 내려오셨다.
> 신비를 여러 번 벗기려고, 그리고 사람이 세상에 태어나듯이
> 그분은 아름다운 예루살렘에서 탄생하셨다
> 신비의 직조된 망토를 걸치고 또 루봐의 두루마기를 입고.'

> Los said to Enitharmon: 'Pitying I saw,
> Pitying the Lamb of God descended through Jerusalem's gates
> To put off Mystery time after time, & as a man
> Is born on earth so was he born of fair Jerusalem
> In mystery's woven mantle & in the robes of Luvah.'

(Four Zoas Ⅷ:249 – 56)

이렇게 하여 형제우애가 있는 신성한 가족은 결합하여 예루살렘이 된다. 그리하여 로스의 시적 상상력(Poetic Imagination)은 이상적인 인간 예술의 도시 골고누자 창조를 완성한다.

마지막으로 아홉째 밤에서 앨비언은 새사람으로 거듭나고, 네 생

물은 뿔라에 있는 차원 높은 순수의 상태에 들어간다. 마침내 잃어버렸던 인류의 황금시대가 회복되어 사람들은 뿔라의 동산에서 순진한 어린이들처럼 사랑, 기쁨, 평화 및 자유를 만끽하며 살아간다. 영원자들은 새사람으로 거듭난 앨비언을 환영하면서 "인간은 형제우애와 보편적 사랑에 의해 생존하고 있으며···· 우리 자신을 위해서가 아니라, 영원한 가족을 위해서 우리는 살고 있다."(*Four Zoas* Ⅸ:635, 637)고 말한다. 그리고 그들은 거듭난 앨비언을 포옹하며 "형제여, 영원한 아버지의 형상이여"(*Four Zoas* Ⅸ:641)라고 외치며 기뻐한다.

블레이크는 『밀턴』의 서두에서 "모든 주님의 백성이 예언자들이라면 좋겠다."(민수기 11:29)라는 모세(Moses)의 말을 인용하여 당시 영국의 종교적 지도자들이 자기와 같은 예언적 안목을 가지기를 소원했다. 바꾸어 말하면 당시의 영국엔 구원문제로 기독교인 사이에 종교적 갈등이 심각했던 것이다. 그래서 그는 "분기하라, 새 시대의 젊은이들이여!"(1:10)라고 각성을 촉구하면서, 4행시 마지막 연에서 낙원 회복의 의지를 다음과 같이 천명한다.

나는 정신적 투쟁을 멈추지 않으리라.
나의 칼도 내 손에서 잠자지 않으리라.
우리가 예루살렘을 건설할 때까지
영국의 녹지와 유쾌한 땅에.

I will not cease from mental fight.
Nor shall my sword sleep in my hand,
Till we have built Jerusalem.
In England's green and pleasant land.

(Milton 1:33 – 36)

그는 존 밀턴(John Milton)이 생존 시절에 가졌던 중대한 교리적 오류 ― 선택받은 자들만이 구원을 받는다는 예정교리 ― 를 깨우쳐 주고 그의 영혼이 구원받기를 원한다. 바드(Bard)는 "내 말을 잘 들어보시오. 내 말은 당신의 구원에 관한 것이오."(*Milton* 2:25)라고 말함으로써 밀턴의 주의를 환기시킨다. 여기서 바드는 블레이크의 '시적 재능'(Poetic Genius)을 발휘하는 로스이다. 그는 유리즌을 결박해두는 데서부터 묵시록에 이르기까지 『네 생물』에 담긴 이야기를 요약해서 전해 준다. 그리고 바드는 로스와 에니타르몬이 세 등급으로 나누어진 그들의 아들들을 끊임없이 창조하고 재창조하여 정신적 영원한 런던인 골고누자를 건설하느라고 얼마나 바쁜지 이야기해 준다(*Milton* 7:1 ― 4).

    ····우리가 살고 있는 것은
오직 하나님의 자비와, 값없는 은사와 선택의 덕분임을 아노라.
우리의 미덕과 몹쓸 선행들은 영원한 죽음을 당해 마땅했다.

    ····We behold it is of divine
Mercy alone, of free gift & election that we live.
Our virtues & cruel goodness, have deserved eternal death.

(Milton 13:32 ― 34)

바드의 말을 들은 밀턴은 어떤 희생을 치르더라도 자신의 과오였던 자아본위를 소멸시킬 것을 결심한다.

자아본위에 빠진 나는 저 사탄이다. 나는 저 악한 자이다.
그는 나의 허깨비이다! 그를 나의 지옥에서 풀어놓기 위해
나의 용광로인 지옥을 청구하기 위해 나는 영원한 죽음으로 간다.

I in my selfhood am that Satan; I am that evil one,
He is my spectre! In my obedience to loose him from my hells
To claim the hells, my furnaces, I go to eternal death.

(Milton 14:30 – 32)

스티븐슨(W. H. Stevenson)은 제32행을 "To claim the hells(of destruction) as my furnaces(of purification and creation), I go to eternal death"로 풀이한다(506). 밀턴이 영원한 죽음의 세계로 간다는 것은 인간세계로 내려온다는 뜻이다. 그가 경험의 세계로 내려오는 것은 영적인 재교육 및 거듭남의 개시이다. 그것은 영적인 재생인 것이다. 그의 청교도적인 비타협과 냉혹한 추론은 속량받아야 한다. 그는 자신 속에 있는 거짓된 폭군, 즉 그의 사탄과 같은 추리력 및 자아본위가 자신의 과오의 원천이었기에 그것들을 자신으로부터 추방해야 된다는 것을 통감하고 있다.

만일 타락한 인간이 정신적인 혹은 영적인 재생이 이루어지려면 인간의 마음이 스스로 부과한 한계의 고리를 파괴하는 일에 연루되어야 한다. 따라서 밀턴은 최후의 심판이 내려지도록 '속세의 껍질'(Mundane Shell)로 내려와야 한다(17:21). 블레이크가 말하는 최후의 심판은 인간의 정신 또는 영혼 속에서 일어나는 계속적인 과정으로서 인간이 사물을 있는 그대로 볼 수 있는 마음의 눈, 즉 영혼의 눈이 열리도록 주어지는 기회이다(Kazin 665). 바꾸어 말하면 어떤 사람이 자기의 과오 혹은 악을 거절하고, 보편적인 형제 사랑이라는 진리를 받아들일 때 그 사람에게 최후의 심판이 내려진다는 것이다. 이것이 보편적 인간 앨비언의 상상적 각성이며, 그의 영원한 본향으로 돌아가는 과정인 것이다.

『밀턴』에서는 앨비언의 중심지역에 골고누자가 있으며, 이곳은 정신적인 런던(spiritual fourfold London)에 해당한다(20:40). 그런데 블레이크와 밀턴이 로스의 자격으로 상상의 세계로 들어갈 때 반드시 통과해야 하는 '소용돌이'(Vortex)가 골고누자이다(15:21 − 24, 32 − 35). 마침내 영적인 밀턴은 역사 속으로 들어간다(15:41 − 46). 그런데 밀턴이 속세의 껍질로 내려오는 과정은 그렇게 순탄하지만은 않았다. 밀턴과 블레이크가 로스의 처소 골고누자로 가다가 대문에서 두 예언자를 만난다. 그들은 거기에서 과거에 밀턴이 가지고 있던 종교의 질못된 이념을 깨우쳐준다.

밀턴의 종교가 원인이다. 멸망에는 끝이 없다.
교회들이 당시에 공포와 절망에 있는 것을 보고서
라합은 볼테르를 창조하였고, 티르자는 루소를 창조하여
보편적 구세주에 반대하여 자기 의를 주장하였으며,
죄를 고백하는 자와 순교자를 조롱하면서, 냉엄한 덕망으로
자기 의를 주장하여 어린양의 구속받은 자들에 대하여 전쟁했다
전쟁과 영광을 영속화하려고, 죄의 율법을 영속화하려고.

Milton's religion is the cause; there is no end to destruction.
Seeing the churches at their period in terror & despair,
Rahab created Voltair, Tirzah created Rousseau,
Asserting the self − righteousness against the universal Saviour,
Mocking the confessors & martyrs, claiming self − righteousness
With cruel virtue − making war upon the Lamb's Redeemed,
To perpetuate war & glory, to perpetuate the laws of sin.

(Milton 22:39 − 45)

이 모든 것이 이루어진 뒤에 로스는 실제로 생장되도록 골고누

자 속으로 영들을 인도한다(*Milton* 29:47). 그러나 먼저 에니타르몬과 그녀의 딸들은 그들을 책임지고, 최후 심판날까지 그들을 그들의 사랑하는 천국에 넘겨준다(*Milton* 29:52).

블레이크는 『예루살렘』에서 골고누자를 또 다른 시각으로 묘사한다. 블레이크는 당시의 런던에서 합리주의와 유물주의 철학사조에 의해 병든 유리즌 군상들을 보게 되었다. '병든 장미'와 같은 병든 앨비언, 영적 환자들에 대해 블레이크는 영국의 민족적 실체임을 보게 되었다. 그러나 그는 이 마지막 대예언시에서 가장 적극적인 유토피아적 환상을 보여주고 있다(Williams 171). 그는 예루살렘과 골고누자라는 유토피아적 도시를 건설하는 데 적당한 재료를 찾기 위해 기다릴 필요가 없었다. 골고누자의 석재는 '연민'(pity)을 써야 하고, 커튼은 '눈물과 한숨'(tears & sighs)으로 짜야 한다(*Jerusalem* 12:30, 39). 블레이크가 구상하는 유토피아적 도시는 타락한 세상의 이데올로기적 내용이 유토피아적 사상의 선상을 따라 배열된 공동체의 거울에 반영된 원칙 위에 건설되었다(Williams 178).

새로운 인물이 등장함에 따라 이 시는 치열한 갈등 국면으로 접어든다. 로스는 예루살렘이 그녀의 자녀들 때문에 슬퍼하는 모습을 본다. 그녀를 구하기 위해서는 그가 앨비언을 소생시켜야 하며, 그 방법은 자연을 예술로 바꾸는 노력뿐이라는 사실을 깨닫는다. 이 시에서 우르도나의 허깨비는 로스가 골고누자를 건설하는 일을 못하도록 유혹한다. 그러나 로스는 도리어 그의 허깨비의 정체를 밝히면서 그에게 골고누자 건설에 협조하도록 명령한다(*Jerusalem* 8:30 – 40). 이 시에서 블레이크는 골고누자의 건설에 있어서, 즉 인류의 재생을 위해 일하는 데 있어서 자신을 로스와 밀착시키고 있다.

블레이크의 시에서 예술의 도시 골고누자를 건설한다는 것은 진리와 과오가 분리되는 계속적인 과정을 상징하고 있다.

> 과오가 창조되었다. 진리는 영원하다. 과오 혹은 피조물은 불타서 없어질 것이고, 그 다음엔, 그때에 비로소, 진리 혹은 영원이 나타날 것이다. 그것은 사람들이 그것을 보는 것을 중단하는 순간 소멸된다. 나는 내 자신을 걸고 단언한다. 나는 외적 피조물을 보지 않으며, 나에겐 그것이 방해요 행위가 아니라고. 그것은 내 발에 먼지와 같으며, 나의 일부분이 아니다.

> Error is Created. Truth is Eternal Error, or Creation, will be burned up, & then, & not till Then, Truth or Eternity will appear. It is Burnt up the Moment Men cease to behold it. I assert for My Self that I do not behold the outward Creation & that to me it is hindrance & not Action; it is as the dirt upon my feet, No part of Me. (Kazin 670)

과오가 사라지면 진리가 나타나듯이 피조물이 사라져야 영원한 세계가 나타날 것이다. 때문에 블레이크는 진리에 방해되는 외부적 창조물만을 보지 않고 그 이면에 있는 실재를 보려고 한다.

골고누자는 연민과 동정의 구조물이다. 천지창조 이후 모든 창조적 및 상상적 행위가 발전하는 형태를 블레이크는 골고누자를 건설한다는 말로 표현하고 있다. 앨비언의 허리를 통해서 접근할 수 있는 골고누자는 예수님께서 십자가에 못 박히신 장소, 즉 골고다(Golgotha)의 대척점(antithesis)이다. 이 골고누자가 커지는 모습에서 로스는 세상의 흐름이 상상적 형태로 나타나는 것을 보게 된다.

−나는 사중의 인간을 본다, 깊은 잠에 빠져 있는 인간성과
그 타락한 발산체, 허깨비, 그리고 그 잔인한 그림자.
나는 과거, 현재 및 미래가 한꺼번에 내 앞에 존재하는 것을
본다. 오 성령이시여, 나를 당신의 날개에 떠받쳐 주소서,
내가 앨비언을 그의 길고도 차가운 휴식으로부터 깨우도록!

−I see the fourfold Man, the humanity in deadly sleep
And its fallen emanation, the spectre & its cruel shadow.
I see the past, present & future, existing all at once
Before me; O Divine Spirit, sustain me on thy wings,
That I may awake Albion from his long & cold repose!

(Jerusalem 15:6 − 10)

골고누자에 있는 로스의 전당(hall)에서 원경으로 볼 때 과거, 현재, 미래에 일어나는 모든 사건은 동시에 현재로 나타난다. 그러므로 로스는 인류역사의 긴 잠에서 앨비언을 깨울 수 있도록 성령의 도움을 요청하고 있다.

모든 인간의 역사는 블레이크에게는 그 영원한 면에서 하나의 예술 작품으로 인식되고 있다. 골고누자의 중앙에는 카데드론(Cathedron)이라는 황금 전당이 있다. 이곳에서 에니타르몬은 그녀의 딸들과 함께 망령을 되찾아 베틀에서 일하고 있으며, 로스의 예술관인 루반(Luban)은 예술과 인생의 원형들(archetypes)로 장식되어 있다.

지상에서 활동한 모든 것들을 로스의 홀의 밝은 조각품에서
볼 수 있다. 그리고 모든 시대는 이들 작품에서 그 힘을 갱신한다.
미움 혹은 빗나간 사랑에서 발생할 수 있는 가능한 모든 애석한
이야기로, 그리고 모든 슬픔과 괴로움이 여기에 새겨져 있다.
부모의 모든 인척관계, 결혼 및 우정이 신기한 예술로
그들의 온갖 다양한 배합으로 여기에 만들어져 있다.

All things acted on earth are seen in the bright sculptures of

Los's halls; & every age renews its powers from these works,

With every pathetic story possible to happen, from hate or

Wayward love, & every sorrow & distress is carved here.

Every affinity of parents, marriages & friendships are here

In all their various combinations wrought with wondrous art.

(Jerusalem 16:61 − 66)

인생 칠십 년에 일어날 수 있는 모든 일들이 로스의 예술관에 조각되어 있다. 이렇듯 블레이크는 『예루살렘』에서 예술적인 유추를 이 작품을 구성하는 중추적인 이미지로 사용하고 있다.

블레이크는 하나님을 최고의 예술가로 생각한다. 그에겐 예수님과 그의 제자들도 모두 예술가들이다. 블레이크에게 있어서 인생은 바로 예술인 것이다. 그러기에 데이먼(Foster Damon)은 블레이크의 예술관을 다음과 같이 요약한다.

> "예술은 생명의 나무이다···· 과학은 죽음의 나무이다."···· 이렇듯 블레이크는 인문학은 우리를 구원할 수 있으나, 반면에 과학은 우리를 죽일지도 모른다는 그의 신념을 언명하였다. 그러나 블레이크가 말하는 '예술'은 온건한 생활양식, 상상력의 삶을 뜻하며, 그것은 예수님의 삶이다. "예수님과 그의 사도들은 모두 예술가들이었다···· 인간의 건전한 업무는 예술이다."

> "Art is the Tree of Life···· Science is the Tree of Death"···· thus Blake stated his belief that the humanities should save us, whereas science may kill us. But by 'Art' Blake meant a whole mode of life, the life of the imagination, which is that of Jesus. "Jesus & his Apostles & disciples were all Artists···· The Whole Business of Man Is The Arts." (28)

Ⅳ. 결 론

블레이크는 상상력이 풍부한 시인이었다. 뿐만 아니라 그는 구약 성경의 예언자들처럼 환상을 보는 신비주의자였으며, 타락한 인류가 변화되어 잃어버린 황금시대를 회복시키려는 꿈을 가진 시인이었다. 그는 영국의 정치적, 종교적 지도자들이 나약한 백성을 억압하는 것을 예언자답게 질타하며, 초기 시에서부터 후기 예언시에 이르기까지 모든 사람이 자유를 누리며 살 수 있는 이상향을 노래하였다.

그는 보편적 인간 앨비언이라는 인물을 통해서 좁은 의미에서는 당시의 영국의 타락한 모습을, 넓은 의미에서는 인류사회 전체의 타락한 모습을 그의 탁월한 시적 상상력을 발휘하여 묘사하였다. 그는 인류의 타락을 묘사하기 위해 성경을 토대로 그 나름대로의 신화를 창조하였다. 타락한 인류를 위해 신, 구약성경은 계속하여 구원의 길을 제시하고 있듯이, 블레이크도 그의 작품을 통해서 영적으로 병든 인류에게 계속하여 잃어버린 황금시대 회복을 위해 예언의 나팔을 불었다. 그는 특히 그의 대예언시 『네 생물』, 『밀턴』 및 『예루살렘』에서 인류의 타락의 실체를 상징적으로 제시하고, 보편적 인간 앨비언이 새로운 사람으로 거듭나서 인류가 잃어버렸던 황금시대를 회복하는 과정을 묘사하였다.

블레이크는 『네 생물』에서 구약성경 에스겔 제1장과 신약 성경 요한 계시록 제4장에 묘사된 네 생물 설화를 토대로 권력의 야욕에 사로잡혀서 정치적으로 분열을 일으킨 당시의 세태를 질타하였다. 그는 타락하기 전 보편적 인간 앨비언 안에 존재하던 네 생물이 조화를 이루며 완전한 통일체를 이루었듯이, 모든 사람이 그리스도 안에서 사랑으로 하나 되기를 촉구하고 있다.

『밀턴』에서 그는 모든 종교인들이 자기 의를 버리게 되면 모든 사람이 하나의 종교를 가지고 살던 황금시대가 회복될 것을 보여주었다. 그때의 종교는 영원한 복음인 예수님의 종교뿐일 것이다. 인류의 황금시대가 회복될 때의 종교에 대해서 블레이크가 말하는 하나의 종교라는 것은 모든 사람이 획일화된 교리를 받아들인다는 것이 아니라, 세련된 자유의 성취와 예수님 안에서의 삶인 인간의 통일체를 뜻한다.

블레이크는『예루살렘』에서 모든 사람은 합리주의와 유물주의 철학 사상을 버리고 그리스도 안에서 형제를 용서하라고 촉구한다. 인간은 그의 정신 상태에 따라서 하나님의 손안에 있는 진흙이 되어 인생예술작품이 될 수도 있고, 그 작품에 직접 동참하는 창조자, 즉 인생예술가가 될 수도 있음을 보여준다. 이것이 블레이크가 마음속에 그리고 있는 미래 교회의 모습이며 회복된 낙원, 즉 인류가 잃어버린 황금시대의 인간예술의 도시 골고누자의 모습이 될 것이다.

6.

블레이크의 『예루살렘』: 타락과 구원의 드라마

I

윌리엄 블레이크의 『예루살렘』(*Jerusalem*)은 그의 시 중에서 가장 위대한 작품이라고 평가된다. 이 시는 위대한 작품에 걸맞게 평가도 다양하다. 키랄리스(Karl Kiralis)는 블레이크가 이 시에서 인간의 세 단계, 즉 어린 시절, 성년기, 노년기와, 유대교, 이신론, 기독교의 세 단계를 보여주고 있다고 말한다(141 – 162). 로우즈(Edward J. Rose)는 각 장이 네 생물(Four Zoas) 중 하나에 의해 지배를 받으며, 시 전체가 하루의 단계와 계절의 단계와 같은 4중의 패턴에 따라 구성되어 있다고 본다(1963, 35 – 54). 블레이크는 그의 대예언시 『예루살렘』에서 '가부장제'란 용어로 표현된 사회의 구조에 구체화된바 남성의 세력을 비판하고 있다(M. Kaplan 68). 그런가 하면 프라이(Northrop Frye)는 이 시를 성경의 역사, 즉 인간의 타락,

타락의 결과, 구속(redemption) 및 묵시(apocalypse)로 보고 있다(357－
58). 그동안 이 작품의 구조에 대해서 이렇게 많은 분석이 나왔으
나, 아직도 누구나 만족할 만한 결과는 나오지 않았으며, "다만 우
리가 이 서사시를 보는 데 있어서 시야를 흐리게 하는 안개를 분산
시키는 한줄기 빛을 던졌을 뿐이다."(S. Curran 329).

블레이크는 이 작품에서 새로운 용어를 몇 개 사용한다. "오 앨
비언이여, 어째서 그대는 여성 의지를 창조하려는가?"(O Albion why
wilt thou Create a Female Will?)(*Jerusalem* 30:31)[9]라고 로스(Los)는
울부짖는다. 여기에서 '여성 의지'(Female Will)라는 용어가 블레이
크의 시에 처음 나타난다. 폭스(Susan Fox)와 멜러(Anne K. Mellor)
는 이 용어를 그의 이전 작품을 역작용으로 설명하기 위하여 사용
하고 있다.[10] 그러나 로스의 말에는 눈에 직접 맞닥뜨리는 것처럼
보이는 성차별(sexism) 이상의 것이 있음을 알아야 한다. 로스는 사
악한 여성 의지가 영국 문명의 타락한 가부장인 앨비언에 의해 창
조된 것이며, 여성 자신에 의해 초래된 어떤 것이 아님을 분명히
암시하고 있다. 로스는 그 후에 이렇게 되풀이한다. "오 앨비언이
여, 어째서 그대는 여성 의지를 창조했는가?"(O Albion why didst thou
a Female Will Create?)(54:43)

블레이크의 작품에서 '가부장'이란 단어와 여기에서 파생된 다른
용어는『예루살렘』이전에는『네 생물』(*Four Zoas*)(123:35)에 단 한
번 나타난다. 그러나 블레이크는 이 시에서 이 용어를 여덟 번 사
용하고 있으며, 그는 그때마다 매우 의미심장한 문맥에 이 용어를
사용하고 있음을 발견하게 된다. 블레이크는 이 용어를 "유대인들
에게"(To the Jews)라는 산문 편지에서 처음 사용한다. "영국은 가

부장적 종교의 원초적 처소였던가?"(Was Britain the Primitive Seat of the Patriarchal Religion?) 블레이크는 여기에서 가부장적 종교를 두 가지 의미로 사용하고 있다. 하나는 유대교와 그리스도교 문화의 영원한 진리에 관한 것이고, 다른 하나는 바로 그 문화를 실제로 실천하는 타락한 자연종교에 관한 것이다(Kaplan 69).

그리고 이 시에는 '언약'(covenant)이라는 단어가 자주 등장한다. 블레이크는『예루살렘』이전에는 이 단어를 결코 사용하지 않았다. 그러나 그는 이 시의 결론에 해당하는 서판 98에서 네 번 사용한 것을 포함해서 여섯 번 사용하고 있다(98·40 – 41, 45 – 46). 그에게 있어서 이 새로운 언약은 성경의 참된 언약을 성취한다. 그뿐 아니라 그는 이 시에서 '할례'(circumcision)라는 단어를 자주 사용한다. 이 단어도『예루살렘』이전 시에는 결코 나타나지 않는다. 할례는 이 시에서 아홉 번 사용되고 있으며, 언제나 적극적인 상징으로 나타난다(Rose 1968, 16 – 25).

'가부장'(patriarch)이란 용어는 현대의 페미니스트 담론에서 경멸적 함의가 있다. 그러나 이 말은 성경적 용어로 '족장'이라고 하며, 아브라함, 이삭 및 야곱 같은 믿음의 조상을 일컫는 말이다. 요컨대 블레이크가 이 시에서 사용한 '족장', '언약', '할례' 같은 용어는 하나님께서 믿음의 조상인 아브라함에게 복을 주실 때 사용된 표현으로서 창세기 제17장에 잘 묘사되어 있다. 블레이크는 "신·구약성경은 예술의 위대한 법전이다."(The Old & New Testaments are the Great Code of Art)라고 밝힌 바 있다(Erdman ed., 274). 따라서 본 연구에서는 블레이크의『예루살렘』을 인간의 타락과 구원, 즉 잃어버린 낙원의 회복이라는 성경의 관점에서 고찰해 보려고 한다.

II

『예루살렘』의 주제는 인간의 타락과 구원이다. 이 시의 주된 인물은 보편적 인간(Universal Man), 앨비언과 그의 발산체(Emanation)[11]인 예루살렘(Jerusalem)에 맞추어져 있다. 블레이크는 이 시 서두의 '대중에게'(To The Public)라는 편지 형태의 글에서 독자들을 양과 염소의 두 범주로 나누고 있다. 물론 그는 신약성경 마태복음 25:31 − 46의 예수님의 비유를 인유한 것이지만, 이 작품이 최후의 심판에서 사람들을 천국에 갈 사람과 지옥에 갈 사람으로 나누게 될 것을 암시하고 있다. 블레이크는 이 시의 서두에서 주제를 밝히고, 전반부에서 앨비언이 영원한 '사망의 잠'으로 타락하는 것을 다루고 있다.

> 울로의 잠에 관하여, 그리고 영원한 죽음을 통과하는
> 것에 관하여, 그리고 영생으로 각성하는 것에 관하여!
> 이 주제가 밤마다 잠에서 나를 부르고, 아침마다
> 해 뜰 때 나를 깨운다. 그때 나는 내 위에 구세주를 본다,
> 그분은 사랑의 미소를 지으며 이 유순한 노래가사를 받아쓰게 하신다.

> Of the sleep of Ulro, and of the passage through
> Eternal death, and of the awaking to eternal life!
> This theme calls me in sleep, night after night, & every morn
> Awakes me at sunrise; then I see the Saviour over me,
> Spreading his beams of love & dictating the words of this mild song.
>
> (4:1 − 5)

울로의 잠은 물질세계의 과오와 환각을 뜻한다. 이것은 영원한 죽

음, 즉 인간의 타락이다. 이 죽음의 잠에서 깨어나는 것이 인간의 중생이다. 거인 "앨비언은 사탄의 상태에 들어간 것이다."(31:13)

> 골고누자 주변엔 영원한 죽음의 땅이 놓여 있네.
> 고통과 불행과 절망이 영원히 내리덮인 우울의 땅이.
>
> Around Golgonooza lies the land of death eternal; a Land
> Of pain and misery and despair and ever brooding melancholy. (13:31 − 32)

앨비언의 타락신화는 고전 서사시가 그러하듯이 이렇게 타락이 한창 진행된 곳에서 시작한다. 앨비언은 구원받기 위해 이 사망의 잠에서 깨어나야 한다. '신성한 환상'(Divine Vision)은 앨비언에게 "깨어나라! 깨어나라 오 잠자는 자여! ····"(Awake! awake O sleeper! ····)(4:6)라고 외치며 회개를 촉구한다.

> 나는 멀리 떨어진 하나님이 아니다. 나는 형제요 친구이니라.
> 너희들의 가슴속에 나는 거주하며, 너희는 내 안에 거주하느니라.
> 보라! 우리는 하나이니라. 모든 악을 용서하며, 보상을 요구하지 않노라!
> 너희들은 나의 지체들이니라 오 그림자의 땅, 뷸라의 잠자는 자들이여!
>
> I am not a God afar off, I am a brother and friend;
> Within your bosoms I reside, and you reside in me:
> Lo! we are One; forgiving all Evil; Not seeking recompense!
> Ye are my members O ye sleepers of Beulah, land of shades! (4:18 − 21)

사망의 잠은 성경에서는 하나님과의 관계에서 단절된 상태를 상징한다. 다윗 왕은 "여호와 내 하나님이여···· 나의 눈을 밝히소서, 두렵건대 내가 사망의 잠을 잘까 하오며"(시편 13:3)라고 기도

했다. 한편 바빌론의 멸망에 대한 예레미야의 예언에서도 비슷한
표현을 발견할 수 있다. "만군의 여호와라 일컫는 왕이 이같이 말
씀하시되···· 그들이 영영히 자고 깨지 못하리라."(예레미야 51:57)
어드만(David Erdman)은 앨비언을 '회개하지 않은 대영제국'과 동
일시한다(306). 뿐만 아니라 앨비언의 사망의 잠에 대한 블레이크
의 시각은 영국에서 인류 전체로까지 확대된다.

> 앨비언은···· 영국의 현재 상태에 대한 블레이크의 이념을 구체화한
> 것으로 보인다. 그는 영국의 현재 상태를 보통 사람들의 눈으로 본
> 것이 아니라, 그것을 질병과 범죄가 계속해서 발생되는 하나의 거인
> 으로 관찰하였다. 이것 때문에 그는 그의 시적인 분출물들, 즉 그의
> 조국의 범죄와 과오에 대한 애도를 쏟아 놓았다. ····끔찍한 모습과
> 환상들이 이 앨비언에게 만연되어 있다. 왜냐하면 그것들은 그의 견
> 해로는 인류의 현재 상태에 대한 대표일 뿐이다. (강엽 98-99)

블레이크는 앨비언 타락의 이야기를 전개하기 위해 구약성경의
욥기(The Book of Job)를 가장 중요한 모델 중 하나로 선택한다. 데
이먼(S. Foster Damon)은 욥기 도해에 관한 그의 책에서 블레이크
의 이미지는 욥의 이야기를 내면의 심리학적 드라마로 해석한다고
주장한다(3). 왜냐하면 『예루살렘』에서도 이와 유사한 심리학적 측
면이 나타나는 것을 볼 수 있기 때문이다. 앨비언의 허깨비(Spectre)
와 발산체가 '신성한 인간'(Divine Humanity)에게 와서 "우리만 도
피했어요."(43:29)라고 말한다. 이것은 욥기 1:15의 직접적인 언급
이다. 그러나 그들은 성경의 이야기처럼 대참사로부터 도망친 것이
아니라, 앨비언 자신의 음울해진 심리(psyche)와 그것이 자기 주변
에 생성하고 있는 타락한 세계로부터 탈출한 것임을 우리는 쉽게

간파할 수 있다. 앨비언은 욥처럼 가족을 잃었고 질병으로 고통당했다.

앨비언의 타락은 성의 분열을 초래한다. 이로 인하여 여성 의지가 창조되었고, 여성 의지에 의한 타락한 세상의 모습은『예루살렘』의 상당부분을 차지하고 있다. 그러기에 블레이크의 '성의 신화'에 대한 이해는『예루살렘』작품 전체에 대한 포괄적 이해의 선결조건이라 할 수 있으며, 앨비언의 사망의 잠과 그에 따른 분열은 '최초의 성적 조우의 파멸을 초래하는 결과'가 되는 것이다(Paley 167). 현대의 페미니스트 사학자 러너(Gerda Lerner)는『가부장제의 기원』(*The Creation of Patriarchy*)에서 이렇게 남성들이 여성의 성행위와 생식능력을 통제한 것이 서양 문명의 초석이며, 사유재산의 기초였고, 이것은 마침내 계급구조, 노예제도 및 인간 상품화까지 초래하였다고 주장하고 있다(8 – 10).

『예루살렘』에서 앨비언의 발산체는 한 아내와 딸의 특징을 가지고 있다. 이런 사건으로 질투가 세상에 들어오게 된다. 코널리(Connolly)는 "블레이크가 하나님의 복합성(multiplicity)을 인간의 심리에 전이하고 있다."고 말한다(165). 다시 말하면 그녀는 블레이크의 신화에서 몸의 복합성과 정체성을 성경에서 외관상 하나님의 복합성과 대비시키고 있는 것이다. 예를 들면 창세기 1:1에서 '하나님'(God)은 히브리어로 'Elohim'(Gods)이라는 복수개념인데 단수 명사 'God'으로 표현한다. 그러나 창세기 1:26에서 "하나님(Elohim)이 가라사대 우리의 형상을 따라 우리의 모양대로 우리가 사람을 만들고····" 에서 '우리'라는 표현을 대다수의 성경학자들은 삼위일체(Trinity) 하나님을 지칭하는 것으로 보고 있다.

앨비언의 타락은 이 시 전편을 통해서 반복된다. 앨비언은 가부장적 통합을 주장하면서 실은 그 통할 능력을 상실하게 된다. 그의 폭군적인 소유욕 때문에, 즉 그의 자녀들에 대한 가학적 지배와 억압, 예루살렘의 추방, 그리고 봘라(Vala)의 득세와 여성 의지의 발호 때문에 정신적으로 그의 가족을 잃게 된다. 블레이크가 앨비언의 열두 아들에게 붙여 준 이름은 구약성경에 나오는 야곱의 열두 아들에 해당하기도 하고, 또 영국의 여러 지방에 해당하기도 한다. 그의 장자 핸드(Hand)는 사탄과 같은 자기 본위의 인물이며, 둘째 아들 하일(Hyle)은 유물주의적 인물이고, 셋째 아들 코반(Coban)은 경험주의적 자연 찬미자를 상징한다(강엽 409). 앨비언의 딸들의 이름 티르자(Tirzah)와 라합(Rhahab)은 영국의 역사에서 취했으며, 각각 '어머니 자연'(Mother Nature)과 '바빌론의 음녀'(the whore of Babylon, 요한 계시록 17－18장)를 상징하고, 이들은 집단체를 형성하여 인간이 에덴동산으로 가는 길을 방해한다. 앨비언의 자녀들은 로스와 예루살렘의 적대자들이다. 앨비언의 아들들은 이제 영국(England)을 통할하고, 반면에 그는 영원한 죽음의 꿈속에서 힘없이 누워 있다. 그의 열두 명의 아들들은 예루살렘의 자녀들을 질투하여(18:6), 봘라에 의한 앨비언의 합법적인 아들들로서 그들의 유산을 탐낸다. 그리하여 그들은 예루살렘이 추방되기를 바란다.

> 추방하라! 예루살렘을 추방하라! 망상의 그림자를!
> 창녀의 딸을! 연민과 수치스런 용서의 어머니
> 우리 아버지 앨비언의 죄와 수치로다! 그러나 아버지는 이제 없노라!
> 아들들도 없노라! 미움에 찬 평화와 사랑도 없노라.

Cast! Cast ye Jerusalem forth! The Shadow of delusions!
The Harlot daughter! Mother of pity and dishonourable forgiveness
Our Father Albions sin and shame! but father now no more!
Nor sons! nor hateful peace & love. (18:11 – 14)

왜냐하면 만일 그녀가 남자와 재결합뇌넌, 그들의 통치가 끝니기 때문이다. 그 아들들은 그들의 아버지가 예루살렘과 무분별한 행위를 하여 가부장적 가족을 망쳤다고 불평한다. 징벌을 외치면서 그들은 그들의 아버지의 죄를 교정하고 있다고 생각하지만, 실은 그들이 아버지의 죄를 반복하고 있다. 왜냐하면 예루살렘을 죄인으로 처음 선언한 자는 앨비언이었기 때문이다. 이렇게 아이러니컬하게도 "조상의 죄악은 자손에게 돌아온다." 그리고 가부장제는 죄와 억압의 주기를 통해서 되풀이된다.

예루살렘을 추방하면서 그 아들들은 앨비언의 처음 행위를 심화하고 있을 뿐이다. 앨비언은 그 두 사람을 분리하고, 가부장적 재산의 면박(veil)으로 뽈라를 덮었다. 이 재산 문제는 앨비언의 곤경의 토대를 이루고 있다. 앨비언의 상실(loss)은, 블레이크의 욥기 도해에서처럼, 내부적이며 외부적이다. 그의 가장 큰 상실은 그 무엇보다도 소중한 가족의 상실이다. 앨비언은 "수치의 질병이 머리부터 발까지 나를 덮고 있다. 나는 희망이 없다. 내 몸의 모든 종기는 분리된 치명적인 죄이다."(21:3 – 4)라고 푸념을 늘어놓았다. 이런 그의 푸념들은 종기로 고통을 당한 욥과 연계된다. 블레이크가 묘사하고 있는 앨비언과 욥의 종기는 실로 내적인 '수치의 질병'이다. "수치가 가족들을 분열하는구나. 수치가 앨비언을 산산조각 냈구나!"(21:6)라고 탄식한다. 그의 자녀의 상실은 그들의 육체적 죽음이 아니라, 그들의 사랑과 존경의 상실이며, 부와 재산의 상실은 물질적인 상실뿐 아니라 풍요한 정신과 감각의 충만한 실현의 상실이다. 이것이 바로 블레이크가 욥기를 앨비언의 타락의 모델로 삼은 이유라고 생각된다.

앨비언은 블레이크의 초기 작품에 나타난 유리즌(Urizen)의 나쁜 특성을 이 시에서 많이 되풀이하고 있다. 예루살렘은 앨비언과 봘라에게 전쟁 대신 용서를 통한 재통합을 건의해 보지만 그들은 그 제안을 받아들이지 않는다. 『네 생물』에서 유리즌과 마찬가지로, 앨비언의 남성적 승리는 실로 봘라의 승리이다. 그는 그 자신이 부과한 봘라의 면박을 최종적인 현실로 받아들였다. 그리고 그는 참을 수 없는 죄의식으로 괴로워한다. 왜냐하면 죄에 대한 그의 도덕법이 인류의 정열적인 삶을 죽였기 때문이다. 앨비언은 죄의식의 수치심으로 인한 분열로 자녀들이 모두 달아난 상황에서 공포와 분노 및 시기심에 사로잡힌 채 회의와 절망을 떨쳐버리지 못하고 결국 전쟁의 소용돌이에 휘말리게 된다. 블레이크는 앨비언이 당하는 저주를 인류의 저주로 확대시킨다. "그러므로 오 인간이여, 만일 그대가 단순한 몽상 외에 그 무엇이라면, 죽어 가는 앨비언의 저주를 들어 보라."(23:36 − 37) 때로는 앨비언이 자기의 과오를 인정하기도 한다.

> 오 인간의 상상력이여 오 내가 십자가에 처형한 신성한 몸이여
> 나는 당신에게 내 등을 돌리고 도덕법의 황무지로 들어갔지요.
> 그곳 황무지에 바빌론이 건설되었지요, 인간의 황무지에 건설되었지요.

O Human Imagination O Divine Body I have Crucified
I have turned my back upon thee into the Wastes of Moral Law:
There babylon is builded in the Waste, founded in Human desolation.

(24:23 − 25)

앨비언의 허깨비는 그의 참된 회개를 방해한다. 그리고 그가 여성 의지를 창조한 것을 후회할 뿐이다. "봘라여! 그대가 순수하다면 좋으련만! / 깊은 죄의 상처가 바늘로 봉합될 수 있으면 좋으련만"(21:12 − 13) 앨비언은 결국 '그가 온 세상을 덮었던 때'(24:44)를 향수에 젖어 되돌아본다. 그때는 여자의 성적 능력이 분열되지 않았던 때이다. 즉 봘라와 예루살렘이 본래 브리타니아(Brittannia)의 형태로 하나였던 때이다.

Ⅲ

『예루살렘』에서 '아내'와 '창녀'의 분리는 다른 분할이 발생하는 원천이요, 최초의 분리이다. 예루살렘과 봘라는 블레이크의 적극적이며 소극적인 여성인물들 중에 가장 세련된 발전을 나타낸다. 이 시에서 거의 모든 여인들은 예루살렘 혹은 봘라의 대리인들로 포괄된다. 두 무리의 여자들의 대립은 망상에 사로잡힌 앨비언에 의해 조성된 거짓 이론이다. 왜냐하면 나쁜 여자 예루살렘은 실제로는 선량하고, 순결한 봘라는 실제로는 악하기 때문이다. 예루살렘을 봘라로부터 분리시키면서 앨비언은 죄를 창안하고, 예루살렘이 죄를 지었다고 비난한다. 앨비언은 봘라와 그의 아들과 딸들의 요구에 응하여 예루살렘을 추방하였다. 예루살렘을 추방함에 있어서 앨비언은 사유재산과 사회계급을 조성하였고 빈부를 나누었다. 이 시에서 여자를 두 진영으로 나눈 것은 인류를 빈곤층과 부유층으로 나눈 것을 상징한다.

추방된 예루살렘은 런던에서 비참한 사람들 중에 거주하고 있다. 한편 로스의 딸들은 타락한 런던 시의 지저분한 곳에서 골고누자(Golgonooza)를 건설하고 있다. 골고누자는 연민과 동정의 구조물이다. 천지창조 이후로 모든 창조적 및 상상적 행위가 발전하는 형태를 블레이크는 골고누자를 건설한다는 말로 표현하고 있다. 『예루살렘』에서 골고누자에 함축된 다양한 의미를 해롤드 블룸(Harold Bloom)은 다음과 같이 말한다.

우리는 이전에 골고누자를 새 예루살렘 혹은 스펜서의 클레오폴리스 같은 구원의 도성인 에덴의 도성 혹은 예이츠의 비잰티엄 혹은 블레이크의 용어로 '네 겹의 영적 런던'으로 만난 일이 있다.

Golgonooza we have met before as the New Jerusalem or City of Eden, a city of redemption like Spenser's Cleopolis or Yeat's Byzantium, or a "Fourfold Spiritual London", in Blake's vocabulary. (111)

로스는 예루살렘이 그녀의 자녀들 때문에 슬퍼하는 모습을 본다. 그녀를 구하기 위해서는 그가 앨비언의 사망의 잠을 깨워야 하며, 그 방법은 자연을 예술로 바꾸는 노력뿐이라는 사실을 깨닫는다. 그러나 그의 허깨비(Spectre)는 그가 골고누자를 건설하는 일을 못하도록 방해한다. 그러나 로스는 자기의 허깨비에게 "너는 나의 교만이요 자기 의로다."(Thou art my pride & self-righteousness)(8:30)

라고 정체를 밝히면서 골고누자 건설에 협조하도록 명령한다(8:39 –
40). 블레이크는 골고누자의 건설에 있어서, 즉 인류의 중생을 위해
일하는 데 있어서 자신을 로스와 연계시키고 있다. 그러니까 로스
의 허깨비는 결국 블레이크의 교만과 자기 의로 귀착된다.

또한 블레이크는 골고누자를 건설한다는 것으로써 과오와 진리
가 분리되는 계속적인 과정을 상징하고 있다. 그는 과오와 진리의
역학관계를 다음과 같이 말한다.

> 과오가 창조되었다. 진리는 영원하다 과오, 혹은 피조물은 불타서 없
> 어질 것이고, 그 다음엔, 그때에 비로소, 진리 혹은 영원이 나타날 것
> 이다. 그것은 사람들이 그것을 보는 것을 중단하는 순간 소멸된다.
> 나는 내 자신을 걸고 단언한다. 나는 외적 피조물을 보지 않으며, 나
> 에겐 그것이 방해요 행위가 아니라고. 그것은 내 발에 먼지와 같으
> 며, 나의 일부분이 아니다.

> Error is Created. truth is Eternal. Error, or Creation, will be Burned
> up, & then, & not till Then, Truth or Eternity will appear. It is
> Burnt up the Moment Men cease to behold it. I assert for My Self
> that I do not behold the outward Creation & that to me it is
> hindrance & not Action; it is as the dirt upon my feet, No part of
> Me. (Kazin 670)

과오가 사라지면 진리가 나타나듯이, 피조물이 사라져야 영원한
세계가 나타날 것이다. 그러나 인간의 과오, 즉 허위 창조물을 보
는 것을 중단할 때부터 진리는 나타나게 된다. 때문에 블레이크는
진리에 방해가 되는 외부적 창조물만을 보지 않고 그 이면에 있는
실재를 보려고 한다. 블레이크는 과오의 상징으로 로크(Locke)의 베

틀 또는 뉴턴(Newton)의 물레바퀴 같은 기계적인 이미지를 쓸 때도 있고, 인체의 기관 이미지를 사용할 때도 있다. 인간을 과오의 길로 인도하는 유리즌(Urizen)은 용으로 변신하고, 그를 대적하는 오르크(Orc)는 뱀으로 변신하지만, 로스만이 영원한 세계에 발판을 보유하고 인간과 만물을 구원하기 위해 일한다.

앨비언의 허리를 통해서 접근할 수 있는 골고누자는 예수님께서 십자가에 못 박히신 장소, 즉 골고다(Golgotha)의 대척점이다. 이 골고누자가 커지는 모습에서 로스는 세상의 흐름이 상상적 형태로 나타나는 것을 보게 된다.

> − 나는 사중의 인간을 본다, 깊은 잠에 빠져 있는 인간성과
> 그 타락한 발산체, 허깨비, 그리고 그 잔인한 그림자.
> 나는 과거, 현재 및 미래가 한꺼번에 내 앞에 존재하는 것을
> 본다. 오 성령이시여, 나를 단신의 날개에 떠받쳐주소서,
> 내가 앨비언을 그의 길고도 차가운 휴식으로부터 깨우도록!

> − I see the fourfold Man, the humanity in deadly sleep
> and its fallen emanation, the spectre & its cruel shadow.
> I see the past, present & future, existing all at once
> Before me; O Divine Spirit, sustain me on thy wings,
> That I may awake Albion from his long & cold repose! (15:6 − 10)

로스가 골고누자의 중앙에 있는 카데드론(Cathedron)이라는 황금 홀에서 원경으로 볼 때 과거와 현재와 미래에 일어나는 모든 사건은 동시에 현재로 나타난다. 그러므로 로스는 인류역사의 긴 잠에서 앨비언을 깨울 수 있도록 성령의 도움을 구하고 있다.

블레이크에게 있어서 모든 인간의 역사는 그 영원한 면에서 하

나의 예술작품으로 인식되고 있다. 로스의 예술관인 루반(Luban)은
예술과 인생의 원형들로 장식되어 있다.

> 지상에서 활동한 모든 것들을 로스의 회관의 밝은 조각품에서
> 볼 수 있다. 그리고 모든 시대는 이들 작품에서 그 힘을 갱신한다.
> 미움 혹은 빗나간 사랑에서 발생할 수 있는 가능한 모든 애석한
> 이야기로, 그리고 모든 슬픔과 괴로움이 여기에 새겨져 있다.
> 부모의 모든 인척관계, 결혼 및 우정이 신기한 예술로
> 그들의 온갖 다양한 배합으로 여기에 만들어 놓았다.
> 칠십 년의 인생행로에 인간에게 일어날 수 있는 모든 일들을.
> 그리힌 것이 호렙 산과 시내 산의 '신성하게 기록된 율법'이다.
> 그리고 그러한 것이 감람산과 갈보리의 거룩한 복음이다.

> All things acted on earth are seen in the bright sculptures of
> Los's halls; & every age renews its powers from these works,
> With every pathetic story possible to happen, from hate or
> Wayward love, & every sorrow & distress is carved here.
> Every affinity of parents, marriages & friendships are here
> In all their various combinations wrought with wondrous art:
> All that can happen to man in his pilgrimage of seventy years.
> Such is the 'divine written law' of Horeb & Sinai:
> And such the holy gospel of Mount Olivet & Calvary. (16:61 – 69)

미움, 사랑, 슬픔, 괴로움 또는 부모, 결혼, 우정 등 인생의 여정
칠십 년 동안에 일어날 수 있는 온갖 것들이 조각되어 있다. 『예루
살렘』에서 예술적인 유추는 블레이크가 이 작품을 구성하는 중추
적인 이미지로 사용되고 있다. 블레이크는 하나님을 최상의 예술가
로 생각한다. 예수님도 그의 제자들도 예술가들이다. 그에게 있어
서 인생은 바로 예술인 것이다. 데이먼(Foster Damon)은 블레이크

의 예술관을 다음과 같이 요약하고 있다.

> "예술은 생명의 나무이다···· 과학은 죽음의 나무이다····", 이렇듯
> 블레이크는 인문학은 우리를 구원할 수 있으나, 반면에 과학은 우리
> 를 죽일지도 모른다는 그의 신념을 언명하였다. 그러나 블레이크가
> 말하는 '예술'은 건전한 생활양식, 상상력의 인생을 뜻하며, 그것은
> 예수님의 인생이다. "예수님과 그분의 사도들과 제자들은 모두 예술
> 가들이었다···· 인간의 건전한 업무는 예술이다."
>
> "Art is the Tree of Life···· Science is the tree of Death····", thus
> Blake stated his belief that the humanities should save us, whereas
> science may kill us. But by 'Art' Blake meant a whole mode of life,
> the life of the imagination, which is that of Jesus. "Jesus & his
> Apostles & Disciples were all Artists···· The Whole Business of Man
> Is The Arts." (*A Blake Dictionary* 28)

블레이크는 예술을 생명의 나무로, 과학을 죽음의 나무로 간주한
다. 상상력을 발휘해서 살아가는 인생은 바로 아름다운 예술작품인
것이다. 또한 인간은 그의 정신 상태에 따라서 하나님의 손안에 있
는 진흙처럼 예술작품이 될 수도 있고, 그 작품에 직접 동참하는
창조자, 즉 예술가가 될 수도 있다.

블레이크는 이 시에서 영화나 소설에서처럼 앨비언의 타락신화
의 장면들을 서판 17에서 플래시백(flashback) 기법을 사용하고 있
다. 본래 하나님의 의상(garment)이던 봴라가 거짓 사랑으로 앨비언
을 유혹하여 예루살렘을 파괴한 경위, 인간과 만물이 분리되어 비
참하게 된 상태, 그리고 타락한 봴라는 자연(Nature)이 되고, 그녀
의 딸들이 바로 라합(Rahab)과 티르자(Tirzah)라고 말한다. 그 후에

앨비언은 인간의 상상력인 예루살렘에게 등을 돌렸고, 뷀라의 주홍빛 장막에 자기를 숨겨달라고 부탁한다. 그러나 예루살렘은 뷀라에게 찾아가서 만일 자기가 죄를 지었으면 용서해달라고 애원한다(20:22 – 26). 자비와 사랑으로 자기의 과오를 용서해달라고 눈물로 애원한 예루살렘과 뷀라의 입장은 뒤바뀌었다. 사실은 뷀라가 예루살렘에게 용서와 자비를 구해야 마땅한 것이다. 예루살렘의 말을 들은 앨비언은 수치의 질병이 머리부터 발까지 덮여 있으며, 자기 몸에 솟아난 모든 종기는 하나하나가 무서운 죄라고 자신의 과오를 뉘우친다(21:3 – 4). 그는 자기의 아들들에게 저주를 내렸던 것도 회개한다. 바꾸어 말하면 앨비언의 마음속에 최후의 심판이 일어난 것이다.

이것이 바로 블레이크의 인생 예술작품인 것이다. 이것이 블레이크가 마음속에 그리고 있는 미래 교회의 모습이며 회복된 낙원, 즉 인류가 잃어버린 황금시대의 회복된 모습인 것이다(강엽 418). 블레이크가 『예루살렘』에서 당시의 독자들에게뿐만 아니라 현대와 미래의 독자들에게 들려주는 중요한 예언적 메시지는 앨비언의 영적인 잠을 깨우는 것이라고 네스필드 쿡슨(Bernard Nesfield – Cookson)은 다음과 같이 말한다.

> 오늘— 그리고 내일 — 우리에게 블레이크의 중대한 메시지는 앨비언의 각성에 관한 것, 즉 모든 남자와 여자의 영적인 눈을 여는 것에 관한 것이다. 그것은 또한 허깨비, 즉 이성적 능력을 변형시켜서 그것이 우리를 위해서, 우리의 신성을 위해서 작용하되, 그것에 거슬리는 작용을 하지 않는 것에 관한 것이다. 허깨비인 이성이 한 형제로서 상상력에 의해 포용되고 고무되면, 그것은 날개 달린 지성으로 변형된다.

Blake's vital message to us today – and tomorrow – concerns the awakening
of Albion, the opening of the Spiritual Eye of every man and woman.
It also concerns the transformation of the Spectre, the 'Reasoning
Power', so that it works for us, for our Divinity, and not against it.
When reason, the Spectre, is embraced and inspired by Imagination as
a brother, it is transformed into Winged Intellect. (49 – 50)

이렇듯 인간의 마음에 변화가 일어난 것을 블레이크는 '최후의
심판의 날'을 경험했다고 말한다. 그렇게 되면 상상적, 직관적 지성
은 우리의 애정과 정서를 활기차게 한다. 그러면 우리는 더 이상
자기본위로 사는 자로서 우리 자신만을 위해 살지 않고, 우리와 같
은 사람들을 위해 살아간다. 사심 없는 사랑, 희생적 사랑, 우리 안
에 계신 그리스도는 보이지 않는 영의 불, 즉 영적인 사랑에 의해
견고하게 된 형제애의 유대를 창조한다.

IV

블레이크는 제3장의 '이신론자들에게'(To the Deists) 보내는 편
지에서 자연적인 도덕법이나 자연종교를 설교하는 자는 인류의 친
구가 될 수 없으며, 이신론은 인류의 과오를 더욱 공고히 할 뿐이
라고 말한다.

오 이신론자들이여, 당신들의 종교 '이신론'은 소위 자연종교와 자연
철학에 의해, 그리고 자연적 마음의 이기적 미덕, 즉 자기 의를 내세

우는 자연적 도덕률에 의해 이 세상의 신을 숭배하는 것이다. 이것은 예수님을 살해한 바리새인들의 종교였다. 이신론은 똑같은 것이며, 똑같은 것으로 끝난다.

Your religion, O deists, 'Deism', is the worship of the god of this world by the means of what you call Natural Religion and Natural Philosophy, and of natural morality of self‒righteousness, the selfish virtues of the natural heart. This was the religion of the Pharisees who murdered Jesus. Deism is the same & ends in the same. (52:25‒30)

블레이크는 이신론을 이 세상의 신, 즉 하나님의 이름을 빙자하여 사탄을 숭배하는 것이라고 말한다. 따라서 이신론을 신봉하는 자들에게는 죄의 용서를 기대할 수 없다는 것이다.

블레이크는 요셉과 마리아에 대한 이야기를 재구성하여 죄의 용서에 대한 문제를 깊이 있게 다루고 있다. 여기에선 마리아가 외간 남자에 의해 임신된다. 요셉은 처음에 그녀를 창녀로서 추방하나, 그는 꿈에서 신성한 음성을 듣고, 마리아를 용서하고 그녀를 데려와야 함을 인식한다.

살아가면서 죄를 짓지 않는 자는 아무도 없다. 그리고 이것은 여호와의 언약이다. 만일 너희가 서로 용서하면, 여호와도 너희를 용서하시고, 그분 자신이 너희 중에 거하시리라. 그러니 두려워하지 말고 마리아를 너의 아내로 맞이하라.

There is none that liveth & sinneth not. And this is the covenant Of Jehovah: If you forgive one another, so shall Jehovah forgive you, That he himself may dwell among you. Fear not then to take To thee Mary thy wife. (61:24‒27)

죄의 용서에 대한 블레이크의 설득력 있는 묘사는 이곳에서 그 절정에 달하고 있다. 갚을 것을 조건으로 빚을 탕감해 주는 것은 용서가 아니듯이, 순결을 조건으로 더러움을 눈감아주는 것은 용서가 아니다. 요셉은 마리아를 용서했을 뿐 아니라 모든 가부장제의 근본적인 특권도 포기했다. 그는 다른 남자에 의해 잉태되어 곧 출산하게 될 아내의 아이를 자기 자신의 자식으로 받아들였다.

블레이크는 이 영원한 용서의 주제를 앨비언의 부활에서 다시 다룬다. 앨비언의 부활의 주제는 나사로의 부활 이야기(요한복음 11:17 – 44)를 개작한 것이다. 예루살렘은 예수님께 "앨비언이 다시 살아날까요? 나는 그가 마지막 날에 부활할 것을 알고 있어요."(62:15)라고 말한다. 그녀의 믿음을 보시고 예수님은 다음과 같이 말씀하신다.

나는 부활이요 생명이다.
· · · · 루봐는 창조되어야 한다.
그리고 봘라도. 나는 그들을 물어뜯는 무덤에 남겨둘 수 없기에,
그러나 나의 추방당한 자들이 돌아올 길을 예비하리라.

I am the resurrection & the life.
· · · · Luvah must be created
And Vala; for I cannot leave them in the gnawing grave,
But will prepare a way for my banished ones to return. (62:18, 20 – 22)

『예루살렘』의 마지막을 장식하는 제4장 서두에서 블레이크는 "기독교인들에게"(To the Christians)라는 편지를 보낸다. 여기에서 그는 독자들에게 과오의 미궁에서 벗어나는 방법을 제시하고 있다.

"영국이여! 깨어라, 깨어라, 깨어라!"(England! awake, awake, awake!)
(77:81)로 시작되는 3연으로 구성된 사행시의 주제는 현세의 창조
가 영원한 창조로 회복되는 것, 즉 봘라와 예루살렘의 사랑스러운
재회를 노래한 것이다. 여기에서 블레이크는 예루살렘과 봘라의 관
계에 봄이 오고 있다고 말한다. 봄이 온다는 것은 중생을 나타내는
원형적 상징인 것이다. 마침내 상상력의 사람 로스는 이 세상의 온
갖 과오, 온갖 교리들을 규탄하고, 그 모든 과오에 종지부를 찍을
원리를 선언한다. 로스의 끈질긴 노력으로 앨비언은 중생을 하고,
그의 자녀들은 그의 품으로 돌아오게 된다 사망의 잠에서 깨어난
앨비언은 브리타니아(Britannia)인 잉글랜드(England)와 결합된다.

앨비언은 '보편적 인간성'(Universal Humanity)(96:5)인 예수님께
서 사람의 모습으로 서 계신 것을 보게 된다. 이때 앨비언은 자기
의 잔인한 자아본위로 육천 년 동안 사망의 잠을 잔 것을 회개한
다. 예수님은 회개하는 앨비언을 용서하시며 위로하신다.

> 두려워 마라, 앨비언아. 내가 죽지 않으면 너는 살 수 없노라.
> 그러나 내가 죽는다 해도 나는 부활하여 너와 함께하리라.
> 이것이 우정이요 형제우애니라. 그것이 없으면 사람이 아니지.

> Fear not, Albion: unless I die thou canst not live.
> But if I die I shall arise again & thou with me;
> This is friendship & brotherhood; without it man is not. (96:14 – 16)

여기에 나타난 죄의 용서와 형제우애는 블레이크가 『예루살렘』
에서 묘사하고자 하는 묵시적 결론에 해당하는 것이다. 그는 이미
『네 생물』의 묵시적 결론에서도 "인간은 형제우애와 보편적 사랑

에 의해 생존한다···· 인간은 혼자서 사는 것이 아니라, 자기 형제의 면전에서 살고 있다."(*Four Zoas* IX, 635, 638)라고 말한 바 있다.

앨비언은 자신의 자녀들에게 사랑과 용서의 마음을 가지고 예루살렘에게 깨어나라고 외친다. 죽음의 밤이 지나고 영원한 낮이 도래했으니 깨어나라고 외칠 때 앨비언의 애정과 감정의 집합체인 예루살렘은 깨어난다. 즉 그녀는 마침내 온갖 질곡으로부터 자유의 몸이 된 것이다. 그러기에 사브리-타브리지(G. R. Sabri-Tabrizi)는 예루살렘을 '자유롭게 된 사회의 상징'(283)이라고 말한다. 그 후에 분열되어 나갔던 유리즌(Urizen), 루봐(Luvah), 타르마스(Tharmas) 및 우르도나(Urthona)는 일어나서 다시 앨비언의 품으로 돌아가서 형제우애를 되찾는 통일체를 이루게 된다. 퍼버(Michael Ferber)는 형제우애에 대한 블레이크의 사상의 원천은 신약성경이라고 말한다(69). 영적 형제우애는 모두가 똑같이 자비와 기쁨을 나누는 상태이다. 그것은 영원한 사람, 상상력 예수님 혹은 집단적 사람인 앨비언에 의해 상징되고, 그 위에 세워진 통일의 상태이다(84). 러너의 역사의 모델에서 형제우애는 가부장제를 전복하지 않았다. 오히려 형제우애는 가부장제를 세련되게 하여 유지시켰다(180-99). 서양 전통에서 이 역사적 발전은 창세기와 출애굽기에서 하나님과 이스라엘 사이에 맺어진 언약에 의해 표현되었다. 특히 죄의 용서에 관한 새 언약의 강조는 전통적 기독교와 일치한다.

블레이크의 예술 활동은 그의 상상력을 토대로 이루어졌다. 그는 상상력의 세계와 자기의 작품의 본질에 대하여 『최후 심판의 환상』(*A Vision of The Last Judgment*)에서 "그것은 옛사람들이 황금시대라고 부른 것을 회복하려는 노력의 일환이다."(72)고 말한 바 있다.

또한 그는 영국에 예루살렘을 건설할 때까지 정신적 싸움을 멈추지 않겠다고 다짐한 바 있다(*Milton* 1:33 – 36). 예루살렘은 블레이크에게 있어서 단순한 종교적 공상이나 유토피아가 아니다. 그는 인간 역사에 일어난 비극을 묘사하고, 이 땅에 혹은 사회 내에 잃어버린 낙원을 건설하려고 노력하였다. 즉 그가 『밀턴』에서 정체성의 회복에 관한 것을 묘사하였다면, 『예루살렘』에서는 사회, 국가 및 인류 공동체의 회복을 묘사하고 있다(Deen 251). 그는 참된 자유와 진정한 낙원은 전체로서, 즉 사회적 및 보편적 차원에서 존재해야 한다고 본 것이다. 그리하여 그는 예술작품을 통하여 예루살렘의 길, 즉 누구나 자유와 평화를 누릴 수 있는 인류의 황금시대를 회복하려고 노력한 것이다.

문학이라는 하나의 실재가 인간의 삶 속에 여러 문화적 표상 중의 하나로 현존하고 있다는 것은 인간이 아직은 자유로운 세계에, 새로운 가능성의 세계에 이를 수 있다는 것을 뜻하는 것이며, 동시에 인간이 스스로 모색하는 '문제에 대한 해답과 인식'을 차단당하지 않고 있다는 사실에 대한 실증이다(정진홍 122 – 23). 그렇다면 문학은 그것 자체로 구원론이라는 것이다. 그렇다. 블레이크는 이 시를 '세속적인 성경'(secular scripture)으로 삼고 그 나름대로의 인간 구원론을 펼치고 있는 것이다. 즉 실현되지 않은 인간의 발전 가능성을 암시함으로써 사회 및 정치적 세계에서 실제적 변화를 도발할 수 있다고 그는 믿고 있다. 이런 면에서 인류의 황금시대 회복을 위한 블레이크의 구원론은 『순수의 노래』 이래 대예언시까지 계속 이어지고 있다.

『황무지』에 대한 신화비평

I. 서 론

『황무지』(*The Waste Land*)는 난해한 작품이다. 따라서 작품에 대한 비평도 여러 가지로 나오고 있다. 엘리엇(Thomas Stern Eliot, 1888 – 1965)은 『황무지』에 대한 많은 비평이 정곡을 찌르지 못하였음을 지적하면서 이 작품을 쓰게 된 동기를 이렇게 말하고 있다.

> 여러 비평가들이 고맙게도 현대세계의 비평의 관점에서 이 시를 해석해 왔으며, 실로 그것을 사회비평의 중요한 단편으로 간주해 왔다. 나에겐 그것은 단지 인생에 대한 사적인 그리고 전적으로 무의미한 불평의 완화제였을 뿐이다. 그것은 한 편의 리듬이 있는 불평일 뿐이다.

> Various critics have done me the honour to interpret the poem in therms of criticism of the contemporary world, have considered it, indeed, as an important bit of social criticism. To me it was only the relief of a personal and wholly insignificant grouse against life; it is just a piece of rhythmical grumbling. (*FT* 1)[12]

Eliot의 이러한 자평은 『황무지』에 대한 초점의 각도를 맞추는 데 중요한 단서를 제공해 준다고 볼 수 있다. 따라서 흔히 생각되어 온 바와 같은 제1차 세계 대전 후의 황폐한 정신문화나 한 세대에 대한 환멸을 노래한 것이 아니라 엘리엇 자신의 감정을 해소시키기 위해 이 시를 썼다면, 그는 삶에 대해 고뇌하는 시인이었다고 볼 수 있다. 그러나 한 시인의 고뇌나 경험은 그 자체로서는 특별한 가치가 있는 것은 아니다. 시인이 그것을 객관화시켜서 일반적인 또는 보편적인 진리로 변형시킬 때에 참다운 가치를 지니게 되는 것이다.

더욱이 엘리엇은 자신의 고뇌가 단편적인 것이기 때문에 그것을 일관성 있는 경험의 체계로 이끌어 가기가 어렵다는 것을 알게 되었다. 따라서 그는 자신의 정서적 단편들을 투사할 골격(framework)을 찾고 있었으며, 마침내 그것을 신화에서 찾게 된 것이다. 이것은 우연히도 『황무지』와 마찬가지로 신화를 사용한 제임스 조이스(James Joyce)의 『율리시즈』(*Ulysses*)에 대한 엘리엇의 논평으로도 알 수 있다.

신화를 사용하여 현대와 고대 사이에 계속된 유사점을 다루면서 조이스는 다른 사람들이 그의 뒤를 추적해야 하는 방법을 추구하고 있다···· 그것은 단순히 현대 역사에 나타난 공허와 무질서의 거대한 파노라마에 통제하고, 질서를 부여하고, 형태와 의미를 부여하는 하나의 방법이다.

In using the myth, in manipulating a continuous parallel between contemporary and antiquity. Joyce is pursuing a method which others must pursue after him ···· It is simply a way of controlling, of

ordering, of giving a shape and significance to the immense panorama
of futility and anarchy which is contemporary history. (Kermode 177)

결구 엘리엇이 신화를 사용한 것은 신하는 시간과 공간을 추월해서 전통적인 과거의 신념과 연결될 뿐만 아니라 현재의 가치와 더불어 존재하고 미래의 정신적 문화적 열망에까지 이르게 되어 모든 인간 활동의 본질적인 기초가 되기 때문이다.

따라서 본 연구는 엘리엇이 신화적 방법(mythical method)을 통해서 일종의 상징적 상황을 엮어 나간 『황무지』를 신화비평을 통해서 원형을 찾아내는 것이 일차적인 목적이다. 왜냐하면 원형은 신화를 매개체로 하여 인간의 의식에 명확히 전달되기 때문이다. 뿐만 아니라 이 원형은 인간의 마음에 대한 호소력이 그 어느 것보다도 강해서 개인의 운명을 인간 전체의 운명으로 바꿀 수 있을 뿐만 아니라 암담한 세상을 살아가는 비법이 되기 때문이다.

그러나 이 원형은 인간심리의 심층인 무의식 속에 잠재해 있기 때문에 이것을 객관화시켜 그 내용을 의식수준으로 끌어올리는 것이 무엇보다도 중요한 것이다. 따라서 인간의 무의식 속에 잠겨 있는 원형 중에서 『황무지』에 사용된 신화들에 공통적으로 나타나 있는 재생의 원형을 도출해 내려는 것이다.

다음으로 이 재생의 원형을 객관화시키는 수단으로 어떤 방법을 사용하고 있는가를 규명하고자 한다. 그리하여 엘리엇이 이 재생의 원형을 객관화시키는 과정을 통하여 인간의 심리에 어떤 작용을 낳게 하려는가를 알아보려는 것이다. 그러나 내용과 형식을 구분하는 이분법은 지양하고 작품을 일종의 유기적 조직체로서 연구 분석하고자 한다.

Ⅱ. 현대의 황무지

　제시 웨스턴(Jessie L. Weston) 여사는 『제사의식에서 로맨스로』
(*From Ritual to Romance*)에서 고대 식물신화와 풍요의식이 기독교와
어떤 관계가 있는가, 특히 성배전설과 어떤 관계가 있는가를 밝히
고 있다. 웨스턴 여사는 어부왕의 이야기에서 원형석 풍요신화
(archetypal fertility myth)를 찾아냈다.

　이 신화에서는 어부왕의 죽음 또는 성적 불구는 그가 다스리는
땅에 가뭄과 황폐의 원인이 되고 인간과 동물들도 생식능력을 상
실하게 된다. 이런 상징적 황무지는 한 용감한 기사가 나타나서 그
땅의 중심부에 있는 '위험성당'(Chapel Perilous)에 가서 성배와 창
에 관한 의식적인 질문을 할 때만이 소생될 수 있는 것이다. 여기
에서 성배와 창은 본래 풍요의 상징으로 각각 여성과 남성을 나타
내고 있다. 이 성배전설, 식물신화와 재생 및 풍요의식의 관계는
식물이 봄에 다시 소생하기 위하여 겨울에 죽음으로 사계절의 주
기적인 움직임에 반응을 나타내는 공통된 기원을 보여주고 있다.

　엘리엇은 작품 전체에 대한 주(Notes)에서 『황무지』의 주제와 구
성에 대한 단서가 될 수 있는 말을 하고 있다.

제목뿐만 아니라 이 시의 기획과 부수적인 상징체계의 많은 부분은
제씨 웨스턴 여사의 성배전설에 관한 책『제사의식에서 로맨스로』에
서 암시를 얻었다···· 나는 또 다른 인류학 작품의 도움을 받았는데
····『황금가지』이다.

Not only the title, but the plan and a great deal of the incidental
symbolism of the poem were suggested by miss Jessie L. Weston's
book on the Grail legend: *From Ritual to Romance*···· To another
work of anthropology I am indebted in general···· *The Golden Bough.*
(CP 80)[13]

여기에서 엘리엇은『황무지』의 세 가지 문제를 밝히고 있다. 제
목과 기획과 부수적인 상징이다. 제목은 어부왕의 이야기에서 따
온 것이다. 그러므로 이런 제목을 가진 시의 기획은 어부왕의 이야
기와 관련이 있을 것은 당연한 것이다. 그리고 부수적인 상징은 프
레이저(James Frazer)의『황금가지』에서 보충된 여러 가지가 융합된
자료를 암시해 주고 있다.

어부왕의 이야기에 나오는 불모지는 성적 능력을 상실함으로써
비롯된 것이지만 엘리엇이 묘사하는 현대의 세계, 특히 현대문명
도시에 살고 있는 사람들의 마음의 황무지는 그 반대의 현상에서
빚어진 것이다. 이러한 엘리엇의 작품의도에 대해 조지 윌리엄슨
(George Williamson)은 이렇게 말한다.

『황무지』의 숨어 있는 의도는 웨스턴 여사의 제목을 거꾸로 해놓은
것이라고 부를 수 있다 ─ 즉 로맨스를 의식으로 그 의미를 변형시킨
것이다. 그녀의 계획에서 성의 경험은···· 보편적인 또는 종교적인
의미를 띠고 있다. 그것은 그 땅의 상태와 연결되어 있다. 왜냐하면
식물 신화는 일련의 신에 의해 정돈된 사건이 되도록 계절의 주기를

세우기 때문이다. 그리고 이 생명의 주기는 성에 근거를 두고 있으며
의식적 인물로 의인화되어 있다.

> The latent intention of the Waste Land might be called reversal of
> Miss Weston's title—to translate romance back into its meaning as
> ritual. In her scheme the experience of sex···· assumes a universal or
> religious significance; it is connected with the state of the land. For
> the Vegetation myths erect the cycle of the seasons into a series of
> divinely ordered events; and this cycle of life is based on sex and
> personified in ritualistic figure. (118)

어부왕의 이야기에서 불모지의 번식 중단은 인류학적 견지에서
생식능력의 상실이지만 현대의 황무지는 성을 잘못 적응시킨 데
있다는 것이다. 따라서 이 시의 중심부와 상당한 부분이 성(sex)에
관한 것이다.

현대세계에 황무지를 가져온 요인들을 엘리엇은 참사랑의 실패,
사랑이 없는 성생활, 증식이 없는 성생활, 성적 도착 그리고 성적
무관심 등으로 보고 있다. 이들을 요인별로 분석하여 보면 다음과
같다.

인간의 모든 감정 중에서 가장 중요한 것은 사랑이고 할 수 있
다. 사랑은 생명의 원천이 되기 때문이다. 이런 사랑이 있을 때 자
기 자신을 적극적으로 아낌없이 다른 사람에게 줄 수 있으며 참다
운 인간관계가 이루어질 수 있는 것이다. 그러나 현대의 황무지에
는 참다운 인간관계가 가져올 수 있는 참사랑이 실패하고 있음을
보여주고 있다.

일 년 전 처음으로 당신이 나에게 히아신스를 줬기에,
'그들은 나를 히아신스 아가씨라 불렀지요.'
- 하지만 우리가 밤늦게 히아신스 정원에서 돌아왔을 때
당신의 한 아름 안고, 머리는 젖은 채, 나는 말을 할 수
없었고, 내 눈은 보이지 않아서, 나는 살아 있는 것도
죽은 것도 아니었죠. 그리고 나는 아무것도 모르고,
등불의 중심, 고요함을 들여다보고 있었어요.

You gave me Hyacinths first a year ago;
'They called me the hyacinth girl',
- Yet when we came back, late, from the hyacinth garden
Your arms fall, and your hair wet, I could not
Speak, and my eyes failed, I was neither
Living nor dead, and I know nothing,
Looking into the heart of light, the silence.

(WL 35 - 41)[14]

엘리엇은 이 "히아신스 정원"의 묘사에서 참사랑의 경험이 완전히 성취되지 못함을 못내 아쉬워하며, 그의 후기 시 『네 4중주』(*Four Quartets*)에서는 "장미 정원"(Rose garden)으로 나타난다.

성배전설에 나오는 성배를 나르는 처녀는 기사를 시험(initiation)의 장소로 인도해 주고 그가 성공하였을 때 그와 결혼하게 된다. 그러나 "히아신스 정원"에서는 주인공이 소녀와 만났었을 때 성배 시험에서 없어서는 안 될 질문을 하지 못하는 것이다. 그는 한 아름 꽃을 안고 있는 소녀를 보고 멍하니 서 있으며, 소녀는 그가 표현하지 못하고 있는 그 말을 안타깝게 기다리고 있다.

엘리엇은 여기서 단테의 『신생』(*Vita Nuova*)에서의 경험을 이해하고 있는 것이 분명하다.

『신생』의 근본적인 경험에 대한 단테의 태도는 기원에서보다는 최후의 원인에서 의미를 찾는 데 우리 자신이 익숙해짐으로 이해될 수 있을 뿐이다. 내가 믿기로는 그것은 그가 베아트리체와 만난 것에 관하여 그가 의식적으로 무엇을 느꼈는지를 묘사하려는 의도가 아니라, 그것에 대한 성숙한 반영에 관해서 저것이 무엇을 뜻하였는지를 묘사하려는 것이었다. 그 최후의 원인은 하나님을 향한 이끌림이다.

The attitude of Dante to the fundamental experience of the Vita Nuova can only be understood by accustoming ourselves to find meaning in final causes rather than in origins. It is not, I believe, meant as a description of what he consciously felt on his meeting with Beatrice, but rather as a description of what that meant on mature reflection upon it. The final cause is the attraction towards God. (*SE* 274)

남녀 간의 사랑은 말할 것도 없거니와 남자 간의 사랑에 있어서도 보다 높은 사랑에 근거를 두지 않으면 여기에서 이루어지는 행위는 동물적인 것에 불과한 것이다.

"히아신스 정원"에서의 참사랑의 실패는 남녀관계를 부각시키기 위해 현대 여인의 방에 필로멜라(Philomela)의 변신 조각품을 걸어 놓고 있다.

필로멜라의 변신, 야만적인 왕에 의해
무참히 당했구나. 아직도 나이팅게일은
침범할 수 없는 목소리로 온 사막을 채웠다.
그리고 여전히 그 새는 울었고, 여전히 세상은 추구한다.
더러운 귀에 "쩍 쩍" 들린다.

The change of Philomel, by the barbarous king
So rudely forced; yet there the nightingale
Filled all the desert with inviolable voice

And still she cried, and still the world pursues.
"Jug Jug" to dirty ears.

(WL. 99 – 103)

    'Rudely'와 'barbarous'라는 형용사는 현대의 성적 부적응에는 고의적인 무례함과 야만성이 내포되어 있음을 반영한 것이겠다. 필로멜라의 비극적 전설은 사랑과 육욕이 분별없이 되어 가고 있는 현대에 귀중한 의미를 지니고 있다. 왜냐하면 이 비극은 그 본질에 있어서 영원한 비극이기 때문이다. 이 비극의 영원성을 엘리엇은 'still'이라는 부사와 함께 동사의 시상을 바꿈으로써 암시하고 있다. 다만 변화된 것이 있다면 'inviolable voice'의 쓰라린 비극이 현대의 황무지에서는 그 참된 의미를 상실하고 더러운 귀에는 'Jug Jug' 하는 소리로 세속화되어 타락한 세상을 연상하게 하는 것이다.

    '장기 놀이'(A Game of Chess)의 서두에 나오는 이 여인은 소소스트리스 부인(Madame Sosostris)이 본 벨라도나(Belladonna)로서 현대의 부정한 여인을 대표한 것이다. 이 부정한 여인에게는 육욕의 불이 타오르고 있음을 엘리엇은 이렇게 묘사한다.

불빛 아래에서, 머리 빗 아래에서, 그녀의 머리는
불같은 점들로 펼쳐져서
이글거리며 말이 되었다가, 야만적으로 조용해지곤 했다.

Under the firelight, under the brush, her hair
Spread out in fiery points
Glowed into words, then would be savagely still.

(WL 108 – 10)

그로버 스미스(Grover Smith)는 위의 구절을 이렇게 보고 있다.

불같은 점들로 보이는 그 여인의 머리는 히아신스 소녀의 젖은 머리
에 대한 메두사 같은 대조를 나타낸다. 불은 여기에서 육욕의 상징이다.

The fiery points of the woman's hair present a Medusa – like contrast
to the wet hair of the hyacinth girl; fire is here a symbol of lust. (82)

벨라도나는 참사랑은 없이 육욕에 불타는 현대 여인의 상징이다.
엘리엇은 그녀가 거처하는 방을 묘사함에 있어서 화려한 문명의
이기에 파묻혀 실면서도 그것들을 의미 있게 사용하지 못히며 다
분히 정적인 것들을 많이 나열해 놓음으로써 인위적인 냄새와 불
모의 요인을 가져올 수 있는 분위기를 잘 나타내고 있다.

그녀가 앉아 있는 의자는, 빛나는 왕좌처럼,
대리석 위에서 빛났고, 그곳엔 거울이
열매 맺힌 포도덩굴로 조각된 받침대로 받혀 있고
거기에서 황금빛의 한 큐피드가 빠끔히 내다보았다
(다른 놈은 그의 날개 뒤에 두 눈을 가렸다)
그 거울은 일곱 가지로 된 촛대의 불꽃들을 배가시키며
탁자 위에 빛을 반사했다.
마치 비단 보석 상자로부터 풍성하게 쏟아진
그녀의 보석의 광택이 그것을 맞으러 일어선 것처럼.

The Chair she sat in, like a burnished throne,
Glowed on the marble, where the glass
Held up by standards wrought with fruited vines
From which a golden Cupidon peeped out
(Another hid his eyes behind his wing)

Doubled the flames of seven branched candelabra

Reflecting light upon the table as

The glitter of her jewels rose to meet it,

from satin cases poured in rich profusion.

(WL 77 – 85)

이 구절에 쓰인 낱말들이 상호 간에 가지는 관계와 리듬의 흐름
이 가지고 있는 힘에 대해 매티슨(F. O. Matthiessen)은 다음과 같
이 격찬한다.

엘리엇의 시에서 소리의 아름다움과 함축된 의미의 풍부함을 위한
그의 청각적 상상력의 가장 특징적인 본보기 중의 하나는 '장기 놀
이'의 처음 단락이다.

One of the most characteristic examples in Eliot's poetry of the power
of his auditory imagination, both for beauty of sound and for
imbedded richness of connotation, is the opening passage of "A Game
of Chess." (84)

그러나 안타까운 것은 아름다운 음성과 함축성이 풍부한 낱말들
이 약하고 무의미한 존재를 둘러싸고 있는 분위기가 마치 필로멜
라가 테레우스에게 능욕당할 때와 같은 불길한 것이라는 점이다.

이렇게 무참히도 짓밟힌 필로멜라의 후예를 현대의 템즈의 딸들
에게서 찾아볼 수 있다. 이들의 노래에는 현대 황무지의 요인이 다
분히 들어 있다.

"마아게이트의 백사장에서
나는 연결시킬 수 있는 것이

아무것도 없어요.
더러운 손들의 부서진 손톱들
나의 사람들은 아무것도 기대하지 않는
초라한 사람들"

"On Margate Sands.
I can connect
Nothing with nothing.
The broken fingernails of dirty hands.
My people humble people who expect.
Nothing"

(WL 300 − 05)

첫 번째 딸은 그녀의 인생에서 잔인함과 무의미함이 불가피함을
인식하는 체념으로 자기가 처한 상황을 받아들이고 있다. 두 번째
딸은 유혹이 있은 후 남자의 후회하는 표현이 빈말임을 깨닫는다.
세 번째 딸은 비극이 그 한계를 넘어서게 되므로 환멸은 도리어 불
행한 사람들에 대한 연민으로 변한다. 이런 상황을 데렉 트래버시
(Derek Traversi)는 다음과 같이 말하고 있다.

아무것도 사실적인 것도 없거나 혹은 중요한 것도 없는 세상에서, 미
래를 위한 희망이나 망상에 대한 어떤 표현은 단순히 그리고 불가피
하게 헛된 것이다.

In a world where nothing is real, or counts, any expression of hope or
illusion for the future is simply and inescapably vain. (45)

템즈의 딸들의 노래에서 테레우스적 비인간적인 육욕으로 런던
은 주택가를 비롯하여 빈민굴, 해변 유원지까지도 황무지가 되어

가고 있음을 알 수 있다. 참다운 사랑이 없는 인간관계에 기쁨과
의욕이 있을 수 없는 것은 당연한 것이다. 그런 상황하에서는 부부
간에도 무엇인가 잘못되어 가고 있음을 볼 수 있으며 이런 현상이
현대 황무지의 요인으로 부각되고 있다.

두 여인이 주고받는 대화 중에 릴(Lil)이라는 여인의 남편이 제대
를 하고 왔을 때 그를 대하는 아내로서의 태도에 대한 다음과 같은
구절이 있다.

> 이제 앨버트가 돌아올 테니, 네 몸 단장을 좀 해라.
> . . . .
>
> 그는 4년간 군대에 있었으니, 그는 재미 볼 시간을 원한다.
> ‘만일 네가 그렇게 해 주지 않는다면, 남들이 해 줄 거야’라고 했다.
> ‘오 있는가’라고 그녀가 말했다. ‘그런 게 있지’라고 나는 말했다.
> ‘그럼 난 고맙다고 할 사람이 누구인지 알겠네’, 그녀는 말하며, 그리
> 고 나를 째려보았다.
>
> Now Albert’s coming back, make yourself a bit smart.
> . . . .
>
> He’s been in the army four years, he wants a good time,
> And if you don’t give it him, there’s others will, I said.
> Oh is there, she said. Something o’ that, I said.
> Then I’ll know who to thank, she said, and give me a straight look.
>
> (WL 142 − 51)

문제의 남편은 무려 4년 동안이나 금욕생활을 하였기 때문에 가
정에 돌아오는 유일한 기쁨은 장기놀이와 같은 성행위에 있다는
것이다. 따라서 아내는 성적 매력을 끌기 위해 예쁘게 단장해야 한
다는 친구의 권유다. 참다운 인간적인 사랑이 있는 부부관계를 갖

지 못한 공백 기간을 아쉬워하며 아내와의 상봉을 기대하는 것이
아니라 관능의 만족을 위한 대상으로서 아내를 거론하고 있으며
릴이 남편의 육욕을 충족시켜 주지 못할 때는 다른 사람이 그렇게
할 것이라고 말함으로써 한 남자를 놓고 친구인 척하면서도 거의
위장된 라이벌로서 대화를 하는 것이다.

현대의 황무지에서는 육욕을 위해서는 친구의 신의까지도 배신
할 수 있다는 것을 보여주는 것이다. 또한 릴의 어조로 보아서는
그녀의 남편은 쾌락을 추구하기 때문에 아내인 자기를 배신하고
친구와 놀아날 가능성이 엿보인다.

다음의 대화에서 현대 황무지의 참다운 면모를 엿볼 수가 있다.

나는 뾰족한 수가 없어, 그녀는 씁쓸한 표정으로 말했다.
내가 복용한 알약들이야, 애를 지우려고, 그녀가 말했다.
(그녀는 벌써 다섯이 있어, 그리고 막내 조지 낳을 때 거의 죽을 뻔했지.)
약사는 괜찮을 거라고 했으나, 나는 결코 전과 같지 않았어.
넌 정말 바보야, 내가 말했다.
그런데 앨버트가 너를 홀로 두지 않는다면, 그게 문제라니까.
네가 아이들을 원하지 않는다면, 뭣 때문에 결혼했니?

I can't help it, she said, pulling a long face,
It's them pills I took, to ring it off, she said.
(She's had five already, and nearly died of young George.)
The chemist said it would be all right, but I've never been the same.
You are a proper fool, I said.
Well, if Albert won't leave you alone, there it is. I said,
What you get married for if you don't want children?

(WL 158－64)

어부왕의 나라에서는 그의 성불구로 모든 번식이 중단되지만 현대의 황무지에서는 아기 낳기를 싫어한다. 자녀를 낳는다는 것은 더러운 고역을 사는 것이요 잘못하면 무의미하게 죽는 것이다. 그러므로 그녀는 약으로 낙태를 시키는 것이다. 이러한 상황을 그로버 스미스(Grover Smith)는 다음과 같이 지적하고 있다.

> 그러나 이 문단에서 중요한 상징은 낙태이며, 이것이 자녀를 낳지 않는 것과 불모의 주제를 진척시키고 있다.
>
> The key symbol in the passage, however, is abortion, which advances the theme of unfruitfulness and sterility. (83)

여기에서 현대의 황무지에는 결혼의 목적이 빗나가고 있음이 엿보인다. 현대 황무지에서의 결혼생활은 참사랑이 있는 인간적인 애정이나 창조적 목적을 증진시키는 일에는 관심도 두지 않는다. 이런 대화를 전개하는 동안에 "Hurry up please it's time"을 중간 중간에, 끝에 가서는 두 번이나 반복한다. 이 말을 그로버 스미스는 이렇게 보고 있다.

> ····이 시구에서 대부분의 심각한 어조는 압축되어 있다. 울부짖음은 이러한 생활 방식으로부터 돌아서게 하려는 일종의 반어적 경고이다.
>
> ····most of the serious tone of this passage is compressed, The cry is an ironic warning to turn from this way of life. (83)

참다운 사랑의 유대로 결합되어야 할, 신성해야 할 부부관계도 말초신경을 자극하여 즐겁게 하기를 바라는 현대 황무지의 주민들에게는 지겨운 속박으로 간주되고, 매일 반복되는 생활에서 오는 권태의 수레바퀴에서 도피하기 위한 탈출구를 섹스라는 장기놀이에서 찾고 있다.

이런 장면을 묘사함에 있어 엘리엇은 일상구어를 사용하여 독자로 하여금 현대인이 정신적으로 가치 없고 메마른 생활을 하는 장면을 체험하게 하고 있다. 엘리엇이 사용하고 있는 품위가 낮은 말들은 그 밑에 깔려 있는 의미를 반영하여 보다 높은 정신적 차원으로 끌어올리려는 것뿐이다. 시인이 일상 구어를 사용해야 할 필요성을 엘리엇은 이렇게 말한다.

물론 어떤 시라도 시인이 이야기하거나 듣는 것과 정확하게 똑같지는 않다. 그러나 청자나 독자가 "만일 내가 시에 대해 말한다면 난 그렇게 말해야 한다."고 말할 수 있는 그 시대의 말과 밀접한 관련이 있어야 한다. 이것이 최상의 현대 시가 지난 세대의 대단히 뛰어난 시에 의해 유발된 어떤 정서와 다른 흥분의 감정과 성취감을 우리에게 줄 수 있는 이유이다.

No poetry, of course, is ever exactly the same speech that the poet talks and hears; but it has to be in such a relation to the speech of his time that the listener of reader can say 'that is how I should talk if I could talk poetry.' This is the reason why the best contemporary poetry can give us a feeling of excitement and a sense of fulfillment different from any sentiment aroused by even very much greater poetry of a past age. (*OPP* 23 – 24)

이렇듯 엘리엇은 그가 살던 런던 사회에서 사용되는 일상어로써 그 속에 잠재되어 있는 리듬을 통해 독자의 의식의 밑바닥까지 꿰뚫고 들어가 잊힌 감정을 불러일으켜 새로운 정신작용을 낳게 하고 있다.

현대인의 마음이 황무지로 변모된 것은 남녀 간의 성적 부적응에서만 비롯되는 것은 아니다. 남자 간의 성적 도착도 커다란 비중을 차지하고 있다. 이런 현상은 육욕의 불이 과열되어 일종의 병적 상태로까지 발전한 것이다. 이것은 또한 종교적인 타락이 곁들여졌음을 엘리엇은 보여주고 있다.

비실재의 도시
어느 겨울 한낮의 갈색 안개 밑에서
스머나 상인 유게니데스 씨는
면도하지 않은 채, 호주머니에 런던행 운임 및
보험료 매주 부담 건포도 일람증서를 가득 넣고
저속한 불어로 나에게 요청했다
캐논 거리 호텔에서 점심을 먹고
주말엔 메트로폴 호텔에서 지내자고.

Unreal City
Under the brown fog of a winter noon
Mr. Eugenides, the Smyrna merchant
Unshaven, with a pocket full of currants
C. I. F. London; documents at sight,
Asked me in demotic French
To luncheon at the Cannon Street Hotel
Followed by a weekend at the Metropole.

(WL 207 − 14)

옛 시리아 상인들은 그들이 가는 곳마다 장사도 하였지만 자기들의 종교의식을 전파하는 종교적 열의도 대단하였다고 한다. 그러나 여기에 유게니데스 씨는 자기의 상품 외에는 가지고 온 것이 아무엇도 없고, 더욱이 그는 '애꾸눈 상인'(one-eyed merchant)이다. 따라서 장사에만 눈독을 들이고 있다. 그가 사용하는 말은 상업용어이며, 게다가 사적인 대화에서는 저속한 불어를 사용한다. 이런 속된 말로 그는 도착적 쾌락을 추구하기 위해 유혹을 한다. 이에 대해 그로버 스미스는 다음과 같이 말하고 있다.

> 동성애적인 것으로 추정되는 그의 초대는 보통 어부 왕이 성배 성채 밖에서
> 성배 탐구자에게 행하는 그것을 어설프게 흉내 낸 것이다.
>
> His invitation, supposed to be a homosexual one, is a travesty of that which usually the fisher King makes to the quester outside the grail castle. (87)

종교의식을 전파해야 할 유게니데스 씨는 성적 도착을 전함으로써 현대인의 황무지화에 부채질을 하고 있는 셈이다.

현대인의 마음이 황무지로 변모된 또 다른 요인은 순결에 대한 잘못된 태도에서 찾아볼 수 있다. 옛날에는 모욕적으로 순결을 상실했을 때는 자신의 생명을 스스로 끊음으로써 자신의 죄를 씻고 상대방에게 통회할 마음을 가지게 하였다. 그러나 현대의 처녀는 자신의 순결을 고수하려는 의사가 전혀 없다. 이러한 사실을 엘리엇은 타이피스트와 여드름이 다닥다닥 돋아난 사무원과의 정사 장면에서 잘 보여주고 있다.

> 때는 지금이 적당하다. 마침 식사는 끝나고
> 그녀는 지루해하고 지쳐 있으니

그는 그녀를 애무하려고 애쓴다.
애무를 바라지 않았을지라도, 아직 반항하지 않는다.
얼굴을 붉히며 결심하고, 그는 즉시 덤벼든다.
더듬는 두 손은 아무런 제지를 받지 않는다.
그의 허영심은 아무런 반응을 요구하지 않으며
그녀의 무관심을 달갑게 여긴다.

The time is now propitious, as he
The meal is ended, she is bored and tired,
Endeavours to engage her in caresses
Which still are unreproved, if undesired.
Flushed and decided, he assaults at once;
Exploring hands encounter no defence;
His vanity requires no response,
And makes a welcome of indifference.

(WL 235 – 42)

타자수는 자신의 육체를 망치려는 공격자에 대해 방어하는 태도가 전혀 보이지 않는다. 그렇다고 해서 이러한 정사를 은근히 바라고 있는 것도 아니다. 근본적으로 무엇인가 잘못되어 있다. 이 점을 엘리자베스 두루(Elizabeth Drew)는 이렇게 지적하고 있다.

> ····여기에 묘사된 장면은 전혀 육욕의 불이 아니라, 다만 순결에 대한 완전한 무관심이다.

> ····it is not the fire of lust at all which is illustrated, but merely the complete indifference towards chastity. (80)

표면적으로는 남녀 간의 성관계가 그 참다운 의미를 상실하고 품위가 떨어진 것으로 볼 수도 있다. 그러나 보다 중요한 것은 인

간의 정신문제이다. 타이피스트와 사무원 간의 사건은 분명히 정사
이다. 따라서 엘리엇은 이 구절을 이렇게 시작한다.

> 보라빛 시간에, 집으로 발걸음을 재촉하고, 바다로부터
> 어부를 집으로 돌아오게 하는 저녁 시간에,
>
> At the violet hour, the evening hour that strives
> Homeward, and brings the sailor home from sea.
>
> (WL 220 – 21)

이 단락은 온화하고 서정적인 분위기로 이끌어가고 있다. 뿐만
아니라 이 단락의 25행가량은 전통적인 약강 5보격(iambic pentameter)
으로, 때로는 운이 교차되어 가며 엮어지고 있다. 그러나 실제 내용
은 그 반대의 현상을 빚어냄으로써 정사에 대한 아이러니를 나타
내고 있다.

이렇게 현대인의 마음과 정신상태가 무질서하고 위기에 직면해
있음을 타이피스트의 방 주변에 대한 묘사에서 찾아볼 수 있다.

> 창 밖에는 위태롭게 널려 있네,
> 그녀의 마르고 있는 속옷이 태양의 마지막 햇살을 받으며,
> (밤에는 그녀의 침대인) 긴 의자 위에는 쌓여 있네,
> 스타킹, 슬리퍼, 화장 옷, 그리고 코르셋이.
>
> Out of the window perilously spread
> Her drying combinations touched by the sun's last rays,
> On the divan are piled(at night her bed)
> Stockings, slippers, camisoles, and stays.
>
> (WL 224 – 27)

특히 마지막 행에 사용된 낱말들과 's'의 두운과 자음은 그런 정
감을 더욱 풍겨주고 있음을 부인할 수 없다.

타이피스트뿐만 아니라 사무원도 도덕적으로 정서적으로 무감각
한 사람이다. 순결에 대한 무관심, 도덕적으로 무책임한 행동, 애정
이 없는 성행위 등 이런 여러 가지 상황으로 미루어 보아 현대인은
감정이 메마른 기계로 변해 가고 있음을 보여주고 있다. 이 기계적
인간의 단면을 엘리엇은 이렇게 묘사한다.

> 그녀는 기계적인 손으로 자기의 머리를 쓰다듬고,
> 축음기에 레코드판을 올려놓는다.

> She smooths her hair with automatic hand,
> And puts a record on the gramophone.
>
> (*WL* 255 − 56)

그런고로 엘리엇은 'heart'라는 말 대신 현대인의 감정을 잘 표현
하는 언어 등가물(verbal equivalent)인 'human engine'(216행)이란
말을 쓰고 있는 것이다.

타이피스트와 사무원 간의 정사 장면은 티레시아스(Tiresias)가 목
도함으로써 이 시에 심각한 의미가 부여된다. 왜냐하면 그는 장님
이며 또한 예언자이기 때문이다. 엘리엇은 주(Notes)에서 티레시아
스가 이 시에서 차지하는 비중을 이렇게 말하고 있다.

> 티레시아스는 비록 단순한 구경꾼이며 실로 한 '등장인물'이 아닐지
> 라도, 이 시에서 가장 중요한 인물이며, 나머지 모든 인물을 결합하
> 고 있다. 사실 티레시아스가 보는 것은 이 시의 골자이다.

> Tiresias, although a mere spectator and not indeed a 'character', is yet
> the most important personage in the poem, uniting all the rest····
> what Tiresias sees, in fact, is the substance of the poem. (*CP* 82)

티레시아스가 장님 예언자로서 타이피스트와 사무원과의 정사를 목격하고 말할 수 있는 것은 외면적인 것이 아니라 내면적인 것이다. 그러므로 그의 눈에 비친 비극은 통시성(diachronic)이 있음을 엘리엇은 이렇게 묘사하고 있다.

> 나 티레시아스는 이 똑같은 긴 의자
> 또는 침대에서 행해진 모든 것을 경험했다.
> 나는 테베 시의 성벽 아래에 앉아 있었고,
> 죽은 자들 중 가장 낮은 자 사이에서 걸어 다녔지.
>
> And I Tiresias have foresuffered all
> Enacted on this same divan or bed:
> I who have sat by Thebes below the wall
> And walked among the lowest of the dead.
>   (*WL* 243 – 46)

엘리엇은 현재완료 시상을 사용함으로써 과거의 의식을 상호 연관시키고 있으며, "나머지를 예언했다"(Foretold the rest, 229행)라고 말함으로써 미래까지 점치고 있다.

스티븐 스펜더(Stephen Spender)는 프로이드(Freud)의 심리학을 적용시켜 티레시아스의 '투시하는 예언자적 의식'(seeing prophetic consciousness)을 개인적인 차원에서 문명의 차원으로 끌어올려 이렇게 말하고 있다.

이 상황 ― 긴 의자 위에 있는 타이피스트와 사무원, 말하자면 긴 의자 밑에서 투시하고 있는, 그리고 그의 과거에서 예견하고 있는 티레시아스는 ―『황무지』에서 엘리엇이 과거와 현재의 의식을 상호 연관시키는 하나의 모델이다···· 티레시아스의 마음은 시간과 공간을 통해서 흩어진 문명의 단편들을 연결시킨다. 이 시를 함께 모으는 목적을 위해서 그것은 연결고리 또는 매듭 역할을 한다.

This situation ― typist and clerk on divan, Tiresias seeing from under the divan, as it were, and foreseeing, out of his past ― is a model of Eliot's interrelating of past and present consciousness in The Waste Land.···· The mind of Tiresias connects the fragments of a civilization scattered through time and apace. For the purpose of holding the poem together it is the linchpin or knot. (98)

문명은 산 사람의 의식 속에서 과거로서가 아니라 현재로서 살아남아 있는 것이다. 따라서 모든 과거는 의식의 세계에서는 현재인 것이다. 또한 살아 있는 사람의 정신의 세계에서는 과거와 현재는 언제나 상상적 심리적 사건으로 일어나고 있으므로 현재를 과거와 비교하는 것은 의식의 세계에서는 여러 세대를 공시적(synchronic)으로 나란히 놓는 것과 같다. 따라서 문명의 상태는 의식 속에서 언제나 현재인 여러 시대의 의식의 총화(sum)인 것이다.

그러므로 티레시아스는 역사를 꿰뚫어서 우리가 살고 있는 세계를 내다볼 수 있는 것이다. 또한 우리는 티레시아스를 통해서 역사를 꿰뚫어 볼 수 있다. 이런 의미에서 스펜더는 티레시아스의 의미를 이렇게 말한다.

그는 다른 모든 사람들이 만나는 인물이다. 왜냐하면 그의 의식은 그의 데베스의 밑에 놓인 지층과 같아서 그 위에 그 후 수많은 데베스

들, 이를테면 데베스 I, 데베스 II, 데베스 VII에 이르기까지 건축되
어 왔기 때문이다. 다른 층들은 피상적이며, 그 이유로 그들이 포함
하고 있는 '인물들'은 티레시아스가 보고 미리 경험한 행동의 예증이다.

He is the character in whom all the others meet because his
consciousness is like the underlying stratum of his Thebes upon which
numerous later Thebes have been built — Thebes I, Thebes II, up to
Thebes VII, let us say. Other levels are superficial, and. for that reason.
the 'characters' they contain are illustrative of behavior which Tiresias
sees and foresuffers. (103)

엘리엇이 『황무지』에서 사용하고 있는 것은 의식의 목소리이다.
티레시아스 안에서 주관은 그의 데베스(Thebes)와 현대 사이에 일
어난 모든 사건에 의해 영향을 받아왔다. 이제 티레시아스는 그 자
신의 주관은 아무것도 남기지 않고 객관적인 목소리가 된 것이다.
그러므로 "I Tiresias"에서 'I'라는 제 일인칭은 티레시아스의 마음
속에 있는 객체이다. 다만 티레시아스는 자신을 투사함에 있어서
현대적인 목소리를 차용하고 있을 뿐이다.

이렇게 과거의 일을 현대의 새로운 것으로 바꿀 수 있는 살아
있는 시인의 목소리를 사용하는 것을 창조적 안목이라고 엘리엇은
말한다.

우리는 현재로부터 분명한 차이를 가지고 현장에서 과거를 볼 수 있
는 안목이 필요하며, 또한 너무도 생생하기 때문에 그것은 우리에게
현재처럼 떠오를 것이다.

We need an eye which can see the past in its place with its definite
differences from the present, and yet so lively that it shall be as
present to us as the present. This is the creative eye. (*SE* 64)

어째든 티레시아스가 목격하는 여러 가지 사건들, 즉 현대의 세계를 황무지로 간주하는 여러 요인은 과거에 그러했고 현대에도 미래에도 인간의 정신을 황무지로 만드는 요인으로서 영구성을 띤 인간의 비극적 현실이 되고 있는 것이다.

엘리엇은 사회 각층에 깔려 있는 이런 정신적 황무지에서의 삶은 결과를 고려하지 않고 행동을 하며, 그러한 행동은 인간 세상에 계속 어두운 그림자를 던져 주고 있음을 박진감 있게 묘사하고 있다. 그는 이러한 행동에는 한계가 있다는 것과 인간질서에서 모든 의미를 박탈하여 외형적으로는 살아 움직이는 것 같으나 내면적으로는 '생중 사'(death – in – life)라는 것을 실감케 하여 보다 높은 차원의 인생으로 재생해야 된다는 것을 각성시키고 있는 것이다.

Ⅲ. 런던: 지옥의 상징

정신적으로 불모가 된 현대인들은 엘리엇에게는 정상적인 사람으로 보이지 않는다. 그는 『황무지』의 전통이라고 할 수 있는 「텅 빈 사람들」("The Hollow Men")에서 현대인을 다음과 같이 묘사하고 있다.

우리들은 텅 빈 사람들
우리들은 박제된 사람들
함께 기대고 있다
짚으로 가득 찬 머리를, 슬프도다!

    . . . .
형체 없는 모습, 색깔 없는 그늘
마비된 힘, 움직임 없는 몸짓.

We are the hollow men
We are the stuffed men
Leaning together
Headpiece filled with straw, Alas!
    . . . .
Shape without form, shade without colour
Paralysed force, gesture without motion. (*CP* 89)

  현대인들의 겉모양은 인간의 모습을 하고 있지만 엘리엇의 눈에
는 지옥에 있는 망령들의 움직임처럼 보인다. 엘리엇은 19세기 낭
만주의 시인들처럼 자연에서 아름다운 것을 찾기 위해 전원을 방
황할 수만은 없었던 것이다. 그는 시인이 관찰할 대상에 대해 이렇
게 말한다.

   그러나 시인에게 극히 중요한 이 점은 다루어야 할 아름다운 세계를
   가지고 있지 않다는 것이다. 그것은 아름다움과 추악함 둘 다 밑에서
   볼 수 있다는 것이다. 권태와, 공포와, 영광을 볼 수 있다는 것이다.

   But the essential advantage for a poet is not, to have a beautiful world
   with which to deal; it is to be able to see beneath both beauty and
   ugliness; to see the boredom, and the horror, and the glory. (*UPUC* 106)

  엘리엇이 현대사회에서 시선을 도시로 돌려 그 속에서 권태와
공포를 발견하게 된 것은 가까이는 보들레르(Baudelaire), 멀리는 단
테(Dante)의 영향을 받은 것으로 볼 수 있다. 따라서 현대의 도시

런던은 엘리엇에게 지옥처럼 보이는 것이다.

『황무지』에 나타난 보들레르의 직접적인 영향은 한두 군데밖에 없다. 따라서 엘리엇이 인용한 다른 시인에 비하여 보들레르가 엘리엇에게 특히 『황무지』에 미친 영향이 크다고 말하기는 힘들다. 그러나 엘리엇은 보들레르가 현대 시인으로서 위대한 시인이며 자기에게 미친 영향이 지대하다는 것을 "우리 시대의 보들레르"(Baudelaire in our Time, 1928)와 "보들레르"(Baudelaire, 1930)라는 두 편의 평론에서 말하고 있다.

『황무지』의 제1부 「죽은 자들의 매장」("The Burial of the Dead")을 종합함과 동시에 앞으로 전개될 상황을 예견할 수 있는 구절에서 엘리엇은 현대 도시를 대표하는 런던을 '비실재의 도시'(Unreal City)(60행)라고 표현하고 있다. 또한 현대인을 이 '비실재의 도시'에 살고 있는 망령들로 보고 있다.

엘리엇은 이렇게 보고 있는 이유를 자주에서 다음과 같이 밝히고 있다.

우글거리는 도시, 꿈이 가득한 도시,
그곳엔 유령이 대낮에도 통행인에게 달라붙는다.

Fourmillante cite, cite pleine de reves,
Ou le spectre en plein jour raccroche le passant. (*CP* 81)

인용된 구절은 보들레르의 「일곱 명의 노인들」("Les Sept Vieillards")이라는 시에 나타나는 파리의 묘사다. 보들레르가 본 파리의 상태는 쾌락의 추구로 인하여 길을 더듬어 가야만 하는 장님보다도 더

깜깜하고, 잔인하고 악이 가득 차 있음을 보여준다.

불구의 일곱 노인들이 움직이는 모습은 지옥에서 나온 망령들의 행렬과 같으며, 파리의 거리에서 만나는 사람은 마치 지옥의 망령을 만나는 것 같은 느낌이 든다. 이런 분위기는 「우울과 이상」("Spleen et Ideal")이라는 시에서도 찾아볼 수 있으며, 보들레르가 현실에서 음산한 지옥의 분위기를 발견한 것은 이상과 현실의 괴리에서 오는 것으로서 독자들에게 반항의식을 일으키기 위한 기법이라고 보겠다.

그러므로 보들레르는 현대 도시에서 지저분한 것들을 들추어내는 데 인색하지 않았다. 이러한 보들레르의 의도를 마이클 햄버거 (Michael Hamberger)는 이렇게 말한다.

이 시는 '수치스런 대도시', 노상에서 사탄에게, 즉 보들레르의 '고뇌'의 단골손님에게 인사하는 그곳의 '창녀들'과 '도적들'에 대한 사랑의 선언으로 끝난다. 왜냐하면 오직 저 패역한 행락지만이 보들레르로 하여금 그의 원자재였던 도덕적 시궁창으로부터 심미적 황금을 추출하게 하였기 때문이다.

The poem ends as a declaration of love for the 'infamous capital', its 'courtesans' and 'bandits', with a salutation, on the way, to Satan, 'patron' of Baudelair's 'distress' – because only that perverse resort enabled Baudelair to extract aesthetic gold from the moral mire that was his raw material. (295)

엘리엇이 보들레르의 영향을 받은 것은 도덕적, 정신적 가치 면에서 현대인들은 극도로 타락했으며, 이것을 묘사하기 위한 이미지로서 현대의 대도시에서 볼 수 있는 더러운 인생을 사용하고 있는 점이다. 그 대표적인 것 중의 하나가 『황무지』의 제2부 「장기 놀이」 ("A Game of Chess")에 나타나는 '선술집 장면'(pub scene)이다. 이러한 구역질나는 인생은 종래에는 시의 소재가 될 수 없었던 것이다. 그러나 나락의식을 느끼는 인생을 묘사하는 것은 현대인에게 중요한 의미가 있음을 엘리엇은 강조하고 있다.

> 그것은 평범한 생활의 이미지를 사용하는 것뿐 아니라, 대도시의 더러운 생활의 이미지를 사용하는 것뿐 아니라, 그러한 이미지를 일등 강렬함으로 상승시키는 데 있는 것이다. ― 그리하여 그것을 사실 그대로 제시하되, 그것을 그 자체보다 훨씬 더 강렬한 어떤 것을 재현하게 하는 것이다 ― 보들레르가 다른 사람들을 위한 방출과 표현의 양식을 창안했듯이.

> It is not merely in the use of imagery of common life, not merely in the use of imagery of the sordid life of a great metropolis, but in the elevation of such imagery to the first intensity ― presenting it as it is, and yet making it represent something much more than itself ― that Baudelaire has created a mode of release and expression for other men.
>
> (*SE* 426)

엘리엇은 현대인이 삶의 참다운 의미를 잃고 무의미하게 기계적으로 살아가면서도 그것을 인식하지 못하고 있는 것을 꼬집어 "당신! 위선자 독자여! ― 나의 동포여, ― 나의 형제여!"(You! hypocrite lecteur! ― mon semblable, ― mon frere!)(*WL* 76행)라고 말한다. 이 말은 그의 주에서 보들레르의 『악의 꽃』(*Fleurs du Mal*)의 서시에서 인용한 것임을 밝히고 있다(*CP* 81).

보들레르는 서시 「독자에게」("Au lecteur")의 글에서 현대인의 마음의 상태가 황무지로 변하고 지옥의 상태로 되어 가는 주된 요인을 권태(ennui)라고 지적하고 있다. 이렇게 권태에 사로잡힌 사람들을 조종하고 있는 것은 악마이다. 따라서 현대인이 징그러운 것, 더러운 것에 매력을 느끼게 되고, 겁도 없이 냄새 고약한 어둠 속을 지나 지신도 모르게 날마다 한 걸음씩 지옥으로 내려간다는 것이다.

엘리엇이 현대의 황무지에서 본 인생들도 마찬가지다. 『황무지』의 제3부 「불의 설교」("The Fire Sermon")에 나오는 타이피스트는 권태에 사로잡혀 기계적으로 움직이고 있다. 따라서 올바른 사랑도 하지 못하고 그들의 성행위는 짐승의 교미와 다를 바가 없는 것이다. 보들레르와 마찬가지로 엘리엇도 현대인의 병폐 중 가장 나쁜 죄악을 권태라고 지적하면서 그 이유를 이렇게 말하고 있다.

> ·····죄의 현실을 인식하는 것은 일종의 새로운 삶이다. 그리고 지옥에 떨어질 가능성은 선거 개혁, 국민투표, 성 개혁 및 의상 개혁에 너무도 거대한 돋보임이므로 저주 자체는 일종의 즉각적 구원의 형태 ─ 즉 현대 생활의 권태로부터의 구원이다. 왜냐하면 그것은 마침내 삶에 어떤 의미를 부여하기 때문이다.

> ·····the recognition of the reality of Sin is a New Life; and the possibility of damnation is so immense a relief of electoral reform, plebiscites, sex reform and dress reform, that damnation itself is an immediate form of salvation ─ salvation from the ennui of modern life, because it at last gives some significance to living. (*SE* 427)

보들레르가 관찰한 파리에 사는 사람들은 감정이 마비되어 있어서 그들이 살고 있는 곳은 우울(Spleen)과 권태(Ennui)의 세계이다.

그들은 인간답게 살지 못하고 서서히 지옥으로 가는 것이다. 이것
이 엘리엇이 현대 런던에서 본 현상이며, 티레시아스의 눈을 통해
서 목도된 모습이다. 그러므로 엘리엇은 선과 악 중에서 하나를 선
택하여 적극적인 인생을 살 것을 권면하고 있다.

우리가 인간인 한, 우리가 하는 것은 악 혹은 선이어야 한다. 우리가
악이나 선을 행하는 한, 우리는 인간이다. 그리고 그것은 역설적인
면에서 아무것도 하지 않는 것보다 악을 행하는 것이 더 낫다. 최소
한 우리는 존재하고 있다는 것이다. 그의 영광은 저주받을 삶을 위한
수용능력이라고 말하는 것은 사실이다.

So far as we are human, what we do must be either evil or good; so
far as we do evil or good, we are human; and it is better, in a
paradoxical way, to do evil than to do nothing: at least, we exist. It is
true to say that his glory is his capacity for damnation. (*SE* 429)

이러한 적극적인 삶을 촉구하는 엘리엇은 자신을 포함해서 대도
시 런던에 사는 모든 사람이 각성할 것을 반어적으로 표현하고 있
는 것이다.

런던이 보들레르의 파리처럼 우글거리는 도시라는 표현은 삭제
되기 전의 초고(original draft)에 더 잘 묘사되어 있다.

런던, 네가 죽이고 낳고 하는 우글거리는 생명이
콘크리트와 하늘 사이에 우글우글 모여들어서
순간적인 욕구에 반응을 보이며,
형식적 운명에 무의식적으로 진동한다.
생각하는 방법도, 느끼는 방법도 모르고
관찰하는 눈의 각성 중에 살고 있다.

런던, 너의 사람들은 수레바퀴에 매여 있구나!
(환상의) 도깨비들이, 벽돌과 돌과 강철 집에 살고 있구나!

London, the swarming life you kill and breed,
Huddled between the concrete and the sky,
responsive to the momentary need,
Vibrates unconscious to its formal destiny,
Knowing neither how to think, nor how to feel,
But lives in the awareness of the observing eye.
London, your people is bound upon the wheel!
(Phantasmal)gnomes, burrowing in brick and stone and steel!

(FT 43)[15]

이 시구는 토마스 그레이(Thomas Gray)의 「만가」("Elegy")를 연상하게 한다. 그레이는 시골 묘지를 묘사하지만 여기에서 엘리엇은 망령들이 우글거리는 런던에 대한 만가를 읊고 있는 것이다. 그처럼 전통적인 시 형식에 이질적인 소재를 적용시킨 것은 독자의 마음에 새로운 감정을 불러일으키려는 의도라고 볼 수 있다. 다음 그의 평론은 이것을 뒷받침하고 있다.

그것은 주기적으로 요구되는 감수성에 있어서 변혁을 초래할 수도 있다. 또한 영속적으로 형성하고 있는 감식력과 가치판단의 인습적인 양식을 깨뜨려서, 사람들이 세상을 새롭게 보거나, 세상의 어떤 새로운 부분을 보도록 도와줄 수도 있다. 그것은 때때로 우리가 거의 꿰뚫지 못하는 우리 존재의 기층을 형성하는 더 깊고, 명명되지 않은 감정들을 우리가 좀 더 알게 해 줄 수 있다.

It may effect revolutions in sensibility such as are periodically needed; it may help to break up the conventional modes of perception and valuation which are perpetually forming, and make people see the world

afresh, or some new part of it. It may make us from time to time a
little more aware of the deeper, unnamed feelings which form the
substratum of our being, to which we rarely penetrate. (*UPUC* 155)

보들레르의 영향을 받은 엘리엇의 눈에는 현대 도시 런던이 우
글거리는 도시로 보일 뿐만 아니라, 단테의 영향으로 그 거리에 움
직이는 사람들이 망령으로 보이는 것이다. 따라서 이들이 살고 있
는 분위기는 바로 지옥 그것인 것이다.

> 비실재이 도시,
> 겨울 새벽의 갈색 안개 아래에서
> 군중이 런던 다리 위로 흘러갔다, 이렇게 많은 사람들,
> 나는 죽음이 이렇게 많은 사람들을 망쳤다고 생각지 못했다.
> 가끔 짧은 한숨을 내쉬며,
> 각자는 자기 발 앞에 자기의 눈을 고정시키고
> 언덕을 올랐다가 킹 윌리엄 거리를 내려갔다.
> 그곳엔 성 메리 울노드가 시간을 알렸다.
> 둔탁한 소리로 9시의 마지막 종을 쳤다.

> Unreal city,
> Under the brown fog of a winter dawn,
> A crowd flowed over London Bridge, so many,
> I had not thought death had undone so many,
> Sighs, short and infrequent, were exhaled,
> And each man fixed his eyes before his feet.
> Flowed up the hill and down king William Street,
> To where Saint Mary Woolnoth kept the hours
> With a dead sound on the final stroke of nine.
>
> (*WL* 60 – 68)

현대인들을 둘러싸고 있는 안개는 그의 초기 시 「앨프리드 프루프록의 연가」("Love Song of J. Alfred Prufrock"), 「어느 부인의 초상」("Portrait of a Lady"), 「창가의 아침」("Morning at the Window") 등에서도 나타난다. 엘리엇이 집요하게 사용하고 있는 이 안개의 상징을 맥스웰(D. E. S. Maxwell)은 이렇게 말한다.

> 『황무지』에서 "겨울 한낮의 갈색 안개"의 선구자인 안개는 엘리엇의 장면에서 너무도 일관된 특징이 되므로 독자는 그것에서 장식 이상의 어떤 것을 본다고 해도 당연한 것으로 여겨진다. 새벽과 한낮의 이 어스름, 아침과 오후의 이 어스름은 엘리엇이 현대 도시에 동등하게 취급하는 단테의 지옥의 변방의 어스름이다.

> he fog···· predecessor of 'the brown fog of a winter noon' in The Waste Land – is so consistent a feature in Eliot's scene that one is justified in seeing in it something more than decor. This dusk, of dawn and of noon, of morning and of afternoon, is the dusk of Dante's limbo with which Eliot equates the modern city. (61)

마치 강물이 흘러가듯이 망령들의 행렬처럼 런던 다리 위를 걸어가는 무리들에게서 들려오는 소리는 즐거운 인생을 구가하는 소리가 아니라 '지옥의 변방'(Limbo)에서나 들을 수 있는 탄식소리인 것이다. 이런 끔찍한 장면을 낱말의 배열을 통해서 강조하고 있는 엘리엇은 타이피스트와 사무원과의 정사장면을 묘사하는 데서도 이런 기법을 쓰고 있다. 앞에 인용된 구절이 수동 구문(passive syntax)으로 지옥의 분위기를 돋보이고 있음을 데이빗 와드(David Ward)는 다음과 같이 지적하고 있다.

최종판은···· 환상적인 이해라기보다는 소외의 공포를, 지식을 돋보
이게 하기보다는 고립과 왕따의 악몽 같은 고통을 전달한다···· 이
에 대한 끔찍한 비실재의 얼마나 많은 부분이 좀 더 직접적인 어순
으로 "그들은 짧게 가끔 한숨을 내쉬었다" 하거나 혹은 약간 고의로
무감각한 어휘로 "그들은 가끔 짧게 한숨 쉬었다"라고 한다면 사라
지겠는가 생각해 보라. 또한 "언덕 위로 흘러갔다"에서 주어의 부재
가 움직이는 인간의 무리에서 어떤 따뜻함, 활력 혹은 개성을 얼마나
제거하는가를 생각해 보라.

The final version···· delivers not so much visionary understanding as
the terror of alienation, not so much a heightening of knowledge as
the nightmare pain of detachment and withdrawal···· Consider how
much of the terrifying unreality of this would disappear with a more
direct word − order 'They exhaled short and infrequent sighs', or less
deliberately impassive vocabulary 'They sighed briefly from time to
time.' Consider too, how the absence of subject in 'Flowed up the
hill' robs the throng of moving humanity of any warmth, vitality or
personality. (88)

엘리엇은 현대의 황무지에 살고 있는 사람들이 참다운 삶의 의
미를 잃고 도덕적 정신적으로 진창에서 뒹구는 모습을 보고서 공
포를 느끼게 된 것이다.이런 이유 때문에 엘리엇은 초고의 서사로
조셉 콘라드(Joseph Conrad)의 소설 『어둠의 중심부』(*Heart of Darkness*)
에서 "소름이 끼친다! 소름이 끼친다!"(The horror! the horror!)를 인
용했다고 볼 수 있겠다. 또한 에즈라 파운드(Ezra Pound)에게 보낸
그의 답장 — 파운드는 이 서사를 못마땅하게 여김 — 에도 암시되
어 있다(*FT* 125).[16] 뿐만 아니라 '비실재의 도시'(Unreal City)도 초
고에서는 '끔찍한 도시'(Terrible City)로 표현함으로써 런던을 무대
로 한 『황무지』가 망령들의 세계임을 암시하고 있는 것이다.

엘리엇이 현대의 대도시 런던에서 지옥의 모습을 관찰하게 된
데에는 보들레르뿐만 아니라 단테의 영향도 크다는 것을 그의 평
론에서 찾아볼 수 있다.

예술가가 불쾌하거나 더럽거나 구역질나는 것을 심사숙고하는 것은
아름다움의 추구를 향한 필요하면서도 소극적인 면이다. 그러나 모든
예술가가 소극적인 면에서 적극적인 면으로 완전한 척도를 표현하는
데 있어서 단테처럼 성공하지는 못한다. 소극적인 것은 더욱 성가신
것이다.

The contemplation of the horrid or sordid or disgusting, by an artist,
is the necessary and negative aspect of the impulse toward the pursuit
of beauty. But not all succeed as did Dante in expressing the
complete scale from negative to positive. The negative is the more
importunate. (*SW* 169)

현대의 대도시 런던은 사람들이 우글거리지만 모두 제 발치만
보고 가기 때문에 인간사회의 특징인 대화를 찾아볼 수 없다. 상호
간에 의사소통이 단절된 상태를 엘리엇은 「장기 놀이」("A Game of
Chess")에서 이렇게 묘사하고 있다.

"내 신경은 오늘 밤 안 좋아요. 정말 안 좋아요. 함께 있어줘요.
말해 봐요. 왜 당신은 말을 안 하나요? 말을 하세요.
당신은 무엇을 생각하고 있나요? 무슨 생각을? 무엇을?
난 당신이 무엇을 생각하고 있는지 전혀 몰라요. 생각해 봐요."

난 우리가 쥐들의 골목에 있다고 생각한다,
죽은 자들이 그들의 뼈들을 잃는 곳이지.

'My nerves are bad to-night. Yes, bad. Stay with me.
Speak to me. Why do you never speak? Speak.
What are you thinking of? What thinking? What?
I never know what you are thinking. Think.'

I think we are in rats' alley
Where the dead men lost their bones.

(*WL* 111-16)

고르지 않은 시행은 화자의 심리상태를 잘 나타낸 것이겠다. 또한 대화의 내용으로 보아 화자는 신경증 환자 같기도 하고, 한편으로는 몹시 고독, 불안과 공포에 사로잡혀 있는 것 같다. 그녀의 방에는 어떤 남자 혹은 여자가 같이 있는지도 모른다. 그러나 참다운 대화가 이루어지고 있지 않음을 알 수 있다. 부정한 여인 벨라도나(Belladonna)의 말은 인용부호가 있으나 상대의 대답에는 그것이 없다. 그러므로 인용된 구절은 벨라도나 자신의 생각 또는 그녀의 공포를 투사하고 있는 것이라고도 할 수 있다.

어째든 망령의 세계를 연상하게 한다. 이처럼 인간적인 의사소통이 단절된 황무지 주민의 상태를 데렉 트래버시(Derek Traversi)는 이렇게 말한다.

> 요점은 『황무지』에서 각각의 경험은 냉혹하게 그 자신의 고립에 갇혀서 그 감옥 — 이것은 종결 부분에서 언급될 것이다 — 을 부술 수 없다는 것이다. 그리고 이것은 그것의 정상적인 환경이다.

> The point is that in the Waste Land each experience is inexorably enclosed in its own isolation, incapable of breaking the 'prison' — which will be spoken of in the concluding section — which is its normal environment. (35)

벨라도나가 고독의 감옥에 갇혀 있는 것은 지나친 자아집착에서 온 것이다. 그러므로 타인과 마음을 주고받을 수 있는 의사소통은 단절된 것이다. 이렇게 '쥐의 골목'(rat's alley)에 있다는 사실에 공포를 느껴 푸념을 하고 있는 것은 마치 서사의 무녀 시빌(Sybil)이 새장(cage)에 매달려 죽기를 바라는 모습과 흡사하다. 이런 의미에서 엘리엇은 초고에서 제2부의 제목을 「새장에서」("In the Cage")(*FT* 11)라고 붙인 것이다.

엘리엇이 현대인을 이렇게 표현하는 것은 시의 경험은 일반적인 동시에 평생 재발되는 경험이기 때문에 현대인이 타인을 통해서 충격과 경이와 심지어는 공포까지도 느끼게 하려는 데 그 의도가 있는 것이다. 이런 점을 그는 단테가 「지옥편」("Inferno")에서 역사적 인물을 등장시킨 것과 관련지어 다음과 같이 말하고 있다.

그것은 지옥이 장소가 아니라 상태임을 우리에게 상기시켜 준다. 그리고 인간은 실제로 살아온 사람들에서뿐만 아니라 그의 상상의 피조물에서 저주를 받기도 하고 축복을 받기도 한다. 그리고 지옥은, 비록 하나의 상태이기는 하지만, 감각적 이미지에 의해 다만 생각될 수도 있고, 어쩌면 다만 경험될 수도 있는 하나의 상태이다.

It reminds us that Hell is not a place but a state; that man is damned or blessed in the creatures of his imagination as well as in men who have actually lived; and that Hell. though a state, is a state which can only be thought of, and perhaps only experienced, by projection of sensory images. (*SE* 250)

이렇게 현대인의 마음의 상태가 지옥으로 변해 있기 때문에 현대인을 둘러싸고 있는 분위기마저도 지옥을 방불케 한다. 생명 또는 재생의 상징인 강물과 그 주변도 지옥을 연상하게 한다.

> 강의 천막은 찢어졌다. 나무 잎의 마지막 손가락들이
> 젖은 강 언덕을 움켜쥐고 가라앉는다. 바람은
> 소리 없이 갈색 땅을 스쳐간다. 요정들은 떠나갔다.
> 아름다운 템스, 고요히 흘러라, 내 노래 끝날 때까지.
> 강엔 빈 병들도, 샌드위치 봉지들도,
> 비단 손수건들도, 마분지 상자들도, 담배꽁초들도 없다.

> The river's tent is broken; the last fingers of leaf
> Clutch and sink into the wet bank. The wind
> Crosses the brown land, unheard, The nymphs are departed
> Sweet Thames, run softly, till I end my song.
> The river bears no empty bottles, sandwich papers.
> Silk handkerchiefs, cardboard boxes, cigarette ends
> Or other testimony of summer nights.
>
> (*WE* 173 – 79)

단테가 지옥에서 본 산의 색이 갈색이듯이 엘리엇이 본 런던의 대기뿐만 아니라 강둑까지도 갈색이다. 결국 엘리엇이 현대의 도시 런던에서 관찰한 것은 외형적인 것이 아니라 인간의 마음과 감정의 상태인 것이다. 외형적인 세상에 나타난 인간의 행동이나 사물에 일어나는 사건들을 말함으로써 인간의 사상 감정을 표현하려는 것이다. 이것이 소위 엘리엇의 객관적 상관물(objective correlative)이다.

"비실재의 도시"에 살고 있는 정신적 망령들에게는 강물뿐만이 아니라 성당에서 들려오는 종소리도 그들의 마음의 평화, 기쁨 등

축복을 가져다주는 것이 아니라, 그 반대의 현상이 일어난다. 이와
관련하여 리비스(F. R. Leavis)는 이렇게 말하고 있다.

'아홉시를 알리는 마지막 타종에서 죽은 소리'의 불길한 징조는 장면
전환의 역할을 하고, 도시의 비실재는 강렬하지만 악몽의 의미 없는
공포, 부조리한 모순으로 변한다.

The portentousness of the 'dead sound on the final stroke of nine'
serves as a transition and the unreality of the City turns into the
intense but meaningless horror, the absurd inconsequence, of a
nightmare. (85)

우글거리는 도시, 망령들의 도시, 지옥을 방불케 하는 런던은 공
시적으로(synchronic)는 보들레르의 파리, 통시적(diachronic)으로는 단
테의 지옥과 연결되어 그 범위가 확대됨을 엘리엇은 묘사하고 있다.

무너지는 탑들
예루살렘 아테네 알렉산드리아
비엔나 런던
비실재로다

Falling towers
Jerusalem Athens Alexandria
Vienna London
Unreal

(*WL* 373 – 76)

종교, 문명, 학문, 예술의 도시도 모두 공허한 모습으로 변해 가
고 있음을 보여주고 있다. 여기에 살고 있는 사람들은 마음의 상태

가 텅 비어 있고, 박제된 인간이나 다름없는 존재인 것이다. 따라
서 그들은 무의미한 일과를 되풀이하며 겁도 없이 날마다 지옥으
로 내려가고 있는 것이다.

> 열 시엔 온천수
> 그리고 비가 오면 네 시엔 세단 차.
> 그리고 우리는 장기 놀이 하지,
> 경계를 늦추지 않는 눈으로 문에 노크를 기다리면서.
>
> The hot water at ten.
> And if it rains, a closed car at four.
> And we shall play a game of chess,
> Pressing lidless eyes and waiting for a knock upon the door.
>
> (*WL* 135 – 38)

이처럼 엘리엇은 런던을 보들레르의 파리, 단테의 지옥과 관련지
어 현대인의 마음속에 심연에 빠져 있다는 의식을 불러일으켜 재
생의 길로 돌아설 것을 반어적으로 강조하고 있는 것이다.

Ⅳ. 결 론

엘리엇은 『황무지』를 1922년에 출간하여 20세기 문단에 큰 파문
을 일으켰다. 그는 개인적인 고뇌를 신화를 통해서 보편화시켰을 뿐
아니라 이 작품에 나타난 단편적인 사건들을 "의식의 흐름"(stream
of consciousness)의 기법으로 과거 수천 년의 인류의 의식을 압축했

고, 동시에 현대인의 정신적 상태를 역사적으로 한정했다.

성경적 전통에서 '황무지'라는 단어는 버림받은 땅, 광야 또는 사막의 뜻으로 구약성경 에스겔 제13장 제4절을 필두로 빈번히 사용되었다. 문학적 전통으로는 15세기 영국의 토머스 맬러리(Thomas Malory)가 『아더 왕의 죽음』(*Le Morte d'Arthur*) 제17권 제3장에서 처음 사용하였다. 그러나 엘리엇은 이 작품의 주(Notes)에서 이 작품을 웨스턴(Weston) 여사의 "성배"(Holy Grail) 전설에 관한 연구 『제사의식으로부터 로맨스로』와 프레이저(Frazer)의 종교에 관한 연구 『황금 가지』를 토대로 엮어 나갔음을 밝히고 있다.

엘리엇이 본 현대사회는 '어부 왕'(Fisher King)이 살던 황무지와 같다. 이 죽음의 땅에 재생의 봄이 오려면 성배전설에 등장하는 순결한 기사가 위험성당에 가서 남성과 여성의 상징인 창과 성배에 관한 의식적인 질문을 할 때 불모의 저주가 풀리고 단비가 내리고 풍요가 회복된다. 이 죽음과 재생의 원형은 성경적 전통에서 예수님의 십자가 고난과 부활로 연결된다. 이런 일련의 상징체계를 이해하는 것이 『황무지』를 이해하는 관건이 된다.

엘리엇은 이렇듯 어부 왕의 신화와 의식의 흐름 기법을 통해서 인류의 과거와 현대, 현세와 영원한 세계를 연결하고, 종교적인 것과 비종교적인 것, 종교적 순결과 도덕적 타락, 아름다운 것과 추한 것을 연결하여 교향악 같은 시적 효과를 성취하고 있으며, 황무지 같은 인류 사회에 구원과 재생의 봄이 오기를 염원하고 있다.

신·구약성경에 나타난 수사적 기법

I

성경(the Bible)은 문자 그대로 신성한 기독교의 경전이다. 일찍이 사도 바울(Apostle Paul)은 "성경"(the Scriptures)[17]이 기록된 목적에 대해서 다음과 같이 밝히고 있다.

> 또 네가 어려서부터 성경을 알았나니 성경은 능히 너로 하여금 그리스도 예수 안에 있는 믿음으로 말미암아 구원에 이르는 지혜가 있게 하느니라. 모든 성경은 하나님의 감동으로 된 것으로 교훈과 책망과 바르게 함과 의로 교육하기에 유익하니 이는 하나님의 사람으로 온전케 하며 모든 선한 일을 행하기에 온전케 하려 함이니라. (디모데후서 3:15 – 17)

칼 헨리(Carl F. H. Henry)는 「성경의 권위와 영감」("The Authority and Inspiration of the Bible")에서 헬라의 기독교인들은 성경 문헌

들의 신적인 영감(divine inspiration)을 확신하였으므로, 오래전에 성
경(ta biblia) — 요컨대 "뛰어난 책들" — 이라는 용어를 썼으며, 그
리고 성경에 '하나님이 주신', '정경으로 인정된', '거룩한' 등과 같
은 형용사를 덧붙였다고 말함으로써 성경의 권위와 영감을 강하게
시사하고 있다(33). 또한 그는 성경을 권위 있다고 판단하는 것은
예언자들과 사도들의 선포와 하나님의 계시적 말씀의 우월성에 순
종하는 일이며, 성경은 교회에 내재하시는 성삼위 하나님의 권위이
며, 예언적이고 사도적인 계시에 대한 권위라고 말한다(44). 한편 도
드(C. H. Dodd)는 "우리는 성경이 종교적 진리를 위한 지침이 되
어 줄 것을 기대하고 있다. 왜냐하면 인간은 자신의 종교적 기준과
관련해서 이 진리를 인식하기 때문이다."(296 – 97)라고 성경을 대
하는 태도를 밝히고 있다.

엄밀한 의미에서 성경은 문학작품이 아니다. 성경은 인류를 구원
하기 위한 하나님의 계획이 계시된 "거룩한 글"(Sacred Writings)이
다. 그런데 성경을 문학적으로 접근해도 되는가? 우리는 이 문제에
대해서 신중하게 접근해야 한다. 성경을 문학적으로 접근하는 문제
에 대해서 어떤 사람은 부정적인 반응을 보이는가 하면, 어떤 사람
은 긍정적인 반응을 보이고 있다. 엘리엇(T. S. Eliot)은 「종교와 문
학」("Religion and Literature")이라는 글에서 성경을 단지 문학적 장
점 때문에만 즐기는 사람들을 본질적으로 '기생충'이라고 폄하하고,
그들이 너무 많아질 때는 '페스트'(pests)가 된다고 말하면서 성경을
문학적으로 접근하는 것에 대해 단호하게 거절한다.

나는 성경을 문학작품으로, 성경을 영어산문의 가장 고상한 기념비로

보고 심취한 문인들에 대해 호되게 꾸짖고 싶다. 성경을 영어 산문의 기념비로 이야기하는 사람들은 단순히 성경을 기독교의 무덤 위에 세운 비석으로 칭찬하고 있을 뿐이다. (390)

그런가 하면 데이빗 재스퍼(David Jasper)는 『문학과 종교 연구 서설』(*The Study of Literature and Religion: An Introduction*)에서 성경은 문학적 접근이 가능함을 다음과 같이 말하고 있다.

'성경을 성스런 텍스트라 부르는 것은 성경을 격리시키는 것이다⋯ ⋯' 그러나 만일, 에리히 아우엘바흐(Erich Auerbach)가⋯⋯ 그의 『미메시스』(*Mimesis*)에서 제안한 것처럼, 그 성스러운 텍스트 속에 그러한 결론을 촉진시키는 어떤 것이 있거나, 아니면 코울리지가 『한 탐구하는 정신의 고백』(*Confessions of an Inquiring Spirit*, 1840)에서 주장한 것처럼 '성경에는 다른 모든 책을 합한 것에서 경험하는 것보다 더 많은 것'이 있다면, 성경에 부여된 이 특권은, 근본적이며 비평적으로 존중할 만한 해석학의 기초 위에서만 존재하는 것이어야 한다⋯ ⋯ 왜냐하면 성경은, 우리가 좋아하건 싫어하건, 아주 미묘한 언어로 이루어진 예술이기 때문이다⋯⋯ 예술은 궁극적으로 중요한 유일한 진리를 말한다. 예술은 그것에 의해 인간들이 수정될 수 있는 빛인 것이다. (157)

그러면 우리는 어떻게 성경을 문학적으로 접근할 수 있을까? 트래웍(Buckner B. Trawiek)은 『문학으로서의 신약성경』(*The New Testament as Literature*) 서문에서 "종교적 또는 윤리적 특질보다는 문학적 특질에 중점을 두었지만, 성경문학의 가장 뜻깊은 논의에 관해서는 기교와 함께 내용도 다루었다."(i)고 말하므로 어느 정도 방향 제시를 했다고 본다. 또한 조지 워싱턴(George Washington) 대학교 영문학 교수인 칼빈 린턴(Calvin D. Linton)은 「문학으로서의 성서」

("The Bible as Literature")에서 그 단초를 우리에게 제공한다.

문학으로서의 성경을 논하기 위해서는 원어나 특수한 번역본에 국한
해서 연구해야 할 것이다. 만일 후자가 우리의 목적이라면 번역본의
선택은 비교적 쉽다. 왜냐하면 흠정 역(King James Version)은 영어로
쓰인 작품 가운데 가장 훌륭한 것으로 인정되고 있기 때문이다. 그러
나 어떤 특정한 언어에 내재하는 특수성에 의존하지 않는 탁월한 요
소들도 있다. 그러한 요소들에는 산문과 운문, 설화, 희곡, 알레고리,
자서전과 같은 형식적인 요소들과 병행법, 비유, 상징 등과 같은 문
체상의 요소들이 있다. (177)

그러니까 우리가 성경을 문학으로 접근할 때는 주로 단어의 선
택과 순서로 인해 야기된 문체상의 의미에 주의를 기울여야 한다
는 것이다. 왜냐하면 신학적으로 말하자면 단 하나의 성경만이 존
재하지만, 실제로 우리는 두 가지 주요 범주의 성경을 가지고 있기
때문이다. 즉 히브리어와 헬라어로 쓰인 원전 성경(Original Bible)
과 20여 종의 영어 번역본을 포함하여 세상의 언어들로 옮겨진 수
백 종의 번역본으로 존재하는 두 범주의 성경이 있기 때문이다.

문체란 비록 전적으로 그런 것은 아니지만 특정한 낱말들을 특
정한 순서로 배열한 결과이므로 문체의 특별한 특색을 검토하기
위해서는 다양한 번역본들의 문학 체제 사이의 차이점들을 인지해
야 한다. 낱말의 발음, 의미, 리듬과 같은 문체상의 특질들은 특정
한 순서로 배열된 일련의 언어들 속에, 다시 말하면 특수한 번역
속에 특유한 것으로 존재한다. 이러한 특색들은 다른 언어로 재생
시키기 어려울 경우도 있다. 따라서 번역본 성경을 가지고 문학적
으로 접근하는 경우에는 루이스(C. S. Lewis)의 다음 같은 말을 염

두에 둘 필요가 있다.

> 어떠한 번역도 원본의 특성들을 변형시키지 않은 채 보존될 수는 없
> 다. 반면에 서정시가 문제되기는 하나 그 부분을 제외한다면, 좋은
> 번역의 문학적 효과는 다른 무엇보다도 원본의 덕을 더 많이 보고
> 있음에 틀림없다. 이 점은 특히 설화나 도덕적 가르침에 해당된다.
> 원본이 히브리어로 되어 있을 경우 이 점은 서정시에 대해서도 유례
> 없을 정도로 타당하다. 왜냐하면 병행법 양식은 번역 가능한 성격을
> 가지고 있기 때문이다. (126)

따라서 본 연구에서는 성경을 판단하거나 비판하는 것이 목적이
아니다. 또한 성경 기록자들에게 영감을 불어넣어 준 성령의 문학
적 문체를 평가하자는 것도 아니다. 다만 문학적 특성, 특히 수사
학적 기법이 성경 속에 어떻게 나타나는지를 살펴보고자 하는 것이
며, 연구의 범위는 구약에서는 주로 시가서(詩歌書) — 욥기, 시편,
잠언, 전도서, 아가(雅歌) — 가 되겠고, 신약에서는 주로 4 복음서
와 요한계시록이 되겠다.

Ⅱ

칼빈 린튼은 "모든 위대한 문학작품에는 어떤 본질적인 특징들
이 있는데, 그 특징들과 관련된 용어들이 문학비평의 역사와 더불
어 변천되기도 했으나, 거의 모든 학자들은 그러한 문학작품에 통
일성, 조화, 명료성이 포함되어 있다는 데 의견의 일치를 보고 있

으며, 또한 등급성, 보편성, 숭고성도 위대한 문학작품의 특성으로 거론되고 있다.”고 말한다(180).

구약은 히브리어로, 신약은 헬라어로 기록되었으나, 산문과 운문, 설화, 역사, 드라마, 비유, 상징, 알레고리, 격언, 서사시, 변론 등 매우 다양한 문학 양식으로 인류에 대한 하나님의 구원계획이 통일성 있게, 조화를 이루며, 또 명료하게 묘사되어 있다. 그러기에 기독교에서는 성경의 저자는 성령 하나님이라고 말한다. 뿐만 아니라 히브리인은 풍부하고도 독특한 상상력을 가지고 있는데 그것을 흔히 ‘히브리적 상상력’(Hebrew imagination) 또는 ‘종교적 상상력’이라고 한다. 그들의 심오하고 무한한 상상력은 시각적 이미지의 형상화와 비유적 언어사용에도 나타나지만 특히 다양한 요소들을 통일해서 하나의 의미를 만들어 내는 통합적 구성력 가운데 가장 잘 나타난다(조신권 154). 히브리인들은 선천적으로 특유한 경이감과 숭배충동을 소유한 민족이었고, 그런 특질이 그들의 상상력을 심화 내지 확대시켜 주었던 것이다. 만일 그들에게 이런 종교적 상상력이 없었더라면, 그들의 체험은 혼란하고 불규칙적이고 단편적인 것으로 끝났을 것이고, 데이비드 데이셔스(David Daiches)의 말처럼 ‘진정한 표현의 통일성’(109)을 기할 수 없었을 것이다.

히브리어와 헬라어로 기록된 성경에는 여러 가지 장르들이 뚜렷한 형태로 나타난다. 한 특정한 시점에서 사용된 양식을 아는 것은 성경의 바로 그 부분을 올바르게 이해하는 데 있어서 본질적으로 중요하다. 설명 구절들을 문자 그대로 받아들이는 것은 상징적인 구절들을 상징적으로 읽는 것만큼이나 중요하다. 이러한 원리에 충실할 때 우리는 주관적 해석이라는 판도라의 상자를 열지 않게 된다. 그러나 어떤 책 또는 어떤 구절이 어떤 장르로 쓰였는가는 대체로 분명하다.

산문 가운데 주요 양식인 설화(narrative)는 구약의 긴 역사적 구절들로부터 사도행전 및 "돌아온 탕자"(누가 복음 15:11 – 32)와 "선한 사마리아 사람"(누가 복음 10:30 – 37)과 같은 짧은 이야기에 이르기까지 성경의 많은 부분을 차지하고 있다. 설화가 역사이든 허구이든 간에 문학적인 필요조건은 동일하다. 즉 성격묘사의 생동성, 선택적이고 묵시적인 대화, 직선적인 이야기 전개, 논증적이라기보다는 암시적 또는 창조적 성격, 감각적으로 묘사된 배경, 그리고 특히 언어의 절약 등이 그것이다. 예를 들면 요셉의 이야기(창세기 37 – 50장), 소년 다윗과 거인 골리앗과의 한판 싸움(사무엘 상 17:41 – 49), 하나님의 선지자 엘리야 한 사람과, 남자 우상 바알의 제사장 450명과 여자 우상 아세라의 제사장 400명과의 갈멜 산에서의 멋진 대결(열왕기 상 18:20 – 40) 등의 묘사는 생동감이 넘칠 뿐만 아니라 독자들의 상상력을 자극하기에 충분하다. 다시 말하면 앞서 말한 설화들은 우리의 감정과 예술적 감각에 호소하는 힘이 대단하다. 그렇다면 성경의 많은 부분을 차지하고 있는 설화는 설화시 또는 서사시로 인정해야 할 것이다. 이런 의미에서 『황금 가지』(*Golden Bough*)의 저자인 프레이저(Sir James G. Frazer, 1854 – 1941)는 성경을 '세계적 서사시'라고 말한다.

종교적 역사적 의의에 관한 문제를 모두 제거하면, 성경은 세계사는 아니지만 세계적 서사시이다. 비유를 바꾸어 말하면, 성경은 천지창조로부터 이 모든 물질적인 세계가 결국 사라지고 난 후 정의가 영주하는 신천신지가 나타날 때까지의 모든 시대가 장엄한 열을 지어

> 우리 앞을 움직여 가는 광대한 파노라마를 펼쳐 보여주고 있다…·
> 인간이 흙에서 왔다가 흙으로 돌아가는 것을 보고, 또 제국의 흥망성
> 쇠도 본다…· 다음으로는 최후의 장면으로서, 우리는 장대한 흰 보
> 좌와 그 앞에 모여 선 무수한 군중들을 보며, 최후의 심판이 선고되
> 는 소리를 듣는다…· 비유 없이 말하면 그것은 고귀한 문학이다.
> 모든 고귀한 문학처럼 그것은 사람의 마음을 즐겁게 하고, 위로를 해
> 주는 힘을 갖고 있다. (조신권 197−98, 재인용)

어떤 형식의 문학이든 그것의 미학적 영향과 문체적 효과는 적
절한 문학적 수단의 활용에 달려 있다· 운문은 그 성질상 산문보다
문체적 수단을 더 정교하게 활용한다. 그러므로 인간이 투박한 원
시사회로부터 세련된 현대사회에로 발전해 왔다고 생각하는 것이
오늘날의 추세일지라도, 우리는 운문이 산문보다 더 오래되고 더
자연스러운 사상과 감정의 표현 방식이며, 아울러 구약성경 대부분
이 원래 운문 형식으로 쓰였으며, 그것도 역시 아주 지극히 정교하
게 쓰였다는 사실에 유의할 필요가 있다. 운문과 산문의 주된 차이
점은 운문 문장가는 시적 용어(poetic diction)와 리듬, 이미지 등을
활용하여 산문 문장가보다 훨씬 더 상상력을 자극하고 의미를 전
달하려는 데 있다고 본다. 만일 산문이 한 가지 이상의 의미를 나
타낸다면 그것은 애매하다고 말해야 할 것이다. 그러나 운문의 경
우에는 그렇지 않다. 운문은 피아노로 협화음을 연주하는 것에 비
길 수 있을 것이다. 피아노 연주는 각각의 음정은 다른 음정과 뒤
섞여서 복합적이며, 유기적으로 통일된 소리를 내는 것이다. 그런
데 문제는 성경에 사용된 시어는 오직 히브리어에 능통한 사람만
이 그 심오한 의미를 완전히 음미할 수 있다는 데 있다. 그러나 성
경의 문학성은 대부분 번역본을 통해서도 접근할 수 있다. 왜냐하

면 성경에 사용된 언어는 박진감 있고 객관적이며, 친숙한 대상들과 밀접하게 결부되어 있기 때문이다.

운문이 곧 시는 아니지만 역시 시의 생명은 운율과 은유에 있다. 그러므로 시의 운율양식을 안다고 하는 것은 일반적으로 중요한 요건이 된다. 그런데 성경 특히 구약성경은 절반 이상이 운문으로 되어 있으니, 더더구나 성경문학을 바로 이해하려면 그 특유한 운율양식을 알아야 한다. 시의 일반적인 특징, 즉 언어, 리듬, 운(rhyme), 연(stanza) 등이 구약성경에 나타나는데, 히브리 원어는 사고의 병행체(parallelism)적 패턴을 정확하게 따르는 경향이 있기 때문에 히브리 운문의 리듬이 번역본에서도 쉽게 살아난다. 고든(Alex R. Gordon)은 『구약성경의 시인들』(*The Poets of the Old Testament*)에서 "욥기의 가장 두드러진 문학적 특질은 병행체에서 찾을 수 있다. 히브리 시가의 운율 구조는 아직까지 이렇다 할 정도로 확정되지 않았지만 성서문학을 이해하는 데 있어서는 중요한 요소가 된다."고 말한다(조신권 416, 재인용). 병행체의 주된 형태로는 동의적(同義的), 대조적, 종합적 형태가 있는데 시가서(詩歌書)에는 이런 표현이 자주 나타난다. 또한 이것들은 번역문에서도 그 의미가 뚜렷하게 드러난다.

(1) 동의적 병행체(Synonymous Parallelism)

이 양식은 첫 행의 사상을 둘째 행에서 반복하는 기법이다. 다음 시는 그 좋은 예이다.

나의 생전에 여호와를 찬양하며
나의 평생에 내 하나님을 찬송하리로다.

I will praise the Lord as long as I live;
I will sing praises to my God while I have being. (Psalms 146:2)

(2) 대조적 병행체(Antithetic Parallelism)

이 양식은 첫 행과 둘째 행의 사상이 서로 대립되거나, 첫 행에서
긍정적으로 말하나 둘째 행에서는 부정적으로 말하여 서로 사상이
대립되는 기법이다. 이런 표현은 특히 잠언에 많이 나타난다.

자기의 죄를 숨기는 자는 형통치 못하나,
죄를 자복하고 버리는 자는 불쌍히 여김을 받으리라.

He who conceals his transgressions will not prosper,
but he who confesses and forsakes them will obtain mercy.

(Proverbs 28:13)

(3) 종합적 병행체(Synthetic Parallelism)

이 양식은 첫 행의 사상을 둘째 행 안에서 내용이 첨가되어 풍
부해지는 경우이다. 다시 말하면 동의적 병행체나 대조적 병행체에
서와 같이 사상의 반복 또는 대립으로 이루어지는 것이 아니라, 첫
행에서 완성하지 못한 사상을 둘째 행에서 완결하는 병행체이다.
엄밀히 말하면 이것은 사상의 병행이라기보다는 논리의 연속이라

고 할 수 있다. 이런 논리의 연속은 행간의 원인과 결과, 또는 결
과와 원인의 관계로 나타난다.

> 네가 소망이 있으므로 든든할지며,
> 두루 살펴보고 안전히 쉬리니.

> And you will have confidence, because there is hope;
> you will be protected and take your rest in safety. (Job 11:18)

이것은 첫 행이 원인이 되고, 둘째 행이 결과가 된 예이다. 이러
한 병행법은 단순한 반복법과 구별되어야 한다. 물론 반복법도 그
자체로서는 감정을 고양시키는 효과적인 수단이다. 반복법의 예로
는 "헛되고 헛되며 헛되고 헛되니, 모든 것이 헛되도다."(Vanity of
vanities, vanity of vanities! All is vanity.)(Ecclesiastes 1:2)라는 전도
자의 탄식이라든가, 아들 압살롬으로 인한 아버지 다윗 왕의 통곡
"내 아들 압살롬아! 내 아들 압살롬아! 내가 너를 대신하여 죽었다
면(좋았을 것을), 압살롬, 내 아들아, 내 아들아!"(O my son Absalom!
my son, my son Absalom! Would I had died instead of you, O
Absalom, my son, my son!)(Ⅱ Samuel 18:33) 등이 있다. 칼 린턴은
병행법과 반복법은 문학적 아름다움을 높이는 효과 이외에도 기억
수단으로 이용되어 지혜문학을 포함한 율법, 족보, 역사 등 문화유
산이 구전으로 보존되어 왔다고 말한다(183).

그러나 모든 문학에 있어서 그러하듯이 성경문학에서도 문체상
가장 효과적인 문학적 수단은 비유(Figures of Comparison), 즉 직유
(Simile)와 은유(Metaphor)이다. 비유의 효력은 '상상력'이라고 부르

는 신비스러운 정신능력에서 생긴다. 이 능력으로 인해서 우리는 어떤 단일한 개념에 결부되어 있는 무수한 이미지 가운데에서 그 개념을 풍부하게 해 주는 삼차원적 대응관계를 발견할 수 있다. 예를 들면『시편』제23편에서 느끼는 감동은 문학적인 견지에서 보면 거의 전적으로 "여호와는 나의 목자이시니"(The Lord is my shepherd)라는 한 가지 비유에 기인한다. 이 간단한 선언으로부터 실로 무수한 의미와 암시의 연쇄적 공명작용이 생겨나는 것이다. 물론 피상적으로 문자 그대로 받아들인다면 그 진술은 진실이 아니다. 문자 그대로의 의미에서 우리가 양이고 하나님이 목자인 것은 아니다. 그러나 우리는 마치 양과도 같으며, 하나님은 마치 목자와도 같다. 이러한 대응관계에서 우리는 자기 백성에 대한 하나님의 보살핌의 본질을 깨달을 수 있는 것이다. 다윗은 몸소 수많은 위기 중에도 하나님의 인도와 보호하심으로 그의 생명이 안전하였음을 체험하였기에 "내가 사망의 음침한 골짜기로 다닐지라도 해를 두려워하지 않을 것은 주님께서 나와 함께하심이라. 주님의 지팡이와 막대기가 나를 안위하시나이다."라고 노래한 것이다. 실로 다윗이 사용한 표현은 부분으로 전체를 나타내는 제유법(Synecdoche)으로 탁월한 문학적 표현인 것이다.

이렇듯 비유의 첫째 목적은 추상적 개념에 감각적 성질(물질적 경험에 내재하는 성질)을 부여하여 생동감을 줌으로써 사상을 마음으로 이해할 뿐 아니라 감성적으로 느낄 수 있도록 하려는 것이다. 그 까닭에 비유는 정보를 줌과 동시에 감동을 불러일으킨다. 비유의 또 다른 목적은 적은 말로 많은 의미를 나타내려는 것이다. 다윗이 하나님을 목자로, 자신을 양으로 비유한 것은 여러 페이지의 추상적 산문 이상으로 많은 내용을 전달해 준다. 그렇지만 비유의 효력은 철학적 타당성에 근거를 두어야 한다고 칼 린턴은 주장한다(184). 그가 말하는 철학적 타당성이란 곧 모든 사물의 상호 연관성, 하나님이 지으신 우주의 동일성과 정연성, 그 우주형태의 상관적 합목적성을 드러내 주는 능력을 말한다. 그것은 하나님의 본성과 율법, 목적이 모든 사물 가운데 조화 있게 스며들어서 대우주와 소우주가 상호 간에 모순 없이 얽혀 있다는 의미를 내포한다. 잘 알려진 17세기적 비유에 따르면 하나님의 창조는 위대한 무용 또는 장엄한 관현악 곡이라고 일컬어진다. 그래서 피조물의 각 부분은(죄로 인해 화음이 깨진 점을 제외하고) 창조주 하나님이 정한 리듬과 멜로디에 맞추어 움직인다는 것이다. 또한 성경의 비유는 거의 예외 없이 기본적이고 자연스러우며 보편적으로 잘 알려진 것들과 관계를 맺고 있다. 그래서 구약 어느 곳을 펼쳐보더라도 일상 회화에 뿌리박은 비유적 표현들을 많이 발견할 수 있다. 그중 몇 가지 예를 들면 다음과 같다.

(1) 직유(Simile)

　직유는 'as', 'so', 'like' 등 비교를 나타내는 말을 통해서 하나의 사물을 다른 사물과 직접 비교하는 명시적 비교 관계이다. 그런데 시적 비유는 서로 다른 종류에 속하는 많은 사물 속에서 유사점을 발견하여 문학적 효과를 거두기 위해서는 그 유사성에 박진감이 있고 타당성이 있어야 한다. 솔로몬 왕(King Solomon)의 사랑하는 여인에 대한 묘사를 보자. 솔로몬은 "사랑의 노래"(Song of Solomon) 제4장과 7장에서 애인 술람미 여인(Shulamite)의 아름다움을 한 폭의 산수화처럼 묘사한다. 그리고 제8장 그의 시 종결부분에서 이처럼 아름다운 그의 애인에 대한 사랑의 강렬함을 다음과 같이 묘사한다.

> 너는 나를 인(印)같이 마음에 품고,
> 도장같이 팔에 두라.
> 사랑은 죽음같이 강하고,
> 질투는 무덤같이 잔혹하다.
>
> Set me as a seal upon your heart,
> as a seal upon your arm;
> for love is strong as death,
> jealousy is cruel as the grave. (8:6)

도장을 새기듯이 연인의 마음에 새겨진 사랑은 무서운 죽음조차도 막을 수 없을 만큼 강렬함을 잘 나타내 준다. 또한 "여자의 질투는 오뉴월에도 된서리가 내리게 한다."는 한국 속담도 있지만, 히브리인의 질투는 그보다 더 강한 것 같다. 그래서 이 시에 사용된 비유를 온전히 이해하려면 우리는 먼저 히브리 민족의 문화와 언어를 이해할 수 있어야 한다.

(2) 은유(Metaphor)

직유는 두 사물을 직접 비교해서 설명하는 명시적 비교인 반면에 은유는 두 사물 중 하나를 다른 것과 순간적으로 동일시하거나, 한 사물을 통해서 말하거나 하는 암묵적 비교법이다. 예언자 이사야(Isaiah)는 인생이 자랑하는 힘과 아름다움, 부귀와 영화는 모두 일장춘몽과 같음을 다음과 같이 묘사한다.

> 모든 육체는 풀이요, 그 모든 아름다움은 들의 꽃 같으니,
> 풀은 마르고 꽃은 시듦은 여호와의 기운이 그 위에 붊이라.
> 이 백성은 실로 풀이로다.
> 풀은 마르고 꽃은 시드나,
> 우리 하나님의 말씀은 영영히 서리라.

> All flesh is grass, and all its beauty is like the flower of the field.
> The grass withers, the flower fades, when the breath of the Lord
> blows upon it; surely the people is grass.
> The grass withers, the flower fades;
> but the word of our God will stand for ever. (40:6 − 8)

이 시에서 이사야는 '백성'과 '풀'을 동일시하는 은유를 사용하여 인생의 덧없음과 나약함을 영원한 하나님의 말씀과 대조시키는 효과를 잘 발휘하고 있다.

한편 히브리어 시에는 자모 22자를 순서대로 각 행의 첫머리에 놓아서 행을 이어가는 특이한 두운(Alliteration)도 있다. 이런 형식의 시를 답관체 시(踏冠体 詩, Acrostic poem)라고 한다. 그 좋은 예로는 시편 제119편인데, 각 자모마다 8행으로 한 연(stanza)을 구성하여 하나님의 말씀의 오묘함을 묘사하고 있다. 그 외에 제25, 34, 37, 111, 112, 145편과 예레미야 애가(Lamentations) 등이 있으나, 우리말이나 영어로 번역할 때 그 문학적 효과를 재생시킬 수

없다는 아쉬움이 있다.

성경에는 비유법 못지않게 상징법도 많이 사용되고 있다. 구약성경에서 특히 에스겔, 다니엘, 스가랴를 비롯한 여러 예언서에는 상징적 표현이 많이 나타난다. 상징법은 기법상으로 비유에 해당되지는 않지만 그것이 지니는 문학적 수단으로서의 중요성은 아무리 강조해도 지나치지 않다. 그것은 암시와 다양한 의미의 함축을 통해 보이지 않는 실재(reality)를 표현하는 힘이 있다. 그러나 예언서에 표현된 많은 상징들은 종교적 문제와 깊이 연관되어 있다. 그러므로 여기에서는 문학적 접근이 비교적으로 용이한 상징적 표현을 고찰해 보자. 솔로몬은 우리 주변에서 흔히 볼 수 있는 사물을 상징의 수단으로 하여 인생 노년기에 대해 박진감 넘치게 묘사한다.

> 너는 청년의 때 곧 곤고한 날이 이르기 전, 나는 아무 낙이 없다고 할 해가 가깝기 전에 너의 창조자를 기억하라. 해와 빛과 달과 별들이 어둡기 전에, 비 뒤에 구름이 다시 일어나기 전에 그리하라. 그런 날에는 집을 지키는 자들이 떨 것이며 힘 있는 자들이 구부러질 것이며, 맷돌질하는 자들이 적으므로 그칠 것이며, 창들로 내어다보는 자가 어두워질 것이며, 길거리 문들이 닫힐 것이며, 맷돌 소리가 적어질 것이며, 새의 소리를 인하여 일어날 것이며, 음악 하는 여자들은 다 쇠하여질 것이며, 그런 자들은 높은 곳을 두려워할 것이며, 길에서는 놀랄 것이며, 살구나무가 꽃이 필 것이며, 메뚜기도 짐이 될 것이며, 원욕이 그치리니, 이는 사람이 자기 영원한 집으로 돌아가고 조문자들이 거리로 왕래하게 됨이라. (전도서 12:1 - 5)

여기에서 전도자 솔로몬이 사용한 상징적 표현을 간단히 정리해 보면 '해와 달과 별들'은 인생에서 맛볼 수 있는 여러 가지 기쁨을, 구름은 고난을 상징하고, '집 지키는 자들'은 몸을 방어하는 데 중

요한 손과 팔을, '힘 있는 자들'은 두 다리를 상징한다. '맷돌질하
는 자들'은 음식을 씹는 치아를, '창들'은 두 눈을 상징하고, '길거
리 문들이 닫힐 것이며'와 '음악 하는 여자들은 다 쇠하여질 것이
며'는 귀가 어두워서 소리를 제대로 듣지 못함을 상징한다. '새의
소리를 인하여 일어날 것이며'는 잠을 깊이 자지 못함을, '살구나
무가 꽃이 필 것이며'는 머리털이 백발이 될 것을, '메뚜기도 짐이
될 것이며'는 기력이 몹시 약해졌음을, 그리고 '영원한 집'은 무덤
을 상징한다.

구약성경에 나타난 훌륭한 문학적 표현을 충분히 다루지 못한 아
쉬움이 있지만 여기에서 끝을 맺고, 다음 장에서는 신약성경에 나
타난 문학적 양식을 다루어 보려고 한다.

Ⅲ

신약성경의 주요 문학 양식들은 여러 가지 상관관계를 지니는
고대의 문학적 양식을 지니고 있다. 그러나 복음서는 고전시대에
알려진 여러 전기와는 확연히 구별되며, 새롭고도 생동감이 넘치는
문학형식을 보여준다. 그러기에 해롤드 그린리(J. Harold Greenlee)
는 신약성경의 문학성에 대해서 다음과 같이 말한다.

> 신약은 사실상 문학양식의 의미에서 하등 '문학'이랄 수 없는 새로운
> 종류의 문학을 발생시켰다. 예컨대 복음서는 전혀 새로운 유형의 작
> 품이다. 그것은 개인적 묘사를 담고 있는 전기도 아니고, 주요 인물

들을 분석해 놓은 것도 아니며, 심지어 예수님에 대해서도 완전한 일
대기를 보여주지 않는다.···· 오히려 그리스도 안에서의 믿음을 통
한 구원의 복음을 선포하려는 것이었다. (491)

우리는 복음서에서 몇 가지 기법상의 특징을 발견할 수 있다. 복
음서 기자들은 성령의 감동하심에 따라 선택성, 객관성, 경제성, 그
리고 감정적 수식어를 거의 배제한 사실 기술적 문체를 사용하고
있다는 것이다(Linton 185). 이 문체는 어조의 단순성과 대조를 이
루어 사건의 위대성을 극적으로 표현해 주는 역할을 한다. 그럼에
도 불구하고 우리는 복음서에서 많은 문학적 특성을 발견할 수 있
다. 예를 들면 세례 요한(John the Baptist)은 최후심판을 타작마당
에 비유하여 "손에 키를 들고 자기의 타작마당을 정하게 하사 알곡
은 모아 곳간에 들이고 쭉정이는 꺼지지 않는 불에 태우시리라."
(마태복음 3:12)고 말한다. 저 유명한 "산상설교"(The Sermon on
the Mount)에서 의식주 문제를 지나치게 염려하는 사람들에게 예
수님께서는 "들의 백합화가 어떻게 자라는가 생각하여 보라. 수고
도 아니 하고 길쌈도 아니 하느니라. 그러나 내가 너희에게 말하노
니 솔로몬의 모든 영광으로도 입은 것이 이 꽃 하나만 같지 못하였
느니라."(마태복음 6:28 − 29)고 말씀하신다.

이처럼 신약성경에도 많은 문학적 표현들이 나타난다. 예수님은
천국에 대해 가르치면서 여러 가지 비유(Parables), 비유법(Figures of
Speech), 상징법(Symbolism), 과장법(Hyperbole), 역설법(Paradox), 알
레고리(Allegory), 반어법(Irony) 등 많은 문학적 도구들을 사용하셨
다. 그래서 오스카 와일드(Oscar Wilde)는 예수님의 문학적 자질에

대해 "그는 상상력이 풍부하다. 그의 자질의 근저에는 예술가의 자질과 같은 것, 즉 강렬하고 불꽃같은 상상력이 있었다."(조신권 506, 재인용)라고 말했는지도 모른다. 그러면 복음서에 나타난 문학적 표현들을 간단히 고찰해 보도록 하겠다.

(1) 상징법(Symbolism)

상징법에 관해서는 구약의 문학성을 논하면서 간략하게 언급한 바 있다. 여기에서 재론하려고 하는 것은 예수님의 교훈 중에 염두에 두어야 할 상징적 표현이 있기 때문이다. '상징법' 하면 우리는 먼저 윌리엄 블레이크(William Blake)의 「병든 장미」("The Sick Rose")라는 시가 떠오른다. "오 장미여, 그대 병들었구나!"(O Rose, thou art sick!) 과연 병든 장미는 무엇을 상징할까? 독자에 따라서 다양한 반응을 일으키는데 이것이 상징법의 묘미라고 생각된다. 예수님께서도 천국복음을 가르치면서 멋진 상징법을 많이 사용하셨다.

> 거룩한 것을 개에게 주지 말며, 너희 진주를 돼지 앞에 던지지 말라, 그들이 그것을 발로 밟고 돌이켜 너희를 찢어 상하게 할까 염려하라.
> (마태복음 7:6)[18]

여기에서 '거룩한 것'과 '진주'는 천국복음을 상징하고, '개'와 '돼지'는 복음을 거절하는 악한 자 또는 돌이킬 수 없는 죄를 짓는 자를 상징한다. 천국에 들어가지 못할 자들에 대해 예수님은 사도 요한에게 "개들과 점술가들과 음행하는 자들과 살인자들과 우상 숭배자들과 및 거짓말을 좋아하며 지어내는 자는 다 성 밖에 있으리라.”(계시록 22:15)라고 계시하셨다. 비교적 쉬운 또 다른 상징으로 ‘누룩’을 들 수 있다. 한번은 예수님께서 제자들에게 “바리새인과 사두개인의 누룩을 주의하라.”(마태복음 16:6)고 말씀하셨는데 그들은 누룩의 뜻을 이해하지 못했다. 그러나 예수님과의 대화 중에 그들은 누룩이 ‘잘못된 가르침’의 상징임을 깨닫게 되었다(cf. 마태복음 16:11 – 12).

구약성경에서는 예언서에 상징적 표현이 많이 나타나 있듯이 신약성경에서는 요한계시록에 상징법을 많이 사용하고 있다. 요한계시록은 첫 장부터 마지막 장까지 상징적 표현으로 점철되어 있다. 쉬운 예를 들면 “일곱 별의 비밀과 일곱 금 촛대”(1:20)이다. 여기에서 일곱은 완전을, 별은 교회의 사자(angel)를, 촛대는 교회를 상징한다. 접근하기 쉬운 또 다른 예로는 “일곱 뿔과 일곱 눈이 있는 어린양”(5:6)의 모습이다. 일곱은 완전을, 뿔은 힘을, 눈은 통찰력을, 어린양은 예수님을 상징한다. 따라서 일곱 뿔과 일곱 눈이 있는 어린양은 괴물이 아니라, 전지전능하신 예수님(Onmipotence and Omniscience of Jesus)을 상징한다.

(2) 과장법(Hyperbole)

과장법은 일반적으로 시에서 많이 사용되어 말하고자 하는 의미를 극대화하려는 효과를 노린다. 그런데 성경에서도 이런 문학적 표현이 이따금씩 발견된다. 다음은 형제의 죄를 용서하는 문제에 관해 베드로의 질문을 받은 예수님은 과장법을 사용하여 답하신다.

사람이 남의 죄를 일곱 번 용서한다는 것도 힘든 일인데, 일곱 번
을 일흔 번 용서하라는 것은 분명히 끝없이 용서하라는 과장법인
것이다. 또한 부자가 천국에 들어가기가 힘들다고 할 때도 예수님
은 "낙타가 바늘귀로 들어가는 것이 부자가 하나님의 나라에 들어가
는 것보다 쉬우니라."(마태복음 19:24)는 멋진 과장법을 사용하셨다.

(3) 역설법(Paradox)

역설법은 겉으로 보기엔 모순되고 불합리한 것 같지만, 사리에
합당한 의미를 지닌 문학적 표현이다. 엘리엇(T. S. Eliot)은 『황무
지』(*The Waste Land*)의 첫 행에서 "4월은 가장 잔인한 달"(April is
the cruellest month)이라는 멋진 역설법으로 많은 사람들의 관심을
끌었으며, 존 던(John Donne)은 「죽음이여, 뽐내지 마라」("Death,
Be Not Proud")에서 "한순간의 짧은 잠이 지나면, 우리는 영원히 깨
어나고 / 죽음은 더 이상 없을 것이다. 죽음아, 네가 죽을지어다."(One
short sleep past, we wake eternally / And death shall be no more;
Death, thou shalt die.)라는 훌륭한 역설적 표현을 쓰고 있다. 예수
님께서도 이런 훌륭한 역설법을 사용하셨다.

누구든지 제 목숨을 구원코자 하면 잃을 것이요,
누구든지 나를 위하여 제 목숨을 잃으면 찾으리라.
(마태복음 16:25)

언뜻 보기에는 도저히 이해가 되지 않는 말 같다. 그러나 "십자가 없이는 면류관도 없다."(No cross, no crown)는 격언과도 같이 예수님의 제자가 되어 천국의 영광을 누리려면 먼저 자아를 부정하고, 십자가를 지고 가는 어려움도 감수해야 한다는 깊은 뜻이 함축되어 있다. 그러기에 예수님은 "사람이 만일 온 천하를 얻고도 제 목숨을 잃으면 무엇이 유익하리요? 사람이 무엇을 주고 제 목숨과 바꾸겠느냐?"(마태복음 16:26)라고 말씀하셨다.

(4) 반어법(Irony)

반어법 중에 일반 독자에게 친숙한 것은 아무래도 언어적 반어법(Verbal Irony)일 것이다. 즉 화자가 외면상으로 명백히 단정하는 것 하고, 은연중에 의도하고 있는 의미가 다른 진술을 말한다. 예수님은 간음하지 말라는 산상설교에서 훌륭한 반어법을 사용하셨다.

만일 네 오른 눈이 너로 실족하게 하거든 빼어 내버리라. 네 백체 중 하나가 없어지고 온몸이 지옥에 던져지지 않는 것이 유익하며, 또한 만일 네 오른손이 너로 실족하게 하거든 찍어 내버리라. 네 백체 중 하나가 없어지고 온몸이 지옥에 던져지지 않는 것이 유익하니라. (마태복음 5:29 - 30)

이 말씀을 축자적(逐字的)으로 받아들인다면 사람의 몸은 남아날 것이 하나도 없을 것이다. 여기에서 전달하고자 하는 메시지의 내용은 죄의 걸림돌이 되는 것을 마치 눈을 뽑아내듯이 또는 손을 잘라 내듯이 처음부터 결연한 마음으로 제거하고 멀리하라는 것이다. 또 다른 멋진 반어법은 요한복음 제4장에 사마리아 여인과의 대화에서 찾을 수 있다. 예수님은 사마리아 여인에게 "물을 좀 달라"(4:7)고 하셨을 때 사마리아 여인은 그 말을 문자 그대로 받아들였다. 그러나 예수님은 그녀의 인생의 목마름에 대해서 말씀하셨던 것이다.

(5) 비유법(Figures of Speech)

구약 편에서 직유와 은유에 대해 비교적으로 많이 논하였으므로 이곳에서는 다만 인상적인 한두 구절만 예를 들어 보겠다.

1) 직유(Simile)

흔히 현대를 일컬어 냉담(apathy)의 시대라 한다. 남의 일에 무관심하고 냉담한 것은 어제와 오늘만의 현상이 아니고 예수님 당시에도 마찬가지였던 것 같다. 그래서 예수님은 당시의 세태를 다음과 같이 비유한다.

> 귀 있는 자는 들을지어다. 이 세대를 무엇으로 비유할꼬? 비유컨대 아이들이 장터에 앉아 제 동무를 불러 가로되 우리가 너희를 향하여 피리를 불어도 너희가 춤추지 않고, 우리가 애곡하여도 너희가 가슴을 치지 아니하였다 함과 같으니라. (마태복음 11:15 – 17)

2) 은유(Metaphor)

세례 요한은 참다운 신앙은 없고 형식과 권위주의에 매달린 바리새인들과 사두개인들에 대해 혹독한 책망의 말을 서슴지 않았다. 요한은 멋진 은유로 신앙적 위선자들의 정체를 폭로한다.

> 독사의 자식들아, 누가 너희를 가르쳐 임박한 진노를 피하라 하더냐? 그러므로 회개에 합당한 열매를 맺고, 속으로 아브라함이 우리 조상이라고 생각하지 말라. 내가 너희에게 이르노니 하나님이 능히 이 돌들로도 아브라함의 자손이 되게 하시리라. 이미 도끼가 나무뿌리에 놓였으니 좋은 열매를 맺지 아니하는 나무마다 찍혀 불에 던져지리라. (마태복음 3:7 - 10)

여기에서 세례 요한은 신앙적 위선자들을 '독사의 자식들', '좋은 열매 맺지 아니하는 나무'로 치부하여 회개하지 않으면 지옥 불에 들어가게 되리라고 경고하고 있다. 예수님은 '소경', '회칠한 무덤', '뱀', '독사' 등 여러 가지 은유로 신앙적 위선자인 바리새인들을 책망하셨다. (마태복음 12:34; 23:16, 27, 33)

(6) 비유(Parables)

비유를 뜻하는 영어 'parable'은 사물을 나란히 놓는다는 헬라어 'parabole'에서 유래되었다. 마태복음, 마가복음, 누가복음에는 모두 41개의 비유가 있는데 예수님은 천국에 대해 가르치실 때에 주로 설화적 비유(narrative parables)를 사용하셨다. 특히 마태복음 제13

장에는 천국에 관한 여러 가지 비유가 집중되어 있다. 그런데 트래
윅(Buckner B. Trawiek)은 『문학으로서의 신약성경』(*The New Testament as Literature*)에서 "선한 목자"(10:7 – 16) "포도나무와 가지"(15:1 – 8) 같은 요한의 알레고리와 비유를 구별한다는 것은 대단히 어렵다고 말한다(19). 한편 모울튼(R. G. Moulton)은 복음서에서 예수님이 사용한 비유는 "세속적인 교훈과는 다른 종교적 또는 도덕적 진리를 취급한다는 점에서 우화(fables)와 다르고, 진리와 실례를 뒤섞지 않고 뚜렷하게 병치해서 비교한다는 점에서 알레고리와 다르다."고 말한다(238). 그럼 널리 알려진 씨 뿌리는 비유를 보자.

예수께서 비유로 여러 가지를 그들에게 말씀하여 이르시되 씨를 뿌
리는 자가 뿌리러 나가서 뿌릴 새 더러는 길가에 떨어지매 새들이
와서 먹어 버렸고, 더러는 흙이 얇은 돌밭에 떨어지매 흙이 깊지 아
니하므로 곧 싹이 나오나 해가 돋은 후에 타서 뿌리가 없으므로 말
랐고, 더러는 가시떨기 위에 떨어지매 가시가 자라서 기운을 막았고,
더러는 좋은 땅에 떨어지매 어떤 것은 백 배, 어떤 것은 육십 배, 어
떤 것은 삼십 배의 결실을 하였느니라. (마태복음 13:3 – 8)

이 비유에서 '씨'는 천국(하나님의) 말씀이요, '길가', '돌밭', '가시떨기', '좋은 땅' 등은 말씀을 듣는 사람들의 마음상태를 뜻한다. 또한 '새'는 악한 자(사탄, 마귀)를 뜻한다. 그러니까 이 비유의 교훈은 하나님의 말씀을 듣는 사람 모두가 마음에 변화를 일으키는 것도 아니고, 천국에 들어가는 것은 아니라는 것이다. 복음서에 있는 비유 중에 널리 알려진 것으로는 '달란트' 비유(마태복음 25:14 – 30), '착한 사마리아 사람' 비유(누가복음 10:30 – 37), '길 잃은 한 마리 어린양' 비유(누가복음 15:3 – 7), '탕자' 비유(누가복음 15:11 –

32), 그리고 '부자와 거지 나사로'의 비유(누가복음 16:19 – 31) 등이 있다.

(7) 알레고리(Allegory)

영어의 'allegory'는 헬라어 'allos'(other) + 'agoreuein'(speak)에서 유래된 말이다. 쉬플리(Joseph T. Shipley)는 알레고리를 "표면적 이야기 아래에서 제2 의미가 동시 발생적으로 읽히는 비유"라고 정의한다(10). 도덕적, 역사적, 정치적 알레고리를 운문 로망스 속에 융합시킨 스펜서(Edmund Spenser)의 『선녀 여왕』(*Faerie Queen*), 산문 설화의 형식으로 번연(John Bunyan)이 쓴 도덕적 종교적 알레고리 『천로역정』(*The Pilgrim's Progress*)이 영문학에서 널리 알려진 알레고리 작품이다.

그러나 성경에 사용된 알레고리는 정치, 도덕 또는 역사적으로 분류하지 않고 알레고리의 내용에 따라 다양하게 분류할 수 있으며, 맥퀸(John MacQueen)은 『문학과 성서의 알레고리』(*Literature and Allegory of the Bible*)에서 성경에 나타난 알레고리를 자세하게 다루고 있으나 여기에서는 그중 세 가지만 소개하기로 한다(cf. 49 – 89).

1) 설화적 알레고리(Narrative Allegory)

앞서 트래웍이 비유와 알레고리를 구별한다는 것은 매우 어렵다고 지적한 바 있듯이 설화의 줄거리는 한 개 이상의 기준에서 분석하고 해석할 수 있다는 점을 고려한다면 설화적 알레고리는 훌륭한 알레고리라고 할 수 없다. 복음서에 사용된 많은 비유 중에 널리 알려진 '착한 사마리아 사람'의 비유(누가복음 10:30 - 35)와 '탕자'의 비유(누가복음 15:11 - 32) 등은 설화적 알레고리 범주에 속한다.

2) 표상적 알레고리(Figural Allegory)

이 알레고리에는 줄거리가 될 만한 이야기가 없는 것이 특징이다. 다만 어떤 명칭 그 자체가 하나의 표상이 된다. 구약성경에서는 잠언 제8장의 "지혜"의 찬가가 대표적인 예이고, 신약성경에서는 고린도 전서 제13장에 묘사된 사도 바울의 "사랑"의 찬가가 표상적 알레고리에 속한다. 사랑의 찬가 중 일부를 보자.

> 사랑은 오래 참고, 사랑은 온유하며 시기하지 아니하며, 사랑은 자랑하지 아니하며 교만하지 아니하며 무례히 행하지 아니하며 자기의 유익을 구하지 아니하며 성내지 아니하며 악한 것을 생각하지 아니하며 불의를 기뻐하지 아니하며 진리와 함께 기뻐하고 모든 것을 참으며 모든 것을 믿으며 모든 것을 바라며 모든 것을 견디느니라. (4 - 7)

3) 예표적 알레고리(Typological Allegory)

이 형식은 신약성경을 해석하는 데 사용되는 방식으로 구약에 나오는 사건이나 인물을 역사적인 사실임과 동시에 복음과 그리스도의 계시를 예언하고 예표하는 것으로 이해하는 방법이다. 예수님께서 사용하신 예표적 알레고리의 좋은 예는 "모세가 광야에서 뱀을 든 것같이 인자도 들려야 하리니 이는 그를 믿는 자마다 영생을

얻게 하려 하심이니라."(요한복음 3:14 – 15)이다. 여기에서 십자가
에 의한 구원의 표상으로 해석하고 있는 구약의 사건은 민수기 제
21장 5 – 9절에 나온다. 한편 사도 바울은 창세기 제16, 17, 21장의
내용을 갈라디아서 제4장에서 예표적 알레고리로 풀이하고 있다.

> 기록된 바 아브라함에게 두 아들이 있으니 하나는 여종에게서, 하나
> 는 자유 있는 여자에게서 났다 하였으며, 종에게서는 육체를 따라 났
> 고 자유 있는 여자에게서는 약속으로 말미암았느니라. 이것은 비유이
> 니, 이 여자들은 두 언약이라. 하나는 시내 산으로부터 종을 낳은 자
> 니 곧 하갈이라. 이 하갈은 아라비아에 있는 시내 산으로서 지금 있
> 는 예루살렘과 같은 곳이니 그가 그 자녀들과 더불어 종노릇하고, 오
> 직 위에 있는 예루살렘은 자유자니 곧 우리 어머니라. (4:22 – 26)

인용문 중 '비유'를 영어성경에는 'allegory'로 번역하였다. 그는
아브라함의 두 아내 중 여종 출신 하갈을 모세가 율법을 받은 시내
산의 표상으로 보았다. 뿐만 아니라 시내 산은 예루살렘의 예표이
다. 왜냐하면 예루살렘에는 성전이 있는 곳이며 유대인과 유대교의
중심이기 때문이다. 반면에 아브라함의 본처 사라는 신약에서 천국
에 있는 예루살렘의 표상이다.

IV

문학을 영어로는 'literature'라고 하는데, 그 뜻은 문자(letters)이
다. 그러나 문자로 기록된 것이 다 문학이 될 수는 없다. 문학은

각 개인의 심리적 정신적 체험을 통해서 파악된다(이상섭 15). 그것은 교훈적인 요소와 즐거움을 주는 요소를 포함한다는 것이 문학에 대한 전통적인 견해이다. 그렇다면 지식과 교훈을 주로 취급하는 역사, 철학, 윤리, 종교 등의 책은 문학의 범주에서 제외될 것이다(최재서 4-5). 공교롭게도 성경에는 그런 교훈적인 요소들이 다 들어 있다. 그러나 성경에는 즐거움을 주는 최상의 사상과 감정도 들어 있다. 서두에서 코울리지가 지적했듯이 우리는 성경에서 다른 모든 책을 합한 것에서 경험하는 것보다 더 많은 것을 경험할 수 있다면 우리는 성경에서 문학적인 것도 경험할 수 있다고 본다. 또한 데이빗 재스퍼가 지적했듯이 성경은 우리가 좋아하건 싫어하건 아주 미묘한 언어로 이루어진 예술이다. 영국 낭만주의 시인 윌리엄 블레이크(William Blake)는 "구약과 신약은 예술의 위대한 법전이다."(Kazin 499)라고 말함으로 성경의 문학예술성을 인정하고 있다. 예술은 궁극적으로 중요한 진리를 말한다. 예술은 그것에 의해 인간들이 수정될 수 있는 빛이다. 그런 의미에서 프랑스의 작가 빅토르 위고(Victor Hugo)는 "영국이 세익스피어를 낳았다면, 성경은 영국을 낳았다."고 말했는지도 모른다.

드 퀸시(Thomas De Quincey)는 「지식의 문학과 힘의 문학」("The Literature of Knowledge and the Literature of Power")이라는 글에서 지식의 문학의 기능은 '가르치는 것'(to teach)이고, 힘의 문학의 기능은 언제나 즐거움과 공감의 감정을 통해서 '감동을 주는 것'(to move)이라고 말한다(500). 힘의 문학은 진리와 깊이 공감한다. 힘의 문학은 무한성과 공감할 수 있는 우리의 잠재능력에까지 그 영향을 행사하고 확장한다. 드 퀸시는 힘의 문학이 지닌 그런 효과를 마치 야곱(Jacob)이 꿈속에서 본 사다리가 하늘과 땅에 연결되었듯이(창세기 28:11 – 12), 땅에서 지구 위에 있는 신비한 고도까지 올라가는 하나의 계단이라고 말한다(501). 이렇듯 힘의 문학은, 지식의 문학과 대조 구별되어, 살아서 활동의 장을 가지고 있는 인간의 위대한 도덕적 능력과 관련이 있다. 즉 힘의 문학은 인간 안에 있는 가장 고상한 것에 관심을 둔다. 그는 "성경은 결코 암시나 단순한 추리적인 오성과 협동하여 다루는 법이 없다. 사람의 지적 능력에 대해 말하면서 성경은 오성에 대해서가 아니라, '지혜로운 마음'(understanding heart) – 즉 무한성을 위한 능력의 가장 높은 상태에 있는 인간을 위해 상호 교환될 수 있는 공식이 되도록 마음을 직관적(혹은 비추리적) 기관으로 만드는 것"이라고 말한다(502). 그는 솔로몬 왕(King Solomon)의 기도를 염두에 두고 이 말을 한 것 같다. 그는 왕으로 등극한 후에 이스라엘 백성을 현명하게 통치하도록 하나님께 '지혜로운 마음'(understanding heart)을 달라고 기도한 일이 있다(열왕기 상 3:9). 지식의 문학은 아무리 고상한 작품일지라도 잠정적인 것으로서 언젠가는 그 교훈이 부분적으로 수정되기도 하고, 대체되기도 한다. 반면에 힘의 문학에서는 아무리 약한 것일지라도 사람들 사이에서 완성된 작품 또는 변경할 수 없는 작품으로 살아남는다.

성경에는 지식의 문학의 기능인 '가르치는 것', 즉 교훈적인 요소가 많이 있다. 그러나 성경은 성령의 감동으로 기록되었기 때문에 사람을 감동시키는 힘이 더 많다. 바꾸어 말하면 성경은 힘의 문학의 범주에 속하는 것이다. 성경은 문자 그대로 거룩한 기록, 즉 하나님의 말씀이다. 하나님의 말씀은 진리이다(요한복음 17:17).

그러므로 성경을 문학의 범주로 구분하는 것은 바람직하지 못하다. 성경은 어디까지나 비평적으로 존중할 만한 성경해석학의 기초 위에서만 존재하는 것이어야 한다. 그러나 우리는 성경 속에 표현된 여러 가지 수사학적 기법들을 음미해 보므로 성경 기록의 아름다움과 예술적 가치를 더욱 느끼게 될 것이고, 그 예술적 가치는 힘의 문학으로 우리에게 작용하여 감동을 주기도 하고, 깨닫는 마음을 주기도 할 것이다. 성경은 분명히 문학작품이 아니다. 그러나 성경 속에 표현된 많은 문학적인 양식들은 누구든지 문학적으로 집근힐 수 있다고 본다.

동성연애에 대한 성경적 비평

I

지난 세기 말 이후 최근 학계에 비등하고 있는 주요 관심 중의 하나는 현대의 성(sex) 문화의 형성과 동성연애(homosexuality)의 정체성에 관한 것이다. 푸꼬(Michel Foucault)는 1869년에 동성연애가 존재의 유형으로 창조되었다는 논쟁적 주장을 하였고, 세지위크(Eve K. Sedgwick)는 빅토리아(Victoria)조 후기 문학에서 '동성애적 공황'(homosexual panic)에 초점을 맞추었다. 그 후에 "괴상한 이론"(Queer Theory)이 동성 정체성 구축의 중요한 계기인 것처럼 1880년대와 1890년대로 줄기차게 방향을 돌려왔다(Luckhurst 209 – 10). 성은 우리 인간생활에 있어서 기본적인 부분이기 때문에, 인류 역사를 통해서 성적 탐닉의 변화와 성적 욕망의 형태의 변화는 법률이나, 결혼 풍습, 및 문학적 인습의 변화에서보다도 우리의 상상력에 훨씬 더 어려운 도전을 제시한다. 동성연애는 지금 전 세계에서 급진적 사회운동으로 요원의 불길처럼 번져가고 있다.

그러나 동성연애 문제는 현대사회에만 국한된 것이 아니라 인류 역사에 깊이 그 뿌리를 내리고 있다. 마이클 루스(Michael Ruse)의 주장에 따르면 "동성연애 행위는 모든 문화에서 발생하며, 동성연애 욕망은 모든 문화에 존재하고, 동성연애 욕망의 강도와 빈도는 개인에 따라 다양하다. 그러나 각 문화에는 성적 욕망이 배타적으로 동성애적인 약간의 사람들이 있다."(17)는 것이다. 브루스 스미스(Bruce R. Smith)는 마이클 루스가 언급한 세 가지를 "단순히 인류 통계에서 나타난 기정사실로 받아들임으로써 본질주의자 및 구조주의자적인 논쟁의 극단을 피하여 진퇴양난의 문제를 협상할 수 있는 길을 열어 놓았다."(18)고 본다. 그리하여 최근 영국과 미국에서 '동성연애'는 하나의 연구 주제로서, 그리고 '동성애자'는 사람의 한 유형으로서 생물학, 의학, 심리학, 정신분석학, 사회학, 법학 등에서 연구되고 있으며, 최근에는 기독교와 문학에서도 동성연애 문제가 심각한 논쟁거리로 증대되고 있다.

앞에서 브루스 스미스가 지적하였듯이 동성연애 행위는 다양한 문화권에서 나타나는 현상이며, 역사를 관통하는 현상이다. 그럼에도 불구하고 동성연애 문제는 현시대 문화와 역사적 시점에 비추어 볼 때 특별한 현상으로 나타나고 있다. 왜냐하면 과거에는 동성연애에 대한 언급은 '사람들 사이에서 거론되어서는 안 되는 범죄'(Smith 18)로 간주되어 도덕적 담론의 작가들은 우회적 표현을 사용했기 때문이다. 그러나 현대의 동성애자들은 공공연하게 그들의 권익 옹호를 위해 매년 "동성애자 자부심 주간"(Gay Pride

Week) 행사를 세계 곳곳에서 다양하게 개최해 왔다. 금년 6월 25일에는 엘 살바도르(El Salvadore)의 산 살바도르(San Salvadore)와 캐나다(Canada)의 토론토(Toronto) 등 세계 여러 곳에서 그들의 권익을 주장하는 행사를 펼쳤다. 그런가 하면 미국에서는 동성애자들의 기관지인 『동성애 옹호지』(*The Advocate*)와 동성연애에 관한 학술지인 『동성연애지』(*Journal of Homosexuality*)라는 잡지가 발행되고 있다.

동성연애의 문제는 기독교계에서도 심각한 문제로 대두되고 있다. 개신교뿐 아니라 가톨릭교에서도 동성애 문제에 대해서 의견이 대립되고 있다. 특히 구약성경 창세기 제19장에 나오는 소돔과 고모라의 멸망의 원인은 남성 동성애로 간주되는 성적 타락이 아니라, 손님을 환대하지 않은 것이었다고 주장하는 학자들이 있다. 가톨릭의 신학자 존 맥닐(John J. McNeill, S. J.)은 이 시대에 로마 가톨릭 공동체 내에서 동성연애 문제에 대한 전통적 도덕 신학의 입장을 재평가해야 할 필요가 있으며, 그 필요는 목회 상담에 종사하는 많은 로마 가톨릭 사제들과 평신도들에게 근년에 분명해졌다고 주장한다(1).

맥닐은 목회와 상담에 종사하는 사람들뿐 아니라 일반 대중들도 동성애자들에 대해 새로운 인식과 새로운 이해를 하게 되었다는 것이다. 과거에는 동성애자들을 다루는 전통적 방식의 부적절한 것들이 사실상 침묵의 공모에 의해 대중적 견해로부터 숨겨졌으며, 동성애는 '그 이름조차도 언급되어서는 안 되는 죄'(2)였다는 것이다. 그러면서 그는 동성애 행위를 전통적으로 정죄해 온 것은 신의 뜻에 위배되는 것이며, 이 주제를 다룬 제1원천인 구약성경과 신약

성경의 본문을 재해석할 필요가 있다고 주장한다(15). 뿐만 아니라 그는 동성연애에 대한 정의도 새롭게 내릴 필요가 있다고 주장한다(38-41). 그가 이렇게 주장하는 데에도 그럴 만한 이유가 있다고 본다. 왜냐하면 킨제이(Alfred Kinsey)에 따르면, 미국에서 그의 설문 조사에 응답한 남성 인구의 37%나 되는 많은 사람이 모종의 공공연한 동성애 경험이 있다고 답한 것으로 나타났기 때문이다(McNeill 39).

게다가 급진적 동성애 옹호론자인 스티브 와렌(Steve Warren)이 그들의 기관지『동성애 옹호지』1987년 9월호에서 유대교인과 기독교인들에게 보낸 경고문은 우리를 더욱 놀라게 한다. 그는 "동성애 혐오자들에게 주는 경고"(Warning to the Homophobes)라는 제목으로 다음과 같은 메시지를 보냈다.

이제 시대의 풍조는 바뀌었다. 우리는 마침내 '밖으로 나왔으며', 그렇게 함으로써 우리는 유대교-기독교의 도덕률의 천박한 정신의 본성을 폭로하였다. 너희들은 편협하였고 독선적이었다. 그러나 너희들 자신의 교인들 중에서 점증하는 수의 도움으로, 우리는 너희들이 성적 특성에 대해서 믿어오고 또 말해 온 모든 것을 너희에게 철회할 것을 요구하고자 한다. 여기에 사랑, 결혼 및 가족을 포기하는 과정에서 너희들이 단언하도록 기대되는 것들 중 몇 가지를 언급한다.

1. 이후로 동성연애는 너희들의 교회와 회당에서 '영예로운 자산'으로 언급될 것이다.
2. 너희들은 우리가 동성의 사람들과 결혼하는 것을 허용하든지, 아니면 결혼을 완전히 폐지할 수 있다. 왜냐하면 너희들이 성에 대

해서 말하고 행동한 모든 것이 거짓임이 드러날 것이기 때문이다.

3. …너희들은 너희의 젊은이들에게 이성애적 행동뿐 아니라 동성애적 행위를 가르칠 것이며, 너희들은 동성애 청년들이 함께 데이트하며, 종교의식에 참석하도록 허용할 것이며, 당황하거나 죄 의식이 없이 노골적으로 애정을 과시하고 서로 간의 성적 능력을 즐기도록 서둘러서 허용할 것이다.

4. 만일에 너희 중에서 연장자들 중에 어떤 사람들이 반대한다면, 너희들은 그들을 호되게 다루고, 그들이 그들의 추하고 무지한 동성애 혐오증을 포기하거나 공개적인 창피를 당하게 해야 한다.

5. 너희 기관의 모든 명성과 자원은 지역 공동체에 압력을 가하여, 동성애자들에 대한 차별을 금하고 무거운 형벌이 내려지는 법이 통과되게 해야 한다.

6. 마지막으로, 우리는 십중팔구 너희들의 성경에서 많은 구절들을 삭제하고 다른 것들을 다시 써서, 결혼에 대한 차별적인 취급을 삭제하고, 성경 구절 중에서 동성애적 해석을 허용하는 단어들을 사용하기를 원한다.

만일에 이 모든 것들이 조속히 일어나지 않는다면, 우리는 정통 유대인들과 기독교인들이 최근의 기억에서 가장 지속적인 증오와 중상모략을 당하게 할 것이다. 우리는 자유주의적인 기관과 언론을 우리 편으로 만들었다. 우리는 벌써 수많은 전쟁터에서 너희들을 패배시켰다. 그리고 우리는 이 시대의 정신을 우리 편에 가지고 있다. 너희들은 우리와 싸울 믿음도 없고 기력도 없다. 그러니 너희들은 지금 항복하는 것이 좋을 것이다. (Parsley 79 – 81)

마지막 문단은 여섯 가지 경고문에 덧붙인 결론이다. 파슬리(Parsley)는 "이것은 허풍이 아니다. 이것은 새로운 '정치적 정확성'의 윤곽이다. 이것은 '문화적 다양성', '관용' 및 '포괄성'의 급진적 면모이다."(81)라고 말한다. 물론 동성애자들이 이런 극단적인 요구를 하게 된 이면에는 이성애 편협자들이 동성애자들에 대하여 저지른

평범한 폭력, 즉 날로 증가하는 동성애자 학대문제가 있을 것으로
생각된다. 이런 점을 감안하여 본 연구는 동성연애에 대한 성경적
조명을 하려고 한다.

Ⅱ

  성경에서 동성애 문제에 대한 답을 찾는 것은 두 가지 어려운 점
이 있다고 케네스 로크(Kenneth A. Locke)는 『동성연애지』 제48권
제2호에서 말한다(125). 성경 해석에 있어서 자유주의 사상을 가지
고 대학에서 기독교와 비교 종교를 가르치는 로크는 첫째로 동성
애에 관한 적절한 성경 구절들의 의미를 결정하는 것과, 둘째로 성
경의 권위의 문제를 거론한다(126 – 27). 그는 성경은 우리와 다른
세계에서 살던 사람들이 기록한 고대 문서이므로 그들의 언어, 정
치, 관습, 및 신앙은 21세기의 그것들과 현저하게 대조가 된다는
것이다. 그러므로 그들이 믿었던 것을 우리가 이해하기 위해 우리
는 세밀하고도 힘든 학구적 연구를 해야 한다는 것이다. 또한 성경
구절들은 특히 그것들이 현대 언어로 번역되었을 때 액면 그대로
받아들일 수가 없고, 성경 구절에 대한 언어적, 음성적, 역사적, 사
회적, 문화적 및 지리적 요소들이 감안돼야 한다고 주장한다(127).
그리고 성경의 권위문제는 비록 대다수의 기독교인들이 성경을 최
고의 권위로 인정할지라도, 실제로는 가장 근본주의 기독교인조차
도 성경의 교훈을 따르지 않는다는 것이다. 그러므로 동성애에 관

해서 "성경은 무엇이라고 말하느냐?"라고 묻는 것은 불충분하고, 성경이 기독교계에서 어떻게 사용되고 있는지를 형성하는 저변의 성경 해석적 문제들을 이해해야 한다는 것이다. 그리하여 동성연애에 관한 것이라고 생각되는 성경구절을 고찰하여 그들의 의미를 그 역사적, 문화적 및 언어적 맥락에서 분별을 시도해 보려고 한다.

1. 구약성경에 나타난 동성연애 문제

성경에는 구약과 신약에 동성애에 관한 문제가 언급되어 있다. 구약성경에는 동성연애의 문제가 창세기 제19장 1－28절에 소돔(Sodom)과 고모라(Gomorrah)의 멸망에 관한 이야기에 잘 나타나 있다. 그리고 레위기 제18장 22절과 제20장 13절에 동성연애를 금하는 내용이 있다. 신약성경에는 사도 바울이 쓴 로마서 제1장 26－27절, 고린도 전서 제6장 9절, 그리고 디모데 전서 제1장 10절에 나타나 있다. 기독교인들은 창세기에 기록된 소돔과 고모라의 멸망에 관한 이야기와 레위기에 언급된 말씀은 하나님께서 동성연애 또는 동성애적 행동을 단호하게 정죄하는 증거로 간주하고 있다. 그런가 하면 일부 자유주의적인 성경학자는 성경에 언급된 동성연애에 관하여 약간 견해를 달리하고 있다.

먼저 자유주의 성경학자들의 견해를 고찰해 보면 다음과 같다. 마르티 니씨넨(Martti Nissinen)은 앞에서 언급된 성경구절들은 우리와 매우 다른 세계에서, 즉 다른 가치, 규준 및 전통을 가진 세계에서 쓰인 것을 인식하는 것이 매우 중요하다는 것이다. 일례로 그 당시에는 '동성연애'라는 용어가 알려지지 않았다는 것이다. 성경의 저자들은 동성의 사람들이 개인적인 지향에 관계없이 성애적 만남에 관해서 글을 썼다고 주장한다(ⅴ - ⅵ). 그리고 대니얼 헬미니억(Daniel Helminiak)은 다음과 같이 말한다.

> 성경 본문은 동성연애를 오늘날 우리가 그것을 이해하는 것처럼 정죄하지 않는다. 사실 '동성연애'라는 용어도 이 토론에서 잘못 인도하고 있다. 성경의 관심은 동성행위, 즉 '동성 간 성적 즐김'(homogenitality)이란 것에 관한 것이다. 성경 본문은 동성연애에 관한 인식, 즉 사람들이 정서적으로 또는 성애적으로 같은 성의 사람들에게 매력을 느끼는 경향이 있는 심리적 성향을 보여주지 않는다. (82)

그런가 하면 니씨넨은 그의 성경연구에서 '동성애'(homoeroticism)라는 단어가 성경 본문에 훨씬 더 적절하다고 말한다(17). 왜냐하면 그 단어는 "당사자가 동성애자로 간주되든 않든 간에, 동성의 사람들끼리의 모든 성애적 - 성적 만남과 경험"에 대해 언급하기 때문이라는 것이다.

이들 자유주의 성경학자들은 창세기 제19장에 나오는 소돔과 고모라의 멸망에 관한 이야기를 바르게 이해하기 위해서 그 구절을 역사적 맥락에서 조사해야 한다고 주장한다(Locke 128). 즉 창세기 제19장에서 언급하고 있는 문제점들, 성(sex)과 성별(gender)의 해석, 그리고 그들이 '성애적'(erotic) 동성 상호작용을 어떻게 이해하고 있는가를 정당하게 평가할 필요가 있다고 본다.

소돔의 멸망에 관한 이야기는 동성애에 대한 서양의 태도에 강력하게 영향을 미쳐 왔다. 천 년 이상 사람들은 소돔의 멸망에 관한 이야기를 동성 성애적 만남에 대한 하나님의 가차 없는 심판의 본보기로 간주해 왔다. 하나님은 남자가 남자와 성행위를 하기 원했기 때문에 소돔을 멸하셨다. 이 해석은 아주 영향력이 있기에 영어 'sodomy'(남색)란 단어는 보통 같은 성의 어떤 사람과 항문성교 혹은 구강성교를 뜻하게 되었다. 그러나 소돔의 멸망에 관한 이야기를 면밀히 읽어보면 소돔의 죄는 두 사람의 뜻이 맞는 성인 사이에 동성애적 성(sex)의 개념과 관계가 없음을 알게 된다(Hays 381).

저녁때에 그 두 천사가 소돔에 이르니 마침 롯이 소돔 성문에 앉아 있다가 그들을 보고⋯⋯ 강권하매 그들이 돌이켜 그의 집으로 들어오는지라⋯⋯ 그들이⋯⋯ 먹으리라. 그들이 눕기 전에 그 성 사람 곧 소돔 백성들이 노소를 막론하고 원근에서 다 모여 그 집을 에워싸고 롯을 부르고 그에게 이르되 오늘 밤에 네게 온 사람들이 어디 있느냐? 이끌어 내라. 우리가 그들을 상관하리라. (개역 개정판, 창세기 19:1, 3 – 5, 이후 한글 성경 인용은 개역 개정판에서 한다.)

And there came two angels to Sodom at even; and Lot sat in the gate of Sodom: and Lot seeing them⋯⋯ he pressed upon them greatly; and they turned in unto him, and entered into his house⋯⋯ and they did it. But before they lay down, the men of the city, even the men of Sodom, compassed the house round, both old and young, all the people from every quarter: And they called unto Lot, and said unto him, Where are the men which came in to thee this night? bring them out unto us, that we may know them. (King James Version, Genesis 19:1, 3 – 5)

자유주의 성경학자들은 인용된 성경 본문에서 동사 'know'(히브리어로는 yāda)가 실제로 성관계를 언급하는지 논쟁의 여지가 있다고 생각한다. 창세기의 몇 개의 다른 구절에서는 히브리어 'yāda'

라는 단어가 성관계의 표현으로 사용되고 있다. 예를 들면 창세기 제4장 1, 17, 25절, 제24장 16절, 및 제38장 26절이다. 그리고 민수기 제31장 17절, 사사기 제11장 39절, 제21장 11절, 사무엘 상 제1장 19절, 및 열왕기 상 제1장 4절 등에서 역시 성관계의 뜻으로 사용되어 있다. 그러나 성경 다른 곳에서 그 용어는 다른 의미로도 빈번하게 사용되었기 때문에 어떤 사람은 주장하기를 롯의 집 밖에 있던 군중들은 다만 두 명의 낯선 사람들이 누구인지 'to know' 하기를 원하였고, 롯 자신도 타지에서 소돔에 이사 온 자였기에 이들 낯선 자들에게 환대할 자격이 없었다는 것이다(Nelson 183, Boswell 94). 그러나 그 단어가 사용된 문맥은 소돔 사람들이 모종의 성적 행위를 의도하였음을 암시하고 있다. 롯은 군중을 달래기 위해 "남자를 알지 않은", 즉 숫처녀인 자기 딸들을 그들에게 넘겨주겠다는 제안을 하기도 했다(창세기 19:8). 그러므로 소돔 사람들이 롯의 손님들을 'to know'하기를 요구한 것은 성적 요소를 내포하였음이 명백하다. 그리고 롯이 그들에게 자기 딸들을 기꺼이 제공하려는 것도 소돔성의 남자들이 남자 대 남자 집단 강간을 의도하고 있었음을 시사한다(Helminiak 37－38). 그러기에 천사들은 폭도들의 눈을 어둡게 한 것이다(창세기 19:11). 이런 정황으로 판단할 때 소돔성의 폭도들은 남자 대 남자 강간을 시도하려고 한 것이다(Soards 15).

그러나 그 당시의 문화적인 측면을 고려하여 볼 때 소돔성 사람들이 저지른 죄는 남자 대 남자 강간 시도보다 더 큰 죄에 연루되어 있다고 주장하는 사람들이 있다. 그중 헬미니억의 주장은 이렇다. 롯이 살던 사회의 중요한 규칙 중 하나는 나그네에게 친절하게 숙소를 제공하는 것이라고 한다. 소돔성은 사막에 위치해 있기 때문에 추운 밤에 밖에서 잠을 자는 것은 생명에 치명적인 해를 입을 수 있다는 것이다. 그러므로 그 당시에는 사람이 나그네에게 숙소를 제공하는 것은 하나의 의무였다고 한다. 실로 이 규칙은 아주 엄격하였기에 심지어 원수에게도 숙소를 제공해야 되고, 일단 그런 환대를 받은 사람은 원수라도 해쳐서는 안 되었다고 한다. 따라서 롯은 이러한 사회적 규범을 지키기 위해서 자기 딸들의 처녀성을 희생할 각오가 되어 있었다는 것이다. 그럼에도 불구하고 소돔성 사람들은 이 규범을 범하려는 죄가 있었다는 것이다. 그들은 나그네를 학대하고, 여행자를 모독하고, 궁핍한 자에게 따뜻한 대접을 하지 않았다는 것이다(38 - 39).

가톨릭교의 베일리(D. Sherwin Baily)도 창세기 제19장 4 - 11절의 해석에서 소돔 사람들의 죄는 "굳이 성적인 함의에 연루시킬 것이 아니라, 환대 법을 범한 것(violation of hospitality)으로 해석될 수 있다."(1 - 28)고 말한다. 맥닐도 "소돔 이야기의 동성애적 해석"에서 소돔의 죄는 구약시대에 동성애 행위와 관련이 없는 것은 말할 것도 없고, 성적인 것으로 해석된 일이 없다고 주장한다. 오히려 교만과 손님을 환대하지 않은 것이 죄로 묘사되었으며, 소돔의 죄가 성적인 것으로 처음 언급된 것은 BC 2세기 팔레스타인의 외경 (apocrypha) 『유빌리 서』(*The Book of Jubilees*)[19]라는 것이다(68).

이런 견해와 맥을 같이하여 보스웰(Boswell)은 기독교 초기의 성경 주석가들 중에는 소돔성 멸망의 이야기에 대한 더 오래되고 신뢰성 있는 해석을 견지한 것 같다고 말한다. 성적인 유혹을 피하기 위해 스스로 거세를 할 정도로 성적 충동을 극단적으로 반대한 오리겐(Origen, 185 - 254 AD)은 소돔의 죄는 나그네 환대의 법을 범한 것이며, 롯이 소돔성이 멸망할 때 죽음을 면한 것은 그가 손님들에게 자기의 집을 개방한 것 때문이라고 보았다. 또한 암브로우스(Saint Ambrose, c. 339 - 397 AD) 감독도 이와 비슷한 견해를 보였다. 그는 소돔인들의 행위에 성적 관심이 있었으나, 그들의 도덕적 문제로 나그네 환대에 더 무게를 두었다. 바꾸어 말하면 그는 나그네 환대를 롯의 딸들의 정조보다 더 높이 평가했다는 것이다. 존 캐씨언(John Cassian, c. 360 - c. 435)도 소돔성의 멸망 원인은 동성애가 아니라 탐식(gluttony)이라고 주장하였다(97 - 98).

반면에 기독교 초기 작가들 중에 필로(Philo of Alexandria, c. 20 BCE - c. 54 CE)[20]와 요세푸스(Flavius Josephus, 37 CE - c. 100 CE)는 소돔성의 주민들의 행동을 동성애적으로 해석했다. 이 두 사람은 헬라 철학의 영향을 강하게 받아서 동성애적 행동을 '본성에 어긋나는'(against nature) 것으로 정의하기 위하여 친근한 용어 'physis'(nature)를 사용하였다. 필로는 소돔 주민들을 이웃의 아내를 범하고, 남자 대 남자 성관계를 하였다고 비난하였다. 그는 남자 대 남자 성관계는 생식불능은 물론 사내답지 못한 행위이며, 성병까지 초래한다고 비난했다. 필로가 남성의 동성 성행위를 이렇게 정죄한 것은 그들이 남자를 여자로 바꾸어 성생활을 왜곡시켰다는 것이다. 그는 또한 성생활의 유일한 목적을 자녀를 낳기 위한 것으로 보았다. 요세푸스도 필로의 견해에 공감하였다. 그는 소돔성이 멸망한 것은 거만과 나그네를 싫어한 것 때문이지만, 롯의 손님은 미남들이었기에 소돔성의 남자들에게 성애적 정열을 일으켰다고 해석했다(Nissinen 93 - 97).

한편 자유주의 성경학자들은 구약의 예언자들이 이스라엘 민족의 죄악을 멸망한 소돔성에 비유해서 질책한 것을 오해하고 있음을 볼 수 있다. 그들은 소돔성 주민들의 성적인 학대를 강조하기보다는 나그네에 대한 환대 법규를 어긴 것에 집중하였고, 그들의 교만, 외국인 혐오와 법규위반을 비난하였다는 것이다. 그 증거로 예언자 이사야의 다음 구절을 인용한다.

> 너희 소돔의 관원들아, 여호와의 말씀을 들을지어다. 너희 고모라의 백성아, 우리 하나님의 법에 귀를 기울일지어다···· 선행을 배우며 정의를 구하며 학대받는 자를 도와주며 고아를 위하여 신원하며 과부를 위하여 변호하라 하셨느니라. (1:10, 17)

그리고 예언자 에스겔의 다음 구절을 인용한다.

> 네 아우 소돔의 죄악은 이러하니 그와 그의 딸들에게 교만함과 음식물의 풍족함과 태평함이 있음이며 또 그가 가난하고 궁핍한 자를 도와주지 아니하며 거만하여 가증한 일을 내 앞에서 행하였음이라. 그러므로 내가 보고 곧 그들을 없이 하였느니라. (16:49 – 50)

『야살의 책』(*The Book of Jasher*)[21] 제18 – 19장에는 여기에 인용된 내용과 유사한 이야기가 잘 묘사되어 있다. 그런데 문제는 이 예언자들이 소돔에서 벌어진 성적 악행의 시도를 알고 있었으나, 그들의 성적 부도덕의 문제를 죄로 간주하지 않은 것처럼 보인다는 것이다. 또한 그들은 예수님께서도 소돔성의 죄는 모종의 성적 범죄보다는 나그네를 환대하지 않은 것과 연관이 있는 것처럼 보인다는 것이다(Nissinen 46 – 47; Nelson 184). 그 증거로 그들은 다음 구절을 인용한다.

인용된 구절에서 죄는 남자 대 남자의 성관계 혹은 강간이 아니라,
하나님의 사자들을 거절하는 것이며, 소돔과 대비시킨 것은 나그네
를 거절하는 닫친 마음, 즉 하나님의 사자들을 환영하지 않은 사악
함처럼 보인다는 것이다(Helminiak 40).

소돔의 이야기에서 현대인들이 납득하기 어려운 부분이 있다면,
그것은 아마도 롯이 자기 딸들이 강간당하도록 기꺼이 허용하려는
장면일 것이다. 컨트리먼(Countryman)에 따르면, 롯시대의 문화에
서 부인과 자녀는 남성 가장의 첫째가는 재산이었다. 그러나 그는
그들을 자기 마음대로 처분할 수 있는 것은 아니었다. 그 당시 사
회의 기본 구조의 한 덩어리는 가족이었다. 그리고 가장은 공동체
내에서 가족의 재산과 공적 지위를 유지하거나 고양시킬 의무가 있
었다. 다른 가족 구성원은 이 의무를 다하기 위해 가장이 사용한 도
구였다(149 – 50). 그렇다면 롯은 무슨 의도로 자기의 딸들을 폭도
들에게 손님 대신 강간하도록 내주려고 하였을까? 그것은 롯 당시
의 문화적 측면에서 판단할 때 손님 환대의 법을 위반하는 것과 남
자 대 남자의 강간을 여자 강간보다 더 큰 죄로 간주했음을 암시한
다는 것이다(Locke 132).

성경의 문제는 성경으로 해석하는 것이 바람직하다. 구약성경 레위기에는 두 곳에 동성 성행위에 대한 분명한 금지 규정이 있다.

> 너는 여자와 동침함같이 남자와 동침하지 말라. 이는 가증한 일이니라. (레위기 18:22)

> 누구든지 여인과 동침하듯 남자와 동침하면 둘 다 가증한 일을 행함인즉 반드시 죽일지니 자기의 피가 자기에게로 돌아가리라. (레위기 20:13)

하나님께서는 모세에게 남자 대 남자의 성행위를 강력하게 금하고, 그것을 범할 경우에는 그 당사자들을 반드시 죽이라고 명령하셨다. 인용된 성경 구절 두 곳에 '가증한 일'(abomination)이라는 단어를 사용하고 있다. 이 단어는 히브리어 'toevath'의 번역이다. 이 단어는 성경에서 수없이 사용되고 있으며, '불결'(uncleanness), '불순'(impurity) 또는 '종교적, 제의적 금기'(religious, ritual taboo)로 번역될 수 있다.

남자 대 남자의 성행위는 하나님께서 보시기에 가증스러웠다. 왜냐하면 그것은 하나님의 창조 목적에 위배될 뿐 아니라, 그것은 종교적 및 제의적 성결을 유지하라는 하나님의 율법을 범하는 죄가 되기 때문이다. 레위기의 핵심 구절에서 하나님은 이스라엘 민족에게 다음과 같이 명령하신다.

> 나는 여호와 너희의 하나님이라 내가 거룩하니 너희도 몸을 구별하여 거룩하게 하고···· 나는 너희의 하나님이 되려고 너희를 애굽 땅에서 인도하여 낸 여호와라 내가 거룩하니 너희도 거룩할지어다.
>
> (11:44 – 45)

뿐만 아니라 사도 베드로도 그리스도인들에게 베드로 전서에서 똑같은 명령을 하고 있다.

(1:15 – 16)

'거룩하다'라는 히브리어 'kadesh'는 '순수하다', '깨끗하다', '성결하다', '구별하다' 등으로 번역될 수 있다. 거룩한 생활 혹은 구별된 생활은 애굽에서 나온 이스라엘 사람들에게 필수적인 것이었다. 그러므로 레위기 제17 – 26장은 성결 법규(Holiness Code)로 구성되어 있으며, 여기에는 이스라엘의 종교의식과 다른 민족의 그것과 차별화할 것이 언급되어 있다. 성결법규는 이스라엘 민족이 부정한 모든 것과 구별되어 하나님과 건전한 관계를 가져야 한다는 것이다.

하나님께서는 레위기에서 동성애 행위를 정죄하므로 그들의 악영향에서 이스라엘의 정체성을 보호하려 하셨다. 그리고 그들이 곧 들어가 정착하게 될 고대 가나안 땅에 살던 사람들의 가증한 행위, 즉 우상과 잡신숭배뿐 아니라, 성매매 행위도 본받지 말라고 모세를 통해서 명령하셨다.

이스라엘 여자 중에 창기가 있지 못할 것이요 이스라엘 남자 중에 남창이 있지 못할지니 창기가 번 돈과 개 같은 자의 소득은 어떤 서원하는 일로든지 네 하나님 여호와의 전에 가져오지 말라. 이 둘은 다 네 하나님 여호와께 가증한 것임이니라. (신명기 23:17 – 18)

There shall be no whore of the daughters of Israel, nor a sodomite of the sons of Israel. Thou shalt not bring the hire of a whore, or the price of a dog, into the house of the Lord thy God for any vow: for even both these are abomination unto the Lord thy God.

(Deuteronomy 23:17 – 18)

그러나 자유주의 성경학자 니씨넨은 성결 법규에는 의식적 불결을 피하는 것과 이스라엘 민족의 정체성을 보호하는 것 이상의 어떤 것이 있다고 주장한다. 즉 유대인 사회 내에서 남자와 여자는 분명한 '성별 역할'(gender roles)이 할당되어 있다는 것이다. 성 차별을 보호하려는 강한 욕망이 부분적으로, 왜 창세기에서 소돔 이야기의 저자가 롯이 폭도들에게 자기의 딸들이 강간당하도록 제안한 것에 정죄하지 않았는지 밝혀준다는 것이다. 바꾸어 말하면 여자를 강간하는 것은 남자를 강간하는 것보다 덜 난폭하다는 것이다. 왜냐하면 성별 역할에 대한 고대 유대인의 해석을 범하지 않았기 때문이라는 것이다. 그런 이유로 롯은 자기 집 손님의 남성적 명예를 보호하려고 했다는 것이다(98 – 101). 그렇지만 니씨넨은 소돔성이 유대인의 거주지가 아닌 이방인 사회임을 망각한 것 같다.

이에 반해 성경적 보수 신앙을 견지하는 매릴린 히키(Marilyn Hickey)는 『가계의 저주를 끊어라』(*Break the Generation Curse*)에서 동성애도 저주에 속함을 이렇게 말한다.

신명기 제27장은 성적인 범죄들에 대해 말씀하고 있다. 하나님은 다른 무엇보다도 성적인 범죄들에 대해 엄격하게 다루신다. 간음, 음란, 여자 동성애, 남자 동성애···· 이러한 것들은 아주 무서운 저주들이다. 왜냐하면 이들은 무서운 죄악들이기 때문이다. (최기운 역, 『가계에 흐르는 저주를 끊어야 산다』, 104)

2. 신약 성경에 나타난 동성연애 문제

신약 성경에는 동성연애에 관련된 구절이 세 개 있다. 로마서 제
1장 26 - 27절, 고린도 전서 제6장 9 - 10절, 그리고 디모데 전서
제1장 10절이 전통적으로 잘 알려진 구절들이다. 그리스도인들은
이 구절들이 동성 간의 육체적 관계에 대한 하나님의 부정적 태도
의 확고한 증거로 본다. 다시 말하면 동성애적 행동은 본래 죄악이
며, 언제나 정죄되어야 하며 금지시켜야 한다고 본다.

사도 바울은 고린도 전서 제6장 9 - 10절과 디모데 전서 제1장 9 -
10절에서 동성애적 행동을 죄가 되고, 불경하고, 도덕적으로 규탄
할 것으로 묘사하고 있다.

불의한 자가 하나님의 나라를 유업으로 받지 못할 줄을 알지 못하느
냐. 미혹을 받지 말라. 음행하는 자나 우상 숭배하는 자나 간음하는
자나 탐색하는 자나 남색하는 자나···· 하나님의 나라를 유업으로
받지 못하리라. (고린도 전서 6:9 - 10)

Know ye not that the unrighteous shall not inherit the kingdom of
God? Be not deceived: neither fornicators, nor idolaters, nor adulterers,
nor effeminate, nor abusers of themselves with mankind···· shall
inherit the kingdom of God. (1 Corinthians 6:9 - 10)

사도 바울은 디모데 전서 제1장 10절에서도 '음행하는 자'와 '남
색하는 자'를 거듭하여 언급하고 있다. '탐색하는 자'는 남창(male
prostitutes)을 뜻하고, '남색하는 자'는 영어의 'sodomites'를 가리킨
다. 여기에서 '탐색하는 자'와 '남색하는 자'의 헬라어 'malakoi'와

'arsenokoitai'는 신약성경 이전에는 이 단어를 사용한 적이 없고, 오직 인용된 두 곳에만 나타나며, 명백히 성적 함의가 있다(Countryman 117 – 18). 스크로그스(Scroggs)는 헬라어 'arsenokoitai'는 레위기 제18장 22절과 제20장 13절의 LXX 역에서 유래된 관용어라고 주장한다(106 – 08). 만일 스크로그스의 말이 맞는다면, 사도 바울의 범죄 목록은 남성 동성연애 행위를 언급하는 것이다(Soards 19, Nelson 188, Helminiak 91). 그러나 'malakoi'에 대해서는 사도 바울이 무엇을 뜻하였는지 확실히 알 수 없다(Countryman 119)는 의견도 있고, 종교개혁 때까지, 그리고 20세기에 들어오기까지 로마 가톨릭 내에서 이 단어는 자위에 적용되었다고 한다(Boswell 107).

그리고 사도 바울은 신약 성경에서는 유일하게 남성 동성행위에 관해서 로마서 제1장 26 – 27절에서 분명하게 언급하고 있다.

> 이 때문에 하나님께서 그들을 부끄러운 욕심에 내버려 두셨으니 곧 그들의 여자들도 순리대로 쓸 것을 바꾸어 역리로 쓰며 그와 같이 남자들도 순리대로 여자 쓰기를 버리고 서로 향하여 음욕이 불 일듯 하매 남자가 남자와 더불어 부끄러운 일을 행하여 그들의 그릇됨에 상당한 보응을 그들 자신이 받았느니라. (로마서 1:26 – 27)

바울이 동성연애를 언급하고 있는 구절들은 우상숭배에 대한 큰 논쟁의 일부이다. 그는 영원한 하나님의 영광을 썩어 없어질 사람, 새, 동물 우상으로 바꾼 사람들에 대해서 제1장 23절에서 말하고 있다. 이런 죄에 대해서 하나님은 그들의 타락의 희생이 되게 하였는데, 그 죄 중의 하나가 동성애적 행동이다. 바울은 이방 세계에서 동성애 행위와 우상 숭배를 보았고, 이 둘을 확고히 연결시켰다.

이것은 또한 바울이 제27절에서 말한 것의 설명이 될 수 있다. 바울은 동성애 행위를 불결한 것으로 치부했고(24절), 그는 틀림없이 레위기의 성결 법규에 적용시키고 있다고 본다.

앞에서 논의된 창세기 제19장 1-11절, 레위기 제18장 22절과 제20장 13절, 고린도 전서 제6장 9-10절, 디모데 전서 제1장 10절 및 로마서 제1장 26-27절은 성경이 남성 동성연애에 대해서 부정적인 견해를 보이고 있음을 암시한다. 그럼에도 불구하고 동성 간의 성행위에 대한 이 성경 구절들은 어느 정도까지 동성연애에 대한 현대의 논쟁에서 지침의 기능을 할 수 있는지 분명하지 않다고 한다. 그러나 대다수의 기독교인들은 이 구절들만 따로 떼어서 접근하는 것은 잘못이며, 그 구절들을 성경 전체의 맥락에서 결혼관을 파악해야 한다고 보고 있다.

토머스 슈미트(Thomas E. Schmidt)는 동성애에 대한 성경적 금지는 규정된 행동의 목록에 있는 것이 아니라, 결혼에 대한 일관된 확언에 있다고 주장한다. 성경에서 성관계는 결혼의 테두리 안에서만 용납되며, 결혼은 한 남자와 여자 사이에 이루어지고, 동성 간의 두 사람 사이에는 결코 안 된다. 그는 성과 결혼에 관하여 성경에는 네 가지가 있다고 주장한다.

1. 자손 번식은 좋다. 아브라함은 많은 자손의 축복을 받았다(창세기 17:2). 시편 127:3에는 자녀의 출생을 하나님으로부터 받는 상급으로 묘사하고 있다. 더욱이 하나님께서 세상에 구원을 주기 시작한 것은 자손 번식을 통해서 하되, 먼저는 이스라엘과의 언약에 초점을 맞추고, 다음엔 육신으로 메시아의 탄생을 통해서 하셨다(요한 1서 4:2). 동성애는 자손 번식의 중추적 선함을 무시하는 것

이며, 그리하여 창조와 구원의 과정을 방해하는 것이다.

2. 성은 좋다. 자녀 증식을 위한 과정은 아름다운 경험이다.

3. 결혼은 좋다. 이것은 창세기에 암시되어 있고, 구약성경의 나머지 부분에서도 그런 태도를 취하고 있으며, 신약성경에서도 반복되었다. (마태복음 19:1 – 19, 고린도 전서 6 – 7장)

4. 남자와 여자는 필요한 동반자이나. 인간은 남자와 여자로 창조되었고(창세기 1:27), 각각은 서로를 위해 창조되었다. 남성과 여성 사이의 연합은 각 성별(gender)이 고립에서 느끼는 불완전함을 치료한다. 성경 어느 곳에서도 이 완전함이 동성인 두 사람의 연합을 통해서 성취될 수 있다고 암시한 곳이 없다. 성행위는 결혼의 한계 내에서 발생할 때에만 선한 것이며, 동성인 사람들 사이의 결혼은 허용되지 않는다.

동성애에 대한 성경의 언급은 이 전체적 맥락에서 읽힐 때, 동성의 성행위에 대한 성경의 입장은 분명해진다. 동성애 행위는 성과 결혼에 관한 이 네 가지 범주 밖에 있으므로 그것은 죄악이며, 모든 기독교인은 거절해야 한다는 것이다(93 – 96). 요점은 결혼이다. 성경의 저자들이 남자와 여자의 결혼 연합과 관련하여 어떤 동성 성행위를 평가할 때, 그들은 그것이 창조에 나타난 하나님의 계획에 이르지 못함을 발견한다(104).

같은 맥락에서 리처드 헤이즈(Richard B. Hays)는 바울이 '본성에 어긋나게'(against nature, Gr. para physin) 행동하는 사람들에 대하여 말할 때, 하나님에 의해 계획되었고, 성경에 계시된 세상의 개념에 호소하고 있다고 주장한다. 동성애 행위에 몰두하는 사람들은 창조주를 거역하여 하나님으로부터 이탈하고 있다. 창세기 제1장 이후 성경은 남자와 여자는 서로를 위해 창조되었고, 그들의 성적 욕망은 이성의 결혼 안에서만 충족될 수 있다고 주장한다. 그리하여 그는 교회가 동성연애자들을 위한 시민권을 지지해야 하는 반면에, 동성연애자는 동성애 행위를 삼가고 독신 생활을 하도록 해야 한다고 결론짓는다. 이것이 성경적 증거와 일치할 것이다(390, 402).

현대 보수주의 신학을 대표하는 존 스토트(John Stott)도 헤이즈의 견해를 지지한다. 그는 성경에서 동성애 행위에 대해 부정적 금지 규정은 인간의 성행위와 이성 간의 결혼에 관하여 창세기의 적극적 교훈과 연계하여 읽힐 때만이 의미가 통한다고 주장한다. 창세기는 인간의 동반관계의 필요성을 인정할 뿐 아니라(창세기 2:18), 하나님께서 이 필요를 어떻게 충족시켰는지 계시하고 있다. 먼저 하나님은 모든 새와 짐승을 창조하셨고, 그들을 아담(Adam) 앞에 지나가게 하셨다. 그러나 아담 옆에서 그의 짝이 될 적합한 배필이 발견되지 않았다. 그래서 하나님은 남자에게서 여자를 형성할 필요를 느끼셨다. 스토트는 이 이야기를 문자 그대로 받아들일 필요는 없다고 본다. 대신에 그는 친밀한 인간관계에 대한 하나님의 태도를 계시하는 깊은 상징적이고 신화적인 의미가 있다고 믿는다. 창조 행위에서 하나님은 남자와 여자 사이에 친밀한 관계를 구성하도록 육체적으로 가까운, 인간적인 동반자 관계를 의도하셨다는 것이다(32 - 33). 또한 스토트의 성경적 결혼 묘사는 다음에서 분명하게 나타난다.

> 결혼에서 이성의 관계는 연합 이상이다. 그것은 일종의 재연합이다. 그것은 서로 간에 속하지 않은, 그래서 적절하게 한 몸이 될 수 없는 다른 사람들의 연합이 아니다. 정반대로 그것은 원래 하나였는데, 서로 분리되었다가, 이제 결혼의 성적 만남에서 다시 합해지는 두 사람의 연합이다. (34 - 35)

　스토트는 예수님 자신이 구약성경의 결혼관을 지지한 것을 강조한다. 마태복음에서 예수님은 창세기 제2장 24절에 담긴 견해를 반복하셨다.

> 예수께서 대답하여 이르시되 사람을 지으신 이가 본래 그들을 남자와 여자로 지으시고 말씀하시기를 그러므로 사람이 그 부모를 떠나서 아내에게 합하여 그 둘이 한 몸이 될지니라 하신 것을 읽어보지 못하였느냐. (마태복음 19:4 - 6)

　여기에서 예수님은 결혼에 대한 세 가지를 말씀하셨다.

> 첫째, 하나님께서는 사람을 남자와 여자로 만드셨다.
> 둘째, 하나님은 남자가 그의 부모를 떠나서 그의 아내에게 집착해야 한다고 하셨다.
> 셋째, 하나님은 남자와 여자를 아무도 나눌 수 없도록 결합시키신다.

　동성연애 관계는 이 신성한 세 가지 목적을 범한다고 스토트는 말한다. 따라서 현대의 동성애 동반자는 하나님께서 정해 주신 한 몸이 되는 친밀한 관계인 결혼과 양립할 수 없다는 것이다(36, 39).

　이런 관점에서 성경을 읽으면, 슈미트, 헤이즈 및 스토트 같은 그리스도인은 동성애를 비성경적이며, 하나님의 뜻과 양립할 수 없는 것으로 묘사하는 데 별 어려움이 없다. 레위기 제18장 22절, 제20장 13절, 로마서 제1장 26 - 27절, 고린도 전서 제6장 9절과 디모데 전서 제1장 10절에서 동성애를 금한 것은 모든 성적 관계는 이성 결혼의 테두리 내에서 발생해야 한다는 창세기에서의 성경적 주장을 재확인하는 짧은 구절들이다. 이 전체적 맥락에서 볼 때,

로마서 제1장 26 – 27절의 사도 바울의 진술은 특별한 의의를 지닌다. 슈미트는 이 구절이 "동성관계는 올바른 행동의 특별한 허위조작(falsification), 즉 부도덕한 행위라는 것을 보여주고 있으며, 이것은 하나님에 대한 올바른 생각의 일반적 허위조작, 즉 우상 숭배에 의해 가능하게 되었다."(101)고 말한다. 바꾸어 말하면 아담의 타락 이후에 반역적인 인간은 우상을 만들었고, 동성애 행위를 가능하게 한 도덕적 공백이 만들어졌다는 것이다.

이렇듯 슈미트, 헤이즈 및 스토트 같은 성경의 권위에 입각하여 동성애 문제를 해석하려는 정통 보수주의에 맞서서 자유주의 성경학자들은 아전인수식으로 동성애 문제를 접근하려고 한다. 10세기부터 20세기까지 동성연애에 관한 가톨릭교회의 가르침을 조사 연구한 마크 조던(Mark Jordan)은 "처음부터 남색(sodomy)은 십인십색을 뜻하였기 때문에 이 문제에 관한 교회의 가르침은 일관성도 없고 지리멸렬하다."(163)고 주장한다. 그런가 하면 니씨넨은 '사랑하라'는 명령은 기독교 도덕률에 결정적이며, 그것은 성경의 모든 계명, 충고 및 이상을 이해하는 데 중요한 해석적 원리라고 주장한다(140). 바꾸어 말하면 신약 성경은 예수님과 바울을 통해서 모든 율법은 사랑에 의존하고 있으며, 사랑은 전체 율법을 완성하고, 사랑하는 자는 율법을 다 이루었다는 것이다(마태복음 22:34 – 40, 로마서 13:8 – 10). 이것은 또한 동성애에 대해 언급하는 성경 구절에도 적용되며, 실생활에서 이 본문을 적용하는 데 있어서 사랑을 우선으로 삼는 것은 모든 것을 용납하는 '관용'이나 하나님의 말씀을 변조함을 뜻하지 않을 뿐 아니라 성경해석에서 사랑에 우선권을 두는 것은 이웃과 더불어 사는 현실과 성경을 주의 깊게 살피라는 뜻이라는 것이다. 그리스도인들이 사랑의 계명을 따를 때, 그들은 인간 사회의 상당부분을 형성하는 전통적인 가족주의와 동성애자들을 외면하는 태도를 버리게 될 것이라고 한다.

자유주의자들의 이러한 주장에도 불구하고 신약 성경은 일관되게 성적인 부도덕에 대해 강력하게 경고하고 있다. 사도 바울은 그의 여러 서신에서 그리스도인들이 성적인 불결로부터 자신들의 몸과 마음을 지킬 것을 권고하고 있다.

그러므로 사랑을 받는 자녀같이 너희는 하나님을 본받는 자가 되고, 그리스도께서 너희를 사랑하신 것같이 너희도 사랑 가운데서 행하라. 그는 우리를 위하여 자신을 버리사 향기로운 제물과 희생 제물로 하나님께 드리셨느니라. 음행과 온갖 더러운 것과 탐욕은 너희 중에서 그 이름조차도 부르지 말라. 이는 성도에게 마땅한 바니라. (에베소서 5:1 - 3)

그러므로 땅에 있는 지체를 죽이라. 곧 음란과 부정과 사욕과 악한 정욕과 탐심이니 탐심은 우상숭배니라. 이것들로 말미암아 하나님의 진노가 임하느니라. (골로새서 3:5 - 6)

사도 베드로도 그리스도인들이 음행으로 인한 멸망을 당하지 않도록 깨우쳐 주고 있다.

하나님이 범죄한 천사들을 용서하지 아니하시고 지옥에 던져 어두운 구덩이에 두어 심판 때까지 지키게 하셨으며, 옛 세상을 용서하지 아니하시고 오직 의를 전파하는 노아와 그 일곱 식구를 보존하시고 경건하지 아니한 자들의 세상에 홍수를 내리셨으며, 소돔과 고모라성을 멸망하기로 정하여 재가 되게 하사 후세에 경건하지 아니할 자들에게 본을 삼으셨으며, 무법한 자들의 음란한 행실로 말미암아 고통당

하는 의로운 롯을 건지셨으니…… 특별히 육체를 따라 더러운 정욕
가운데서 행하며, 주관하는 이를 멸시하는 자들에게는 형벌할 줄 아
시느니라……(베드로 후서 2:4 - 7, 10)

예수님의 젖동생 유다도 그의 서신에서 음행에 대해 경고하고
있다.

또 자기 지위를 지키지 아니하고 자기 처소를 떠난 천사들을 큰 날
의 심판까지 영원한 결박으로 흑암에 가두셨으며, 소돔과 고모라와
그 이웃 도시들도 그들과 같은 행동으로 음란하며 다른 육체를 따라
가다가 영원한 불의 형벌을 받음으로 거울이 되었느니라. 그러한데
꿈꾸는 이 사람들도 그와 같이 육체를 더럽히며 권위를 업신여기며
영광을 비방하는도다. (유다서 1:6 - 8)

요한 계시록에서도 음행하는 자들은 지옥 불에 들어가게 됨을
거듭 깨우쳐 주고 있다.

그러나 두려워하는 자들과 믿지 아니하는 자들과 흉악한 자들과 살
인자들과 음행하는 자들과 점술가들과 우상숭배자들과 거짓말하는
모든 자들은 불과 유황으로 타는 못에 던져지리니 이것이 둘째 사망
이라. (21:8)

개들과 점술가들과 음행하는 자들과 살인자들과 우상 숭배자들과 및
거짓말을 좋아하며 지어내는 자는 다 성 밖에 있으리라. (22:15)

간단히 말해서 동성 간 성행위는 하나님으로부터 등을 돌린 결
과이다. 이것에 대한 해결책은 그러한 행위를 저지르는 사람들을
하나님께로 인도하는 것뿐이다. 존 스토트는 성경은 오직 동성애적

행위에 대해 말은 하되, 적응지도의 문제에 대해서는 언급하지 않고 있으나, 성경에서 금지규정들은 분명히 동성애자들이 그들의 욕망을 행동으로 옮기는 것을 금한다고 믿는다는 것이다(14). 동성애적 욕망에 사로잡힌 사람들은 동성 간 성관계에 탐닉하기보다는 금욕을 실천하려는 능력을 얻기 위해서 그리스도에게 돌아와야 한다. 동성애자들은 오직 그들이 하나님의 계명을 준수하는 법을 배울 때 평안을 발견하게 될 것이다. 왜냐하면 하나님의 명령은 선하며, 감당하기 어려운 것은 아니기 때문이다. 그들의 동성애적 충동은 아마도 계속 남아 있을 것이다. 그러나 그들의 금욕 생활은 그들에게 성적 능력의 한정된 보상을 넘어서 건전한 하나님과의 관계라는 무한정의 보상을 받도록 발전하게 될 것이다(70 - 75).

Ⅲ

성경은 서구 문명의 중추적 문서 중 하나로 남아 있다. 성경은 문학, 예술 및 음악에 영감을 주어 왔으며, 사람들은 성경을 통해서 자신들은 물론 사회와 도덕률에 대한 이해를 형성해 왔다. 가장 현대적 논쟁의 표면에 부각된 낙태, 유전자 요법, 사형, 이혼 혹은 교육문제에 대해서도 사람들은 성경에서 그 해법을 찾으려고 한다. 이렇듯 대부분의 기독교인들에게 성경은 행동의 지침과 영감의 최종적 원천이 되어 왔다. 그래서 어떤 논쟁거리가 부각되면 기독교인들은 "성경은 그 문제에 대해서 어떻게 말하고 있는가?"라고 질문한다. 왜냐하면 성경은 그들에게 대안적 관점 및 사상의 통로를 제공하기 때문이다. 현시대에 있어서 동성애에 관한 논쟁은 대단한 논쟁거리이다. 따라서 기독교인들이 이 문제에 관해서 성경에 의존하는 것은 불가피한 것이다. 왜냐하면 성경은 계시된 하나님의 말씀이며, 그리스도인의 생활에 '등불'이요, '빛'(시편 119:105)이기 때문이다.

계시된 하나님의 말씀은 절대 권위가 있다. 이것을 종교 개혁자 존 칼빈(John Calvin)은 그의 『기독교 강요』(*Institutes of Christian Religion*)에서 다음과 같이 말하고 있다.

> 성경의 절대 권위를 확신하려면 어떤 증거가 필요하다. 그것이 곧 성령이다. 성경의 신빙성을 교회의 결정에 좌우된다는 것은 불경된 죄이다. (Ⅰ, 147)

또한 한국이 낳은 보수 신학자 박형룡도 성경이 지닌 권위에 대해 다음과 같이 말한다.

> 프로테스탄트 교회는 항상 성경의 신적 권위를 고조하여 왔다. 성경이 하나님의 말씀일진대 절대적인 권위를 그 자체에 지닐 것은 확실하다. 하나님의 말씀으로부터 상고를 받을 고등 법정이 없다. 성경으로부터 교회나, 유전이나, 이성이나, 공적 감정에의 호소는 비논리적이며 파괴적이다(요일 5:9, 살전 2:13). (『박형룡 박사 저작전집』 Ⅰ, 282)

그럼에도 불구하고 기독교계에서 성경 해석에는 교부시대, 중세시대, 개혁시대, 신조주의시대, 역사적 비평시대를 거쳐서(Berkhof 17 - 40), 마침내 현대의 자유주의 해석에까지 이르렀다. 일찍이 영국의 홉스(Thomas Hobbes)와 네덜란드의 스피노자(Baruch Spinoza) 때부터 성경에 대한 합리적 견해가 대두되어, 이제는 성경에 대한 논쟁은 권위주의 대 합리주의가 되었다. 합리주의자들이 성경연구에 임한 기본적인 원칙을 버나드 램(Bernard Ramm)은 다음과 같이 요약한다.

1. 종교적 자유주의자는 '근대 지성'이 우리의 성경 연구를 통제해야 한다고 믿는다.
2. 종교적 자유주의자들은 영감을 재정의한다.
3. 초자연적인 것을 재정의한다.
4. 진화의 개념이 이스라엘의 종교와 거기에 따른 이스라엘 종교의 문헌에 적용된다.
5. 조절의 개념이 성경에 적용된다.
6. 성경은 역사적으로 해석되어야 한다. 철저하게 해석되어야 한다.
7. 철학이 종교적 자유주의에 영향력을 끼쳐 왔다. (89 – 95)

예수님께서는 요한복음 제17장 17절에서 하나님의 말씀을 '진리'라고 하셨고, 사도 베드로는 베드로 전서 제1장 23절에서, 사도 바울은 에베소서 제5장 26절과 디모데 전서 제4장 5절에서 같은 견해를 표명했다. 그리고 바울은 디모데 후서에서 성경의 권위에 대해서 다음과 같이 말한다.

…성경은 능히 너로 하여금 그리스도 예수 안에 있는 믿음으로 말미암아 구원에 이르는 지혜가 있게 하느니라. 모든 성경은 하나님의 감동으로 된 것으로 교훈과 책망과 바르게 함과 이로 교육하기에 유익하니, 이는 하나님의 사람으로 온전하게 하며 모든 선한 일을 행할 능력을 갖추게 하려 함이라. (3:15 – 17)

그리고 사도 바울은 고린도 전서에서 과거에 일어난 일을 기록한 것은 말세에 사람들을 깨우치려는 데 목적이 있음을 다음과 같이 천명하였다.

이러한 일은 우리의 본보기가 되어 우리로 하여금 그들이 악을 즐겨한 것같이 즐겨 하는 자가 되지 않게 하려 함이니 그들 가운데 어떤 사람들과 같이 너희는 우상 숭배하는 자가 되지 말라. 기록된바 백성이 앉아서 먹고 마시며 일어나서 뛰논다 함과 같으니라. 그들 중의 어떤 사람들이 음행하다가 하루에 이만 삼천 명이 죽었나니 우리는 그들과 같이 음행하지 말자⋯⋯ 그들에게 일어난 이런 일은 본보기가 되고 또한 말세를 만난 우리를 깨우치기 위하여 기록되었느니라.

(10:6 – 8, 11)

한편 사도 베드로는 베드로 후서에서 성경은 사람의 뜻으로 낸 것이 아니요, 오직 성령의 감동하심을 받은 사람들이 하나님께 받아 말한 것이므로 사사로이 풀 것이 아니라고 하였다(1:20 – 21). 그러므로 누구든 성경을 시대의 변천과 변화무쌍한 문화에 호응하여 재해석해서는 안 된다. 그런데 최근 자유주의 성경 해석자들은 성경의 권위를 인정하지 않을 뿐 아니라 역사의 주관자이신 하나님의 섭리까지 부정하려고 한다. 그 좋은 예로 그들은 그리스도의 탄생을 분기점으로 인류 역사를 BC(Before Christ)와 AD(Anno Domini, in the year of our Lord)로 표기하는 것을 거부하고, BCE(Before Common Era)와 CE(Common Era)를 선호한다. 이렇듯 자유주의 성경 해석자들이 합리주의와 세속적 인본주의에서 성경을 접근하는 것은 그들의 지성적 교만의 표출이라고 보아야 한다.

자유주의 성경학자들이 인간적인 애정으로 동성애자들을 바라보는 것은 바람직한 일이다. 그러나 "네 이웃을 네 몸과 같이 사랑하라."(레위기 19:18, 마태복음 22:39)는 말씀은 동성애적 사랑(homo-sexual love), 즉 성애적 사랑(erotic love)이 아닌 아가페(agape) 사랑임을 인식해야 한다. 성경적 보수 신앙을 견지하려는 학자들과 그리스도인들도 동성애자들의 인권을 존중하며, 그들의 정신적 고뇌를 인정한다. 뿐만 아니라 그들이 인간의 힘과 노력으로 해결할 수 없는 죄와 욕망의 문제를 십자가에서 해결하신 그리스도 안에서 건전한 신앙을 가지고 구원받기를 원한다. 그러나 동성애자들이 주장하는 가족제도의 해체, 동성 간 결혼의 합법화, 성경에서 결혼에 대한 차별적 내용 삭제 및 동성애적 해석 허용 등은 성경의 권위에 근거하여 용납할 수 없다. 왜냐하면 가족제도는 하나님께서 에덴동산에서부터 세우신 인류 최초의 기관이며(창세기 2:18 – 25), 예수님께서도 남녀 간의 결혼을 하나님께서 짝지어 주셨으므로 사람이 나누지 못한다고 강조하셨기 때문이다(마태복음 19:6). 그리고 동성연애와 동성 간 성행위는 신·구약성경에 비추어 판단할 때 분명히 가증스런 음행으로 소돔과 고모라처럼 하나님의 진노의 대상이기 때문이다. 그런데 서양에서는 신·구교를 막론하고 시대의 조류에 밀려서 동성애자가 성직에 수임하는 일까지 있으니 심히 안타까운 일이라 아니할 수 없다.

인류사회는 보수와 진보 사이의 끊임없는 갈등과 대립 중에 적절한 타협점을 찾아서 발전해 왔다. 그런 면에서 혹자는 성경적 보수 신앙을 견지하려는 기독교인들을 시대의 흐름을 역행하는 편협한 자들이라고 비난할 수도 있다. 역지사지(易地思之)라는 말처럼, 성경적 근본주의자들이 동성애자들의 고충을 절반이라도 이해하려고 한다면 우리 사회는 좀 더 밝아질 것이라는 추측을 할 수도 있다. 그러나 성경은 타협의 대상이 아니다. 예수님은 "진실로 너희에게 이르노니 천지가 없어지기 전에는 율법의 일점일획도 결코 없어지지 아니하고 다 이루리라."(마태복음 5:18)고 말씀하셨다. 우리 모두는 다 같이 하나님의 피조물이다. 하나님은 우리 모두를 사랑하시며, 구세주 예수님 안에서 구원받기를 원하신다(디모데 전서 2:4, 베드로 후서 3:9). 그러기에 사도 바울은 "악은 어떤 모양이라도 버리고···· 너희의 온 영과 혼과 몸이 우리 주 예수 그리스도께서 강림하실 때에 흠 없게 보전되기를 원하노라."(데살로니가 전서 5:22 − 23)고 소원했으며, 사도 베드로도 "너희가 어떠한 사람이 되어야 마땅하냐? 거룩한 행실과 경건함으로 하나님의 날이 임하기를 바라보고 간절히 사모하라."(베드로 후서 3:11 − 12)고 권고하고 있음을 명심해야 한다.

끝으로 동성애는 하나님의 뜻이 아니라 마귀의 유혹에 넘어간 자들이 저지르는 죄악이며, 회개하지 않으면 끔찍한 지옥 형벌을 받는다는 것을 경고하고 싶다. 마헤쉬 차브다(Mahesh Chavda) 목사는 1973년 텍사스에서 마귀에게 사로잡혀서 18년간 동성애에 깊이 빠졌던 남자를 만났다. 그 남자는 마헤쉬 목사에게 "나는 당신과 교제하고 싶어요." 하며 접근했다. 마헤쉬 목사는 "나와 교제하고 싶으면 '예수님의 보혈'이라고 말해 보라."고 했다. 그러자 마귀는 비명을 지르며 그 남자에게서 떠나갔고, 그 후 그는 정상적인 결혼을 했다(『보혈』, 28 − 30). 그리고 매리 백스터(Mary K. Baxter) 여사는 예수님의 특별한 은혜로 30일 동안 지옥을 체험하는 중에 동성애자들이 그곳에서 끔찍한 고통을 당하는 장면을 보았다. 예수님은 "그들은 자기를 사랑하기를 하나님 사랑하는 것보다 더했단다. 남

자가 남자와 더불어 잤으며, 여자가 여자와 더불어 잤느니라. 그러
고도 회개하지 않았단다. 그들은 죄의 삶을 즐겼으며 나의 구원의
손길을 거절하였느니라.”고 말씀하셨다(『정말 지옥은 있습니다』,
159 – 161).

10.

『야살의 책』의 성경적 정체성과 문학적 장르

I

『야살의 책』(*The Book of Jasher*)이라는 말이 구약성경에 두 번 나타난다. 하나는 여호수아(Joshua) 10장 13절이고, 다른 하나는 사무엘(Samuel) 하 1장 18절이다. 전자는 모세(Moses)의 후계자 여호수아 장군이 기브온(Gibeon) 부족을 침략하려고 온 아모리 부족의 다섯 왕들과 접전할 때 일어난 사건을 묘사한 것이다. 그리고 후자는 다윗(David)왕이 사울(Saul)왕과 그의 아들 요나단이 블레셋 나라와의 전쟁에서 전사한 것을 애도한 "활의 노래"(the Song of the Bow)이다. 그런데 기독교계는 아직도 이 『야살의 책』에 관한 정확한 성서적 정체성을 밝히지 못하고 있다.

미국 존더반 출판사에서 발행한 『성경 그림 백과사전, 1977』(*The*

Zondervan Pictorial Encyclopedia of the Bible)은『야살의 책』에 관한 항목에서 다음과 같이 기술하고 있다.

여호수아 10:13과 삼하 1:18에 언급된 고대의 저술이지만 더 이상 존재하지 않는다···· 구약성경에 인용된 것을 근거로 일부 학자들은 그 책이 본질에 있어서 시적이었고, 민족적 성격의 노래들을 담았다고 추론하였다.

An ancient writing, no longer extant, mentioned on Joshua 10:13 and 2 Samuel 1:18···· On the basis of the quotations in the OT, it has been inferred by some scholars that the book was poetical in nature, which contained songs of a national character. (407)

그리고 역시 미국에서 발행된 성경의 주석도 마찬가지로 애매한 태도를 취하고 있다. 침례교 교단의 자유 신학대학에서 발행한『주석 성경』(*The Liberty Annotated Study Bible,* King James Version, 1988)은 여호수아서 제10장 13절에 대한 각주에서 "분명히 이스라엘의 영웅적 행위를 기념하는 시적인 노래들을 일찍이 수집해 놓은 것"이라 묘사하고 있다. 그리고『성령 충만한 생활 성경』(*Spirit─Filled Life Bible,* New King James Version, 1991)은 여호수아서 제10장 13절의 주석에서 "『야살의 책』은 이스라엘의 영웅들과 공적들에 대한 시를 모은 고대의 고전이었다."라고 서술하고 있다.

한편 한국에서 발행된 기독교 서적들도『야살의 책』에 대한 내용이 빈약하긴 마찬가지다. 대한 기독교 서회에서 발행한『기독교 대사전, 1960』은 다음과 같이 설명하고 있다.

이스라엘의 이상적인 명칭인 '의로운 자'의 책이란 뜻이다. 역사적
전거로서 성경에 인용되어 있는 고저이다. 이스라엘 초기의 영웅들의
위업과 중요한 전쟁을 노래한 고대의 노래 후 B. C. 8세기 이전에
편집된 것인데 포로 기간 중에 잃어진 듯하다. (640)

그리고 『아가페 성경사전, 1991』은 좀 더 부연 설명하고 있으나
역시 핵심에서 빗나가고 있다. 그 내용을 요약하면 다음과 같다.

> 주로 고대의 시가들을 수록해 놓은 히브리 문서인 것 같다···· 히브
> 리어 '야솨르'는 일반적으로 '정직한 자, 의로운 자, 곧은 자'를 가리
> 킨다. 그래서 이 책의 제목이 이스라엘에 대한 시적 명칭인 '여수룬'
> 과 관련이 있을 것이라고 주장하는 학자들이 많다. 아마도 이 책은
> 고대 이스라엘의 영웅들을 통하여, 의로운 이스라엘에 대한 개념을
> 나타내고자 했던 것 같다···· 야살의 책에는 노래모음, 서정시, 이스
> 라엘 역사 속에 나타난 영웅들의 서사시 등이 실려 있는 것으로 추
> 정된다. 그래서 어떤 학자들은 '미리암의 노래'(출15:21)와 '드보라의
> 노래'(삿5장) 역시 이 책 안에 실려 있을 것이라고 주장한다. (1130)

한편 기독 지혜사에서 펴낸 『QA시스템 – 성경연구 시리즈, 1986』
제3권은 다음과 같이 설명한다.

> (1) 야살의 책은 히브리말로 '의로운 자의 책'이란 뜻인데 여기에는
>   위대한 인물이나 기념할 만한 사건들이 시적인 표현들로 기록되
>   어 있다.
> (2) 즉 이 책에는 이스라엘의 전쟁사나 고대 영웅들의 무용담(삼하
>   1:18)이 수록되어 있다.
> (3) 한편 이 책은 그 기원도 불확실하고 오늘날까지 전래도 되지 않
>   기 때문에 이 책이 어느 시대에 기록되었는지 잘 알 수는 없지만
>   아마도 이스라엘의 훌륭한 전승들을 보존하기 위해서 왕정의 전
>   성기인 솔로몬시대에 기록된 것으로 추측된다. (75)

그리고 같은 출판사에서 2000년에 펴낸 『톰슨 Ⅱ, 주석성경』은 『야살의 책』에 대해서 다음과 같이 설명하고 있다.

> 문자적으로 '의로운 자의 책'이란 뜻으로, 정경(正經)도 아니며 오늘
> 날 전해져 오지도 않는다. 이 책에는 위대한 인물이나 사건들을 시적
> 으로 표현한 이스라엘의 전쟁사 혹은 고대 영웅들의 무용담이 수록
> 되어 있다. (336)

또한 같은 기독출판사에서 2005년에 펴낸 『카리스 종합 주석』 제21권에도 비슷한 내용을 담고 있다. 다만 다른 것이 있다면 성경 의 인용에 비추어 볼 때, 이 책은 이스라엘의 역사 초기부터 시작 된 구전이 아닌 기록된 수집물로서, 이스라엘 민족 역사상 위대한 인물이나 큰 사건을 노래한 시가를 모은 옛 민족적 시편이라고 할 수 있다는 것이다. 그리고 여호수아서 저자가 이 책을 인용한 의도 는 독자들에게 이 놀라운 사건에 대해 깊은 감명을 주기 위함이었 을 것이라는 것이다(603). 그런가 하면 2006년에 두란노 서적에서 출판한 『레노바레 성경』은 『야살의 책』에 대해서 여호수아 제10장 13절의 각주에 "전쟁사와 관련한 노래들을 모은 책으로 추정됨"(335) 이라 했고, 사무엘 하 제1장 18절의 각주엔 "전쟁사와 관계있는 노 래들을 모은 책으로 봄"(571)으로 되어 있다.

이렇듯 국내외의 기독교 출판계는 『야살의 책』에 대해서 그 정 체성을 올바로 정립하지 못하고 있으며, 심지어 최근에 발행된 책 에서까지 과거의 오류를 되풀이하고 있다. 이 책이 알려지지 않았 기 때문에 히브리 언어를 잘 모르는 일부 사람들은 야살이 어떤 선 지자 혹은 이스라엘의 사사 중 한 사람의 이름으로 오해하기도 하

였다. 그러나 성경에 아주 간결하게 이야기된 사건들이 1840년에 영어로 번역된 『야살의 책』에는 상당히 자세하게 묘사되어 있다. 예를 들면 가인이 아벨을 살해한 사건, 에녹의 생애와 성품, 노아의 홍수, 니므롯 왕국, 아브라함의 경건한 생애, 야곱의 험난한 인생, 요셉이 애굽의 총리가 되도록 천사가 도와준 이야기, 모세의 흥미진진한 이야기, 그리고 여호수아에 대한 자세한 기록이다. 이 책에서 독자들은 창세기와 출애굽기를 읽으면서 가졌던 많은 궁금증을 해소할 수 있게 된다. 필자는 『야살의 책』에서 몇 가지를 발췌하여 요약하고 이 책의 정체성에 대해 논해 보려고 한다.

II

1. 에녹(Enoch)에 대하여

제1장은 아담과 하와의 창조로부터 가인이 동생을 죽인 창세기 제4장까지의 내용이다. 제2장은 셋(Seth)의 출생부터 에녹의 출생까지를 다루고 있다. 성경엔 에녹이 3백 년 동안 동행하다가 하나님이 데려가셨다고 창세기 5장 21절부터 24절까지 간략하게 서술하고 있다. 그러나 『야살의 책』 제3장에서는 에녹이 243년 동안 세상을 다스리며 세상에 하나님의 공의를 구현하다가 엘리야(Elijah)처럼 불말과 불병거와 함께 회리바람(whirlwind)을 타고 승천하는 장면까지 38절을 할애하여 다룬다. 에녹은 65세에 므두셀라를 낳

은 후 여호와를 섬겼으며 사람들의 악한 행실을 경멸하였다. 그의 영혼은 지식과 명철에서 여호와의 교훈으로 감싸져 있었다. 그가 집에서 조용히 기도하고 있을 때 여호와의 천사가 나타나 사람들에게 그들이 행해야 할 길을 가르치고, '하나님의 법도'(the ways of God)에 들어가기 위해 그들이 성취해야 할 일을 가르치라고 말했다. 그래서 에녹은 사람들을 불러 모아 성령의 도움으로 여호와의 법도를 가르쳤다.

> 그리고 하나님의 영이 에녹에게 임하였고, 그는 사람들에게 하나님의 지혜와 법도를 가르쳤다. 그리고 사람의 아들들은 에녹이 사는 날 동안 여호와를 섬겼으며, 그들은 그의 지혜를 듣기 위해 왔다.
>
> And the spirit of God was upon Enoch, and he taught all his men the wisdom of God and his ways, and the sons of men served the Lord all the days of Enoch, and they came to hear his wisdom. (3:8)

에녹은 사람들 사이에 화평을 이루었으며, 그가 사는 동안에 온 땅에 평화가 있었다. 그는 240여 년 동안 사람들을 다스리며 모든 사람들과 함께 정의와 의를 실행하였고, 여호와의 법도로 그들을 인도하였다. 그의 통치 243년에 에녹은 다시 은둔하여 하나님께 기도와 찬양에 몰두하였다. 마침내 왕들과 군주들을 포함하여 많은 군중이 그의 지혜의 말씀을 듣기 원하였다. 그러나 그는 일주일에 한 번, 한 달에 한 번, 나중에는 일 년에 한 번 나타나 여호와의 법도를 가르쳤다.

그러던 어느 날 또다시 여호와의 천사가 에녹에게 나타나 하나님께서 그를 천국으로 데려가 그곳에서 하나님의 자녀들을 다스리기를 원하신다고 말하였다. 그는 사람들에게 이 사실을 알리고, 그들이 땅 위에서 행해야 될 규례와 법도를 가르쳤다. 그리고 그는 사람들 사이에 화평을 이루고, 영생(everlasting life)을 가르치며 얼마 동안 그들과 함께 거주하였다. 그때에 에녹의 가르침을 따르던 사람들이 하늘에서 커다란 말이 내려와 에녹 앞에 서 있는 것을 보았다. 에녹은 그가 들려 올라가기 전에 여호와의 법도를 듣기 원하는 자들은 모이라고 하였다. 그래서 왕들과 군주들과 모사들을 포함하여 많은 사람들이 모였다. 에녹은 그들에게 지혜와 지식을 가르치고, 그들이 평생 여호와만을 섬기며 여호와의 법도를 행하고 서로가 화평하게 지내라는 여호와의 훈계를 주었다.

그 후에 에녹이 말을 타고 갈 때에 80만 명의 사람들이 하룻길을 따라갔다. 이때 선지자 엘리야가 승천하기 전에 엘리사(Elisha)와 주고받은 대화와 비슷한 장면을 연출하였다(열왕기 하 2:1 – 11). 에녹은 둘째 날에 그들에게 "너희의 장막 집으로 돌아가라. 왜 가려고 하느냐? 어쩌면 너희가 죽을지도 모른다."(3:33)고 하였다. 그래서 많은 사람들이 돌아갔으나, 다른 사람들은 계속 에녹을 따라갔다. 에녹은 매일 그를 따라오는 자들에게 똑같은 말을 반복하였으나, 그들은 "우리는 당신이 가는 곳까지 가겠습니다. 여호와의 살아계심으로 맹세하노니, 죽음만이 우리를 분리시킬 것입니다."(3:34)라고 말하였다. 제7일째 마침내 에녹은 불말들과 불병거들과 함께 회리바람을 타고 승천하였다(3:36).

2. 므두셀라(Methuselah)에 대하여

성경엔 므두셀라가 969세의 최장수의 기록을 세운 것으로 짧게
기록되어 있다(창세기 5:25 - 27). 그러나 『야살의 책』은 제4장에서
그에게 20절을 할애했다. 에녹이 365년을 살다가 승천한 후 세상
의 왕들이 일어나 에녹의 아들 므두셀라를 왕으로 추대했다. 그는
하나님 앞에서 정직하게 행동하였고, 그의 아버지 에녹처럼 사람들
에게 지혜와 지식과 여호와를 경외하는 법을 가르쳤다. 그는 선한
길을 떠나 좌로나 우로나 치우치지 아니하였다. 그러나 그의 인생
후반에 사람들은 몹시 타락하여 므두셀라의 말을 듣지 않았으며,
하나님을 배반하였다. 마침내 하나님은 그들에 대하여 몹시 분노하
셔서 땅에 가시덤불과 엉겅퀴가 자라서 농사짓기에 어렵게 하셨다.
그래도 그들은 여전히 하나님 앞에서 악한 행실을 계속하므로 하
나님은 그들을 지으신 것을 후회하셨으며, 사람들을 땅에서 멸절하
려고 생각하셨다(4:8).

이렇듯 몹시 타락한 때에 므두셀라의 아들 라멕(Lamech)이 182
세에 아들을 낳았다. 므두셀라는 손자의 이름을 '노아'(Noah)라고
부르고, "세상은 그가 사는 동안 평안하였고 부패가 없었다."고 말
했다. 그러나 라멕은 자기 아들 이름을 '므나헴'(Menachem)이라고
부르고, "이 아들이 하나님이 저주하신 땅에서 우리의 일과 비참한
수고에서 우리를 위로해 줄 것이다."라고 말했다.

그때 사람들은 심히 타락하여 악한 행실을 서로 가르치기도 하
였고, 사람마다 잡신을 섬기며, 이웃 사람은 물론 자기의 친척까지
도 약탈하며 세상을 폭력으로 가득 채웠다. 그리고 그들의 재판관

과 통치자들은 사람들의 딸들에게 가서 그들의 입맛대로 그들의 남편들로부터 강제로 빼앗아 아내로 삼는 악을 행하였다(4:18). 이 구절은 창세기 제6장 1 - 2, 11절의 의문을 풀어주기에 족하다. 게다가 그들은 하나님이 금하시는 동물 이종교배(crossbreed)까지 하였다.

> ····그 당시 사람의 아들들은 땅의 가축, 들의 짐승 및 공중의 새들을 취하여 한 가지 종의 동물을 다른 종의 동물과 이종교배를 가르쳤고, 그로 인해 여호와를 분노하게 하였다. 하나님이 온 세상을 보시니 땅은 부패하였더라. 왜냐하면 모든 육체는 사람과 동물 모두 땅 위에서 그 행실이 부패하였더라.

> ····and the sons of men in those days took from the cattle of the earth, the beasts of the field and the fowls of the air, and taught the mixture of animals of one species with the other, in order therewith to provoke the Lord; and God saw the whole earth and it was corrupt, for all flesh had corrupted its ways upon earth, all men and all animals. (4:18)

이 말은 "땅에서 모든 혈육 있는 자의 행위가 패괴함이었더라."(창세기 6:12)는 구절을 입증해 준다. 마침내 하나님은 사람 창조한 것을 후회하시고 지면에서 쓸어버리되 사람으로부터 가축과 들짐승과 함께 공중의 새까지 그리하겠다고 말씀하셨다(4:19).

3. 노아(Noah)에 대하여

성경에서 노아에 대한 기사를 읽으면서 가장 궁금한 부분은 그가 어떻게 하나님의 은혜를 입었는가? 그리고 그의 방주에 관한 이야기이다. 그런데 『야살의 책』에는 그 해답이 있다. "노아는 여호와께 은혜를 입었더라."(4:21, 창세기 6:8) 노아가 480세 되었을 때 하나님을 경외하던 사람들이 모두 세상을 떠나고 므두셀라만 남았다. 온 땅이 죄악으로 가득 찼을 때 하나님은 노아와 므두셀라에게 사람들에게 가서 회개를 외치라고 하셨다. 만일 그들이 우상 잡신을 버리고, 악한 행실을 버리면 하나님은 그들에게 재앙을 내리지 않겠다고 하셨다(5:8). 그래서 노아와 므두셀라는 여호와의 모든 말씀을 날마다 사람들에게 120년 동안 전했다. 그러나 타락한 사람들은 그들의 말을 듣지 않았다. 노아는 세상이 너무 악한 것을 보고 그때까지 결혼하지 않았다. 하나님은 "나는 네가 이 세대에 내 앞에서 의로움을 보았노라."(5:14)고 하시면서 그의 후손을 통해서 인간의 씨(seed)를 일으키시겠다고 말씀하셨다. 그리하여 노아는 498세에 에녹의 딸 나아마(Naamah)를 아내로 맞이하였다. 노아는 첫 아들의 이름을 '야벳'(Japheth)이라고 부르면서, "하나님은 땅에서 나의 지경을 넓게 하셨다."(5:17)라고 말했다. 그는 둘째 아들의 이름을 '셈'(Shem)이라고 부르며, "하나님은 세상 중에서 씨를 일으키려고 나를 남은 자로 만드셨다."(5:17)고 말했다. 그의 아들들은 성장하면서 므두셀라와 노아가 가르쳐 준 대로 여호와의 법도를 행하였다.

하나님은 다시 므두셀라와 노아에게 사람들에게 가서 그들이 악한 행실에서 돌이키면 세상을 멸하는 재앙을 내리지 않을 것이라는 말을 선포하라고 하셨다. 그들은 순종하였다. 그러나 사람들은 그들의 말에 귀를 기울이지 않았다. 마침내 하나님은 "모든 육체의 끝이 내 앞에 이르렀으니, 그들의 악한 행위 때문이라. 보라 내가 세상을 멸하리라.”(5:25)고 하셨다. 그리고 하나님은 노아에게 지정된 장소에 가서 지시한 규격에 따라 커다란 방주를 만들고, 모든 생물의 암수 한 쌍과 노아의 가족과 생물이 먹을 양식을 준비하라고 하셨다. 그리고 세 명의 자부도 선택하라고 하셨다. 노아는 여호와의 명령에 따라 므두셀라의 아들 엘리아김(Eliakim)의 세 딸들을 자부로 맞이하였다. 노아는 그의 나이 595세에 방주를 만들기 시작하여 5년 만에 방주를 완성하였다(5:34).

노아의 방주에 대한 또 다른 의문점은 노아가 어떻게 그 많은 동물을 한 쌍씩 집아 모았겠는가? 『야살의 책』에는 그 해답이 있다.

므두셀라가 죽은 후에 여호와는 노아에게 다음과 같이 말씀하셨다.

> 너는 가족과 함께 방주로 들어가라. 보라 나는 땅의 모든 동물들, 들의 짐승들 및 공중의 새들을 너에게 모으리니, 그들은 모두 와서 방주를 둘러싸리라. 그리고 너는 가서 방주의 문 옆에 앉아 있어라. 모든 짐승, 동물, 그리고 새들은 모여서 네 앞에 있을 것이니라. 그들 중에 네 앞에 와서 웅크리고 앉는 것을 너는 네 아들들의 손에 넘겨주면 그들이 방주로 가져갈 것이다. 그리고 네 앞에 서 있는 모든 것들을 너는 남겨 둘지니라. (6:1 – 2)

노아가 이 일을 하는 데 7일이 걸렸다. 하나님은 방주의 문을 닫으신 날 온 세상을 격동시켰다. 태양은 어두워지고, 번개가 치고 천둥이 울리고 땅에 있는 모든 샘들이 터졌다. 방주 주위엔 약 70만 명의 사람들이 몰려와서 문을 열어달라고 애원하였다. 노아는 그들에게 “왜 여호와께서 정하신 지난 120년 동안에 돌아오지 않았는가?”(6:22)라고 답했다. 사람들은 방주로 쳐들어가려고 하였으나 여호와는 방주 주위에 서 있던 짐승들과 동물들을 보내서 그 무리를 쫓아 보냈다.

밤낮 40일 비가 내려서 방주가 수면에 떠다니며 요동하였다. 짐
승들은 울부짖었고, 노아의 가족도 공포에 질려 있었다. 노아는 "오
여호와여, 우리에게 응답해 주소서, 우리를 향하여 당신의 얼굴을
비추시고 은혜를 베풀어 주소서, 우리를 구원하여 주소서."(6:31)라
고 기도했다. 하나님은 노아의 기도를 들으시고 물이 잔잔하게 하
셨다. 노아는 다시 하나님께 감금된 방주에서 나가게 해 달라고 기
도했다. 하나님은 그들이 방주에서 일 년을 지내야 한다고 하셨다.
마침내 정해진 기한이 되었을 때 하나님은 노아의 가족이 방주에
서 나가게 하시고, 그들은 하나님께서 말씀하신 땅에 거주하였다.

4. 바벨탑(Babel Tower)에 대하여

창세기 제11장 1－9절엔 바벨탑에 대한 기사가 간단히 언급되어
있으나 그들의 구체적인 죄에 대한 언급은 없다. 하나님은 분명히
바벨탑을 쌓은 사람들의 용서하지 못할 죄를 보시고 그들에게 벌
을 내리셨을 것이다. 『야살의 책』은 우리에게 그 해답을 제공한다.
니므롯 왕이 온 세상을 다스릴 때 붓(Phut), 미츠라임(Mitzraim),
구스(Cush) 및 가나안(Canaan)의 군주들이 함께 모여 한 성을 건설
하고, 그 안에 튼튼한 탑을 꼭대기가 하늘에 닿도록 세우자고 결의
하였다. 그리하여 그들이 온 세상을 다스리며 전쟁의 화를 면하고
또 전쟁으로 인한 흩어짐을 면하자고 했다(9:21). 마침내 그들은 시
날(Shinar) 땅 동쪽에서 넓은 계곡을 발견하여 탑을 건설하기 시작

했다. 그것이 하나님 앞에 죄와 허물이 된 것은 그들이 하나님을 등지고 탑을 건설하면서 그들의 마음에 하나님을 대항하여 전쟁을 하고, 하늘에까지 올라가겠다고 생각한 것이다. 그리고 그들은 세 무리로 나뉘어져서 그들의 주장도 각각 달랐다. 첫째 무리는 "우리가 하늘에 올라가서 하나님과 대항하여 싸우겠다."고 말했다. 둘째 무리는 "우리는 하늘에 올라가서 그곳에 우리의 신들을 세우고 섬기겠다."고 말했다. 그리고 셋째 무리는 "우리는 하늘에 올라가서 활과 창으로 하나님을 치겠다."고 말했다(9:26).

하나님은 그들의 일과 모든 악한 생각을 다 알고 계셨다. 그들이 높은 탑을 건설하면서 손에서 벽돌이 떨어져 깨지면 모두가 엉엉 울었으나, 사람이 떨어져 죽으면 아랑곳하지 않았다. 그리고 그들은 탑을 건설하면서 하늘을 향해 화살을 쏘았다. 화살에 피가 묻어 떨어지면 그들은 분명히 우리가 하늘에 있는 모든 자들을 다 죽였다고 말했다(9:29). 이렇게 몇 년이 경과하였을 때 하나님은 가장 가까이에서 하나님을 섬기는 천사 70명에게 말씀하셨다. "오라, 우리가 내려가서 그들의 언어를 혼란하게 하여 한 사람이 그의 이웃의 언어를 이해하지 못하게 하자."(9:32) 천사들이 그들의 언어를 혼잡하게 하니 그들은 그 다음 날부터 서로의 언어를 이해하지 못해 주문하지 않은 석회와 돌을 가져오는가 하면, 그것들을 아래로 던져서 사람들이 죽기도 하였다.

한편 여호와께서는 그 세 무리를 그들의 행위와 계획에 따라 징벌하셨다. 하늘에 올라가 우리의 신들을 섬기겠다고 말한 첫째 무리는 원숭이와 코끼리처럼 되었고, 우리가 화살로 하늘을 치겠다고 말한 둘째 무리는 이웃이 서로 죽이게 하셨고, 우리가 하늘에 올라가 하나님과 대항하여 싸우겠다고 말한 셋째 무리는 여호와께서 온 땅에 흩어 버리셨다(9:35). 이렇게 해서 성과 탑을 건설하던 일은 중단되었고, 여호와께서 온 땅의 언어를 혼잡하게 하셨기에 그곳 이름을 바벨(Babel)이라고 부르게 되었다(9:37). 또한 하나님께서는 사람들이 짓다가 중단한 탑의 삼분의 일을 땅이 입을 열어서 삼키게 하였고, 다른 삼분의 일은 하늘에서 불이 내려와 태워 버렸고, 나머지 삼분의 일은 오늘날까지 남아 있다(9:38).

5. 아브라함(Abraham)에 대하여

창세기 제12장에서 아브라함은 어떻게 갑자기 복의 근원으로 부름을 받았을까 하는 의문이 있었는데『야살의 책』에서 그 해답을 얻게 되었다. 아브라함이 태어난 날 밤에 그의 아버지 데라(Terah)는 니므롯(Nimrod) 왕의 박사들과 점쟁이들을 초청하여 종들과 함께 잔치를 벌였다. 그 밤에 박사들과 점쟁이들은 하늘에 커다란 별이 동쪽에서 나타나 사방에서 4개의 별들을 삼키는 것을 보았다. 그들은 이 아이가 자라서 위대한 왕들을 죽이고 그들의 땅을 차지할 징조라고 보았다. 그들은 이튿날 니므롯 왕을 찾아가서 이 사실을 고하고, 데라에게 적당한 값을 주고 아이를 사서 죽이는 것이 좋겠다고 조언했다. 왕은 데라를 불러서 그의 신생아를 적당한 값에 사겠다고 했다. 데라는 3일의 여유를 달라고 했다. 마침내 그는 종의 아들을 왕에게 주었고, 왕은 그 자리에서 그 아이를 죽였다. 데라는 아브라함을 그의 어머니와 보모와 함께 동굴 속에 숨기고

한 달에 한 번씩 먹을 것을 갖다 주었다.

아브라함이 열 살이 되었을 때 동굴에서 나와 노아와 그의 아들 셈에게 가서 39년 동안 그들을 섬기며 여호와의 교훈과 법도를 배웠다(9:5 - 6). 그 당시에 왕과 신하들은 물론 아브라함의 아버지까지도 그들을 창조한 여호와를 잊어버리고 나무와 돌로 만든 우상과 잡신을 섬겼다. 아브라함도 낮에는 태양을 섬기고 밤에는 달을 섬겼다(9:13 - 17). 그러나 여호와께서 그에게 깨닫는 마음을 주셔서 해와 달은 지구와 모든 인간을 창조한 신이 아님을 깨달았다. 그는 노아의 집에 머물면서 여호와와 그분의 법도를 배워서 평생 동안 여호와를 섬겼다(9:19).

아브라함이 50세 되었을 때 노아의 집을 떠나 아버지 데라의 집에 갔다. 그는 그곳에서 12개의 신전에 12개의 신상(images)이 서 있는 것을 보고 화가 치밀었다. 그는 3일 내에 그것들을 부숴버리겠다고 결심했다. 아브라함은 그의 아버지에게 질문했다. "천지와 인류를 창조한 하나님이 어디 계신가요?" 그의 아버지는 "우리를 창조한 분들이 모두 우리 집에 계신다."고 했다(11:19). 아브라함은 어머니에게 맛있는 음식을 준비하게 하고, 그것을 우상들 앞에 차려놓았다. 그러나 우상들은 아무도 음식을 먹지도 않았고 움직이지도 않았다. 아브라함은 손도끼로 우상들을 부수고, 제일 큰 우상의 손에 손도끼를 놓았다. 밖에서 돌아온 데라는 "누가 신들을 부셨느냐?"고 물었다. 아브라함은 제일 큰 신이 부셨다고 했다. 데라는 "움직이지도 못하는 우상이 어떻게 그런 일을 할 수 있느냐?"면서 아들에게 역정을 냈다. 아브라함은 "옛날 우리 조상들이 이런 식으로 죄를 지어서 우주의 하나님이 그들에게 홍수를 보내어 온 세상을 멸하지 않았습니까? 그런데 아버지는 듣지도 말하지도 못하는 나무와 돌로 만든 신들을 섬기며 우주의 하나님의 분노를 초래하려고 하시는가요?"(11:46 – 47)라고 말하면서 가장 큰 우상의 손에 있는 손도끼를 가지고 그것을 부수고 달아났다.

데라는 아브라함이 저지른 모든 일을 보고 왕에게 가서 50년 전의 일부터 아브라함이 우상을 부순 일까지 고해바쳤다. 왕은 3명의 하인을 보내 아브라함을 잡아왔다. 그는 왕 앞에서도 그의 아버지에게 말한 것과 똑같은 말을 하였다. 그리고 그는 하늘을 우러러보며 "여호와는 악한 자들을 다 보고 계시며, 그들을 심판하실 것입니다."(11:61)라고 말했다. 화가 난 왕은 아브라함을 10일 동안 감옥에 가두게 했다. 그리고 군주들, 총독들 및 현자들을 소집하여 아브라함을 어떻게 처벌할 것인가 의논하였다. 그들은 이구동성으로 "왕을 모독한 자는 나무에 매달아야 합니다. 그러나 우리의 신들을 멸시한 자는 화형에 처해야 합니다. 이것이 이 문제에 대한 법입니다."(12:5)라고 답했다.

왕은 카스딤(Casdim)에 있는 왕의 풀무에 3일 동안 불을 피우라고 명령하였다. 그리고 데라를 불러서 왜 그때 종의 아들을 데리고 왔으며, 누가 그런 충고를 했느냐고 물었다. 데라는 당시에 32세인 장남 하란(Haran)이 그런 충고를 했다고 거짓말을 했다. 그래서 하란은 동생 아브라함과 묶여서 풀무 불 속에 던져졌다. 그러나 여호와는 아브라함을 사랑하고 불쌍히 여기셔서 내려오셔서 그를 불에 타지 않게 지켜주셨다(12:24). 하란은 여호와를 믿지 않았기 때문에 불에 타 죽었다. 아브라함은 불 속에서 3일 동안 걸어 다녔다. 왕은 신하들에게 아브라함을 불에서 꺼내라고 명령하였다. 그를 꺼내려고 풀무 불 가까이 간 자 중 8명은 불에 타 죽었다. 결국 왕이 불 가까이 가서 아브라함에게 외쳤다. "오 하늘에 계신 하나님의 종아, 불 가운데서 나와 내 앞으로 오라."(12:32) 아브라함이 나왔을 때 왕은 그에게 어떻게 해서 너는 불에 타지 않았느냐고 물었다. 아브라함은 "내가 믿는 천지의 하나님, 모든 것을 그분의 권한에 두신 하나님이 당신이 나를 던져 넣은 불 속에서 나를 건져 주셨습니다."(12:35)라고 대답했다.

그러자 왕과 군주들과 주민들은 아브라함에게 와서 절하였다. 아브라함은 "나에게 절하지 말고 당신들을 창조하신 하나님께 절하고 그분을 섬기며 그분의 법도를 행하시오. 그분은 모든 사람의 영혼을 창조하셨고, 그분을 신뢰하는 자들을 모든 고통에서 건져 주실 것입니다."(12:38)라고 말했다. 왕은 아브라함에게 많은 선물을 주고, 오니(Oni)와 엘리에셀(Eliezer) 두 명의 우두머리 신하도 주었다. 아브라함이 평안히 왕을 떠날 때 약 3백 명의 부하들이 그를 따라왔다. 아브라함은 그들에게 하나님을 섬기도록 가르쳤다.

그 후 니므롯 왕은 불길한 꿈을 꾸고 고민할 때 아누키(Anuki)라는 신하가 아브라함을 살려두면 후환이 있다고 충고하였다. 그 말을 들은 엘리에셀은 아브라함에게 급히 피신하라고 하였다. 그래서 아브라함은 노아의 집으로 피신하여 한 달간 머물다가 왕의 분노가 가라앉은 뒤에 가족과 함께 우르(Ur)를 떠나 하란 땅으로 갔다 (13:1). 그곳 사람들은 아브라함이 하나님과 사람에 대하여 선하고 정직하였을 뿐 아니라 여호와 하나님이 그와 함께하심을 보고 그와 함께 어울렸다. 아브라함은 3년 동안 그곳에 머물면서 그들에게 여호와의 교훈과 법도를 가르쳤다. 여기까지가 창세기 12장에서 아브라함이 갑자기 부름받기까지의 내용이다.

6. 소돔(Sodom)과 고모라(Gomorrah)의 죄악에 대하여

소돔과 고모라는 죄로 인해 멸망당하기 전에는 '여호와의 동산'(창세기 13:10)같이 살기 좋은 땅이었다. 그러나 소돔 사람은 악하여 여호와 앞에 큰 죄인이었다(창세기 13:13). 하나님은 소돔과 고모라를 멸망시키기 전에 믿음의 조상 아브라함에게 그들의 죄악에 대해 간단히 언급하셨다.

> 여호와께서 또 가라사대 소돔과 고모라에 대한 부르짖음이 크고 그 죄악이 심히 중하니 내가 이제 내려가서 그 모든 행한 것이 과연 내게 들린 부르짖음과 같은지 그렇지 않은지 내가 보고 알려 하노라.
>
> (창세기 18:20 − 21)

결국 소돔과 고모라는 아브라함의 간절한 중보기도에도 불구하고 의인 10명이 없어서 유황과 불로 멸망당했다(창세기 19:24 − 25). 그러나 그곳의 죄악이 어느 정도 큰지 성경에는 자세히 언급되어 있지 않다. 우리는 『야살의 책』에서 소돔과 고모라의 죄악상이 어떠하였는지 어느 정도는 파악할 수 있다.

소돔과 고모라의 주민들과 주변의 다섯 개의 도성 사람들은 무엇보다도 성적으로 몹시 타락하였다. 그곳에는 걸어서 반나절쯤 걸리는 넓은 골짜기가 있었다. 골짜기엔 샘물들이 흐르고 그 주위엔 거대한 초원이 조성되어 있었다. 소돔과 고모라의 주민들은 매년

네 차례 그곳에 가서 노래 부르고 춤을 추며 즐겼다. 흥이 돋우어
지면 남자들은 이웃의 아내나 딸과 함께 아침부터 밤까지 즐거운
시간을 보냈다. 그러나 아무도 자기의 아내나 딸이 이웃의 남자 품
에서 놀아나도 말하는 사람이 없었으며, 그들은 아무런 죄의식도
없이 각자의 집으로 돌아갔다(18:11 – 15).

소돔과 고모라의 또 다른 죄악은 남의 것을 약탈한 것이다. 만일
외부인이 물건을 팔기 위해 어느 성에 가면 그곳 사람들이 떼를 지
어 나와서 강제로 물건을 빼앗아 조금씩 나눠 가졌다. 그리고 그들
은 항의하는 상인을 성 밖으로 추방하였다(13:16 – 17). 또한 나그
네가 날이 저물어 길거리에 있으면 소돔 사람은 친절하게 자기 집
으로 데려가서 같이 지내다가 그가 떠나려고 하면 그의 소지품을
돌려주지 않았다. 주인은 나그네가 꿈 얘기를 했다고 하면서 거짓
으로 꿈을 해석하고 값을 청구하기도 하였다. 나그네가 그곳 재판
관에게 억울한 사정을 호소하면 재판관은 그를 재워준 사람의 편
을 들어 주었다. 주민들도 주인 편을 들어주며 나그네를 성 밖으로
추방하였다(13:18 – 42).

소돔의 네 개 성에는 괴팍한 재판관들이 있었다. 그들의 요구에
따라 소돔과 고모라 사람들은 길거리에 침대들을 설치해 놓았다.
만일 나그네가 오면 그 침대에 강제로 눕혀서 묶었다. 그리고 그가
침대보다 키가 작으면 머리 쪽에서 세 명과 발쪽에서 세 명이 침대
길이에 맞게 잡아당겼다. 만일 그가 침대의 길이보다 키가 크면 양
쪽 옆에서 그가 죽을 지경에 이르도록 잡아당겼다(19:1 – 7).

소돔의 또 다른 죄악은 어느 가난한 사람이 그곳에 오면 그에게
금과 은을 주되 먹을 것은 조금도 주지 못하게 했다. 만일 그가 그

곳에 며칠 체류하다가 죽으면 그에게 주었던 금과 은을 도로 취하고 그의 옷을 벗겼다. 그리고 그들은 그의 옷을 놓고 서로 싸워서 이기는 사람이 그것을 차지하였다(19:8 - 10).

한번은 아브라함의 부인 사라(Sarah)가 종 엘리에셀(Eliezer)에게 소돔에 가서 조카 롯이 잘 지내고 있는지 알아보고 오라고 하였다. 그가 소돔에 갔을 때 그곳 사람이 나그네의 옷을 빼앗아 달아났다. 엘리에셀이 그를 쫓아가서 나그네의 옷을 찾아주려고 하자 그는 돌로 엘리에셀의 이마를 때렸다. 엘리에셀의 이마에서 피가 쏟아지자 그는 "너의 이마에서 나쁜 피를 제거했으니 나에게 대가를 내라. 그것이 우리의 풍습이요 법이다."(19:17)고 하였다. 엘리에셀이 거절하자 그는 엘리에셀을 재판관에게 끌고 가서 고발했다. 재판관도 똑같은 말을 했다. 엘리에셀은 돌을 들어 재판관의 이마를 때리고 그의 이마에서 피가 흐르자 재판관에게 자기를 고발한 자에게 대가를 지불하라고 말하고 달아났다(19:11 - 22).

아브라함의 조카 롯(Lot)에게 발딧(Paltith)이라는 딸이 있었다. 그녀는 소돔 사람과 결혼하였다. 그런데 한 가난한 사람이 생계를 꾸려 가려고 소돔에 왔다. 소돔의 풍습은 외인에게 먹을 것을 주지 못하게 하였다. 발딧은 물을 길으러 갈 때 물병에 빵을 숨겨 가지고 가서 은밀히 가난한 사람에게 주었다. 며칠이 지나도 굶어죽지 않은 것을 수상하게 여긴 세 명의 남자들이 숨어서 지켜보다가 발딧이 빵을 주는 것을 발견했다. 그들은 롯의 딸 발딧을 재판관들에게 끌고 가서 "이 여자가 가난한 자에게 빵을 주지 말라는 우리의 법을 어겼으니 처벌을 선언하시지요." 하였다. 그리하여 소돔과 고모라 사람들은 거리에 불을 피우고 발딧을 태워 죽였다(19:24 - 35).

그리고 소돔의 인근 도시 아드마(Admah) 사람들도 끔찍한 죄를 저질렀다. 한 나그네가 날이 저물어 아드마에서 하룻밤을 지내기를 원했다. 한 젊은 여인이 나그네에게 음식을 제공하였다. 이 사실을 안 주민들은 그녀를 재판관에게 고발했다. 재판관은 그녀가 우리의 법을 어겼기 때문에 사형에 처해야 된다고 했다. 그래서 사람들은 재판관의 판결대로 그녀를 끌어내어 머리에서 발끝까지 꿀을 바르고 벌통 앞에 세웠다. 그녀의 온몸은 벌들에게 쏘여서 부어올랐다. 그녀는 고통으로 울부짖었으나 아무도 그녀를 불쌍히 여기지 않았다. 그녀의 울부짖음은 하늘에 상달되었다. 여호와께서는 이 사실과 소돔의 도시들의 악한 행실에 분노하셨다. 왜냐하면 그들은 양식이 풍부하였고 평온하게 지내면서도 가난한 자들과 궁핍한 자들을 돌보지 않았으며, 그 당시에 그들의 악한 행실과 죄는 여호와 앞에 극에 달했기 때문이다. 마침내 여호와께서는 소돔과 주변 도시들을 멸하라고 천사 둘을 보내셨다(19:37 – 45).

Ⅲ

현존하고 있는 『야살의 책』은 모두 91장으로 구성되어 있으며, 목차를 제외하고 총 254쪽이다. 히브리어로 기록된 책이 1840년에 영어로 번역되었다. 『야살의 책』에는 성경에 기록된 중요한 사건들이 아주 흥미 있는 성격의 다른 사건들과 함께 포함되어 있다. 그리고 그것들은 단순하고 꾸밈없는 장엄하고 정밀한 문체로 배열되어 있다. 이러한 문체는 특별히 히브리 언어의 특질을 잘 나타내고 있으므로 히브리 학자까지도 이 책은, 약간의 의심스런 부분이 있기는 하지만, 고대의 훌륭한 기념비라고 인정할 정도이다. 그리고 비교적 근대에 이 책에 약간의 첨가가 이루어졌음에도 불구하고, 이 책은 여호수아 제10장과 사무엘 상 제1장에 언급된 책의 사본임을 입증하기에 충분하다고 번역자는 말한다(iv).

그렇다면 현존하고 있는 『야살의 책』의 정체성은 무엇인가? 분명히 이 책은 정경(Canon)이 아니다. 물론 외경(Apocrypha)에 속하지도 않는다. 왜냐하면 『야살의 책』은 희랍어로 번역된 『70인 역 성경』(*Septuagint*)에 15권의 외경이 포함된 『알렉산드리아 정경』(*Alexandrian Canon*)에 포함되어 있지 않고(박준서 98), 최근 미국의 Destiny 출판사가 발행한 검인정 『외경』(*The Apocrypha*) 14권에도 포함되어 있지 않기 때문이다. 그리고 이 책은 위경(pseudepigrpha)도 아니다. 왜냐하면 위경은 정경이나 외경에 속하지 못한 신·구약 중간 시대의 유대문학을 통칭하기 때문이다.

그럼에도 불구하고 현존하고 있는 『야살의 책』의 진정성에 대해 몇 사람이 인증을 했다고 출판사는 밝히고 있다. 뉴욕 대학의 동양문학 교수 노드히머(Isaac Nordhiemer)는 이 책이 영어로 번역된 1840년 4월 10일에 "나는 '야살의 책' 번역본의 상당 부분을 히브리어 원본과 비교하였고, 그것이 충실하고 우아하게 영어로 번역되었음을 발견하였다. 히브리어 자체는 매우 순수한 서체에 속한다."(viii)

자메이카(Jamaica)의 수도 킹스턴(Kingston)에 있는 영어와 독일어 회당의 목사 나단(H. V. Nathan)은 "나는 '야살의 책'을 잘 알고 있으며, 영어 번역자의 손에 있을 때 상당 부분을 읽었다. 히브리어는 매우 순수하게 쓰였고, 번역자는 탁월한 학자이며 공정을 기하였다. 그것은 흥미진진하고, 경건과 신앙심을 고취시킨다. 나는 이 작품에 대하여 이루어진 최초의 영어 번역임에 만족한다·····" 1840년 4월 14일(viii).

뉴욕 신학대학원 새뮤얼 터너(Samuel H. Turner) 교수는 다음과 같이 증언한다. "나는 '야살의 책'의 전반적인 정확성에 대해 만족하려고 히브리어 작품의 영역본을 충분히 검토했다. 나는 번역된 3장을 주의 깊게 원본과 비교했는데 전반적으로 저자의 의미를 정확하게 표현하고 있다. 그러나 몇 군데는 히브리어 모든 단어를 영어로 옮겼으면 하는 아쉬움이 있다. 예를 들면 1장 2절에서 사람 창조를 언급하면서 '티끌'(dust)이 생략되었고, 4절 중간 부분은 직역되지 않았고, 6절에서 원본은 그들의 이름을 아담이라고 불렀다는 것이다. 또 20장 19절에서는 바로의 이름이 생략되었다. 여기에 지적한 것들은 중요한 것은 아니며, 번역의 전반적인 정확성을 손상시키지는 않는다." 1840년 4월 28일(viii).

뉴욕의 조지 부쉬(George Bush)는 "원본 '야살의 책' 여러 장을 출판사에서 전해 준 번역본과 주의 깊게 비교하며 검토해 봤다. 그 작품은 성경 관용어를 상당히 혼합해서 아주 순수한 히브리어로 구성되어 있다. 그 번역은 전체로 보아서 충실할 뿐 아니라 원본의 특색을 나타내는 고대의 단순성의 분위기를 지니고 있어서 좋았다. 그리고 히브리 성경의 영역본의 비길 데 없는 탁월함을 구성하고 있어서 좋았다. 몇 군데에서 나는 터너 교수가 지적한 것과 유사한 원본을 약간 변형한 것을 보았다. 그러나 그것들은 대수롭지 않기 때문에 번역이 전반적으로 충실하다고 주저하지 않고 말할 수 있다.” 1840년 4월 30일(viii).

그러면 『야살의 책』의 문학적 장르는 어떻게 볼 것인가? 환상적 작품(fantasy fiction) 혹은 전통적 유대 문학의 한 장르인 “하가다”(haggadah), 아니면 “다시 쓴 성경”(rewritten Bible)으로 볼 수 있는가? 『야살의 책』은 성경과 밀접한 관계가 있기 때문에 환상적 작품으로 볼 수는 없다. 그리고 “하가다”는 좁게는 유월절 행사의 한 순서로 자녀들에게 이집트에서의 노예생활과 모세가 인도로 탈출하게 된 것을 이야기해 주는 것을 가리킨다. 또 광범위하게 정의를 내리자면, “하가다”는 탈무드에서 율법이 아닌 부분에 대한 통칭이다(이윤경 142). 그렇다면 “다시 쓴 성경”으로 볼 수 있는가? “다시 쓴 성경”은 신·구약 중간 시대의 문학 작품들, 즉 외경과 위경, 쿰란 문서를 연구하는 학자들이 찾아낸 문학 장르 중 하나이다. “다시 쓴 성경”은 성경을 따르지만 상당한 양의 보충과 해석적 확장을 포함한 내러티브이다(Vermes 326, 이윤경 재인용 142).

한편 필립 알렉산더(Philip Alexander)가 “다시 쓴 성경”에 대해 제시한 아홉 가지 특징은 『야살의 책』에 대한 문학적 장르에 한줄기 빛을 비쳐준다. 첫째, “다시 쓴 성경”은 내러티브로서 연속적이며, 연대기적인 순서를 따른다. 둘째, “다시 쓴 성경”은 성경 본문을 그대로 인용하지는 않지만, 이야기를 풀어 나갈 때 성경의 어휘를 흡수한다. 셋째, “다시 쓴 성경”은 성경에 대한 지식을 전제로 하지만, 서영을 대체하지는 않는다. 넷째, “다시 쓴 성경”은 끝없이 성경으로 되돌아오는 구심성(centripetal)이 있다. 다섯째, “다시 쓴 성경”은 성경 원문의 순서에 충실하지만, 재생산하는 데 있어서는 선택적이다. 여섯째, 본문의 의도는 성경에 대한 해석적 읽기를 시도하는 것이다. 이를 통해 성경의 빈틈을 메울 수가 있다. 일곱째, "다시 쓴 성경"은 주석과 달리 성경 본문에 대한 단일한 해석만을 제시한다. 여덟째, "다시 쓴 성경"의 내러티브 형태는 그런 해석을 낳게 된 주석적 설명은 전혀 하지 않는다. 아홉째, "다시 쓴 성경"은 성경 본문에 우선을 두지만, 비성경적 본문에 대해서도 가치를 부여한다(99 – 120, 이윤경 재인용 142 – 143).

『야살의 책』은 성경 두 곳에 인용되었으나 외경이나 위경에 속하지도 않고 그 성서적 정체성은 모호하다. 또한 이 책의 문학적 장르도 애매하지만, "다시 쓴 성경"에 대한 버미스의 정의와 알렉산더가 제시한 아홉 가지 특징을 고려해 볼 때 이 책은 "다시 쓴 성경"의 범주에 포함시키는 것이 바람직하다고 본다.

인용문헌

강병도. 『QA시스템-성경연구 시리즈』 제3권: 여호수아~사무엘 하. 서울: 기독 지혜사, 1986.

______. 편저.『톰슨 Ⅱ, 주석 성경』. 서울: 기독 지혜사, 2000.

______. 편저.『카리스 종합 주석』 제21권. 서울: 기독 지혜사, 2005.

강 엽. 『17세기 영시의 이해』. 부산: 부산대학교 출판부, 1996.

______. *Selected Romantic Poetry.* 서울: 신아사, 1998.

______.『윌리엄 블레이크의 시와 사상』. 부산: 부산대학교 출판부, 2004.

『기독교 대사전』. 서울: 대한 기독교서회, 1960.

램, 버나드.『성경 해석학』. 권혁봉 역. 서울: 동아출판사, 1974.

박준서. "외경이란 무엇인가?",『신앙계』. 서울 국민일보사, 10(1994): 96-99.

박형룡.『박형룡박사 저작전집』Ⅰ. 서울: 한국 기독교 교육연구원, 1997.

벌코프, 루이.『성경 해석학』. 윤종호・송종섭 역. 서울: 한국 개혁주의 신행 협회, 1979.

성경전서, 개역 개정판. 서울: 대한 성서 공회, 1998.

『아가페 성경사전, 1991』. 서울: 아가페 출판사, 1991.

이윤경. "위경「요셉과 아스낫」: 온의 제사장 보디베라의 딸 아스낫과 결혼한 요셉",『문학과 종교』Vol. 12, No. 2, Winter 2007. 137-157.

이호근. "근대 영문학",『영국문학사』. 서울: 신구문화사, 1975. pp.273-343.

정진홍. "문학과 종교", 문학과 종교. 서울: 한국 문학과 종교학회. Vol.6 No.2, Winter 2001, 111-126.

칼빈, 존.『기독교 강요』1. 김문제 역. 서울: 세종문화사, 1997.

피천득. "The Romantic Revival",『영시개론』. 서울: 신구문화사, 1975. pp.217-252.

하용조 편저.『레노바레 성경』. 서울: 두란노, 2006.

히키, 매릴린. 『가계에 흐르는 저주를 끊어야 산다』. 최기운 역. 서울: 베다니출판사, 1997.

Abrams, M. H. *Natural Supernaturalism.* New York: Norton, 1973.

____________. "The Romantic Period", *The Norton Anthology of English Literature*, 4th ed. vol. 2. Ed. M. H. Abrams, et al. New York: W. W. Norton & Company, 1979. pp.1 – 20.

____________. et al. *The Norton Anthology of English Literature.* 4th ed. New York: W. W. Norton & Company, 1979.

Alexander, P. S. "Retelling of the Old Testament." *It is Written: Scripture Citing Scripture.* Eds. D. A. Carson & H. G. M. Williamson. Cambridge: Cambridge University Press, 1988. 99 – 120.

Apocrypha. The Authorized Version. Merrimac, Massachusetts: Destiny Publishers, 2002.

Aubrey, Bryan. *Watchmen of Eternity: Blake's Debt to Jacob Boehme.* New York: UP of America, 1986.

Babbitt, Irving. *Rousseau and Romanticism.* New York: World Publishing Co., 1947.

Bailey, D. Sherwin. *Homosexuality and the Western Christian Tradition.* New York: Longmans, 1955.

Baxter, Mary K. *A Divine Revelation of Hell.* 김유진 역. 『정말 지옥은 있습니다』. 서울: 은혜 출판사, 2005.

Bennett, Joan. *Five Metaphysical Poets.* London: Cambridge UP, 1978.

Bentley, G. E. *Blake Records.* Oxford: The Clarendon Press, 1969.

Blackstone, Bernard. *English Blake.* Cambridge: The UP, 1949.

Blake, William. "A Descriptive Catalogue", *The Portable Blake.* Ed. Alfred Kazin. New York: Penguin Books, 1979.

Bloom, Harold. *The Visionary Company.* New York: Cornell UP, 1971.

Book of Jasher. tr. from the Hebrew(1840). Rep. by Artisan Publishers, 1988.

Boswell, J. *Christianity, Social Tolerance and Homosexuality. Gay People in*

Western Europe from the Beginning of the Christian Era to the Fourteenth Century. Chicago, London: University of Chicago Press, 1980.

Bottrall, Margaret. Ed. *William Blake: Songs of Innocence and Experience*. London: The MacMillan Press Ltd., 1979.

Bowra, C. M. *The Romantic Imagination*. New York: Oxford UP, 1961.

Butler, Marilyn. "Romanticism in England", *Romanticism in National Context*. Ed. Roy Porter and Mikuláš Teich. Cambridge: Cambridge UP, 1988. pp.37 – 67. vol. Ⅱ. New York: The Ronald Press Company, 1790.

Carlyle, Thomas. *On Heroes and Hero Worship*. London: J. M. Dent & Sons Ltd., 1956.

Chavda, Mahesh. *The Hidden Power of the Blood of Jesus*. 채수범 역. 『가장 위대한 능력 보혈』. 서울: 규장 출판사, 2007.

Countryman, L. W. *Dirt, Greed & Sex. Sexual Ethics in the New Testament and Their Implications for Today*. Philadelphia: Fortress Press, 1968.

Curran, Stuart. "The Structure of Jerusalem", in *Blake's Sublime Allegory: Essays on The Four Zoas, Milton, & Jerusalem*. Eds. Stuart Curran & Joseph Anthony Wittreich, Jr. Madison: The University of Wisconsin Press, 1973, 329 – 346.

Daiches, David. *Critical Approaches to Literature*. London: Longmans, Green and Co Ltd., 1969.

Damon, Foster S. *A Blake Dictionary: The Ideas and Symbols of William Blake*. Providence, R. I.: Brown UP, 1965.

Damon, S. Foster. *A Blake Dictionary: The Ideas and symbols of William Blake*. Colorado: Shambhaly Publications, Inc., 1979.

＿＿＿＿＿＿＿. *Blake' Job*. Providence: Brown UP, 1966.

＿＿＿＿＿＿＿. *William Blake: His Philosophy and Symbol*. Gloucester, Mass.: Peter Smith, 1958.

Damrosch, Jr., Leopold. *Symbol and Truth in Blake's Myth*. N. J.: Princeton UP, 1980.

Daugherty, James. *William Blake*. New York: Viking Press, 1960.

Davies, J. G. *The Theology of William Blake*. London: Oxford UP, 1957.

Deen, Leonard W. *Conversing in Paradise: Poetic Genius and Identity—as Community in Blake's Los*. Columbia: U of Missouri P, 1983.

Di Cesare, M. A. Ed. *George Herbert and the Seventeenth—Century Religious Poets*. New York: W. W. Norton, 1978.

Dodd. C. H. *The Authority of the Bible*. London: Nisbet, 1959.

Drew, Elizabeth. *T. S. Eliot: The Design of His Poetry*. New York: Charles Scribner's Sons, 1953.

Eaves, Morris. *The Illuminated Blake*. Garden City, N. Y.: Doubleday, 1974.

Eliot, T. S. *The Complete Poems and Plays*. New York: Harcourt, Brace & World, Inc., 1971.

__________. *The Use of Poetry and the Use of Criticism*. London: Faber, 1975.

__________. *Selected Essays*. London: Faber and Faber, 1976.

Erdman, D. V. Ed. *The Complete Poetry and Prose of William Blake*. New York: Anchor Books, 1982.

__________. *Blake: Prophet Against Empire: A Poet's Interpretation of the History of His Own Times*. Princeton: Princeton UP, 1954.

Ferber, Michael. *The Social Vision of William Blake*. Princeton: Princeton UP, 1985.

Fitts, Dudley. "The Collar", Ed. Lee Jai—ho et al. *Critical Essays& Commentaries*. vol. Ⅰ. Seoul: Tamgu—dang, 1980. 265—267.

Fox, Susan, "The Female as Metaphor in *William Blake's Poetry*", *Critical Inquiry* 3(1977): 508—513.

Frye, Northop. *Fearful Symmetry: A Study of William Blake*. Princeton, N. J.: Princeton UP, 1965.

__________. Ed. *William Blake: A Collection of Critical Essays*. New Jersey: Prentice—Hall, Inc., 1966.

Gardner, Helen. *The Art of T. S. Eliot*. London: Faber & Faber, 1972.

Gleckner, R. F. *The Piper and the Bard: A Study of William Blake*.

Detroit: Wayne State UP, 1959.

Greenlee, J. Harold. "The Language of the New Testament." *The Expositor's Bible Commentary*. Ed. F. E. Gaebelein. Grand Rapids: Zondervan, 1982. 483 – 493.

Grierson, H. I. C., Ed. *Metaphysical Lyrics & Poems of the Seventeenth Century*. Oxford: Clarendon Press, 1921.

Hammond, G. Ed. *The Metaphysical Poets*. London: Macmillan, 1974.

Hart, Jeffrey. "Herbert's *The Collar* Re – read", Ed. William R. Keast,. *Seventeenth – Century English Poetry*. London: Oxford UP, 1978. 248 – 256.

Hays, Richard B. "Awaiting the Redemption of Our Bodies: The Witness of Scripture Concerning Homosexuality", Ed. J. Siker. *Homosexuality in the Church: Both Sides of the Debate*. Louisville, Kentucky: Westminster John Knox Press, 1994. 3 – 17.

Helminiak, D. A. "The Bible on Homosexuality: Ethically Neutral", Ed. J. Corvino. *Same Sex. Debating the Ethics, Science, and Culture of Homosexuality*. New York, Oxford: Rowman & Littlefield, 1997. 81 – 92.

Henry, Carl F. H. "The Authority and Inspiration of the Bible." *The Expositor's Bible Commentary*. Ed. F. H. Gaebelein. Grand Rapids: Zondervan, 1982. 33 – 71.

Hirsch, E. D. *Innocence and Experience: An Introduction to Blake*. New Haven: Yale UP, 1964.

Holloway, John. *Blake: The Lyric Poetry*. London: Edward Arnold, 1979.

Hutchinson, F. E., ed. *The Works of George Herbert*. Oxford: Clarendon Press, 1941.

Johnson, Mary L., and Brian Wilkie. "On Reading *The Four Zoas*: Inscape and Analogy", *Blake's Sublime Allegory: Essays on The Four Zoas, Milton & Jerusalem*. Ed. Stuart Curran & Joseph A. Wittreich. Madison: The University of Wisconsin Press, 1978, 203 – 232.

Jordan, Mark D. *The Invention of Sodomy in Christian Theology*. Chicago:

University of Chicago, 1997.

Kaplan, Marc. "Jerusalem and the Origins of Patriarchy", *Blake* 30(1996
　　－97): 68－82.

Kazin, Alfred, ed. *The Portable Blake*. New York: Penguin Books, 1979.

Kermode, Frank. Ed. *Selected Prose of T. S. Eliot*. New York: Harcourt
　　Brace Jovanovich, 1975.

Keynes, Geofferey. Ed. *Blake*: *Complete Writings with Variant Readings*.
　　London: Oxford UP, 1972.

Kiralis, Karl. "The Theme and Structure of William Blake's Jerusalem",
　　in *The Divine Vision: Studies in the Poetry and Art of William Blake*.
　　Ed. Vivian de Sola Pinto. London: Victor Gollancz, 1957, 141－262.

Lerner, Gerda. *The Creation of Patriarchy*. New York: Oxford UP, 1986.

Lewis, C. S. *Selected Literary Essays.* Cambridge: Cambridge UP, 1969.

Liberty Annotated Study Bible. Lynchburg, Va.: Old Time Gospel Hour,
　　1988.

Linton, Calvin D. "The Bible as Literature". *The Expositor's Bible Commentary*.
　　Ed. F. E. Gaebelein. Grand Rapids: Zondervan, 1982. 177－88.

Locke, Kenneth A. "The Bible on Homosexuality: Exploring Its Meaning
　　and Authority", *Journal of Homosexuality*. vol. 48, Number 2,
　　2004. 125－156.

Luckhurst, Roger. "Revising Gay Histories", *English Literature in Transition
　　1880－1920*. Number 48, 2(2005): 209－214.

Margoliouth, H. M. *William Blake*. London: Oxford UP, 1951.

Matthiessen. F. O. *The Achievement of T. S. Eliot*. London: Oxford UP,
　　1971.

Maxwell, D. E. S. *The Poetry of T. S. Eliot.* London: Routledge & Kegan
　　Paul, 1958.

McNeill, John J. *The Church and the Homosexual*. 4th ed. Boston: Beacon
　　Press, 1993.

Mellor, Anne. "Blake's Portrayal of Women", *Blake* 16(1982－83): 151

− 152.

Moulton, R. G, et al. *The Bible as Literature.* New York: Thomas Y. Crowell & Co., 1896.

Nelson, J. B. *Embodiment. An Approach to Sexuality and Christian Theology.* Minneapolis: Fortress Press, 1978.

Nesfield − Cookson, Bernard. *William Blake: Prophet of Universal Brotherhood.* London: The Aquarian Press, 1987.

Nissinen, M. *Homoeroticism in the Biblical World. A Historical Perspective.* Minneapolis: Fortress Press, 1998.

O'Neill, Judith, ed. *Critics on Blake.* Florida: Univ. of Miami Press, 1975.

Paley, Morton D. *The Continuing City.* Oxford: Clarendon, 1983.

Parsley, Rod. *Silent No More.* Lake Mary, Florida: Charisma House, 2005.

Percival, M. O. *William Blake's Circle of Destiny.* New York: Columbia UP, 1938.

Percival, Milton O. *William Blake's Circle of Destiny.* New York: Octagon Books, 1970.

Porter, Roy and Mikuláš Teich, ed. *Romanticism in National Context.* Cambridge: Cambridfge UP, 1988.

Raine, Kathleen. *Blake and the New Age.* London: George Allen & Unwin, 1979.

_______________. *Golgonooza, City of Imagination: Last Studies in William Blake.* New York: Lindisfarne Press, 1991.

Riede, David G. "The Symbolism of the Loins in Blake's Jerusalem", *Studies in English Literature* 21(1981): 547 − 64.

Rose, Edward J. "Circumcision Symbolism in Blake's Jerusalem", *Studies in Romanticism* 8, 1968, 16 − 25.

_______________. "The Structure of Blake's Jerusalem", *Bucknell Review* 11, 1963, 35 − 54.

_______________. *Blake Studies.* New York: British Book Center, 1949.

Sabri − Tabrizi, G. R. *The 'Heaven' and 'Hell' of William Blake.* London: Lawrence and Wishart, 1973.

Schmidt, T. E. "Romans 1:26 − 27 and Biblical Sexuality", Ed. J. Corvino. *Same Sex. Debating the Ethics, Science, and Culture of Homo −sexuality*. New York, Oxford: Rowman & Littlefield, 1997. 93 − 104.

Schodde, George H. Trans. *The Book of Jubilees*. Hoffman Printing Co., 2001.

Schorer, Mark. *William Blake: The Politics of Vision*. New York: Henry Holt and Company, Inc., 1946.

Scroggs, R. *The New Testament and Homosexuality*. Philadelphia: Fortress, 1983.

Shipley, Joseph T. *Dictionary of World Literary Terms*. Paterson, N. J.: Littlefield, Adams & Co., 1960.

Smith, Bruce R. *Homosexual Desire in Shakespeare's England: A Cultural Poetics*. Chicago: The University of Chicago Press, 1991.

Smith, Grover. *T. S. Eliot;s Poetry and Plays*. Chicago: The University of Chicago Press, 1974.

Soards, M. L. *Scripture & Homosexuality: Biblical Authority and the Church Today*. Louisville, Kentucky: Westminster John Knox Press, 1995.

Spender, Stephen. *T. S. Eliot*. New York: Penguin Books, 1976.

Spirit − Filled Life Bible, New King James Version, Nashville: Thomas Nelson Publishers, 1991.

Stevenson, W. H., ed. *Blake: The Complete Poems*. New York: Norton, 1980.

Stott, John. *Same − Sex Partnerships? A Christian Perspective*. Grand Rapids: Fleming H. Revell, 1998.

Summers, Joseph H. *George Herbert: His Religion and Art*. London: Chatto & Windus, 1954.

The Holy Bible(King James Version). New York: American Bible Society, 1974.

The Holy Bible. RSV. New York: American Bible Society, 1952.

Traversi, Derek. *T. S. Eliot: The Longer Poems*. New York: Harcourt, brace, Jovanovich, 1976.

Tuve, Rosemond. *A Reading of George Herbert.* Chicago: University of Chicago Press, 1952.

Vermes, G. in E. Schurer. *The History of the Jewish People in the Age of Jesus Christ.* Vol. 3. Revised and edited by G. Vermes, F. Millar, & M. Goodman(Edinburgh: T & T Clark, 1986).

Ward, David. *T. S. Eliot Between Two Worlds.* London: Routledge & Kegan Paul. 1973.

Wellek, René and Austin Warren. *Theory of Literature.* Penguin Books. 1970.

Wicksteed, Joseph. "An Expository Essay Addressed to Max Plowman", Ed. M. Bottrall. *William Blake: Songs of Innocence & Experience.* London: The Macmillan Press, 1979. pp.99 – 107.

Williams, Nicholas M. *Ideology and Utopia in the Poetry of William Blake.* Cambridge: Cambridge UP, 1998.

Williamson, George. *A Reader's Guide to The Metaphysical Poets*, London: Thames and Hudson, 1968.

__________________. *A Reader's Guide to T. S. Eliot.* New York: Octagon Books, 1974.

Zondervan Pictorial Encyclopedia of the Bible. Grand Rapids, Michigan: Zondervan Publishing House, 1977.

주 석

1) "…영국의 그것(낭만주의)은…· 18세기서부터 반동하고 자발적 점진적으로 발전하여 19세기에 개화한 것에 불과한 것이라고 말은 하지만 역시 그 시조는 'Return to Nature'의 Jean Jacques인 것이다. Rousseau는 18세기 합리주의에 정반대 방향으로 자연으로서의 인간만이 행복하고 선한 것이라고 총전제한다(God made all things good; men meddle with them and make evil – Emile의 first line). 이호근, "근대 영문학", 『영국문학사』(서울: 신구문화사, 1975), p.345.

2) 드루이드는 고올(Gaul), 브리튼(Britain), 아일랜드에 살던 고대 켈트족 간에 있던 드루이드교의 사제로서 예언자, 민족적 시인, 재판관 등의 역할을 했으며, 그들을 이어받은 자들이 소위 음유시인(bard)으로 초기 영국 낭만시에 많이 나타난다.

3) John Hampden(1594 – 1643)은 시민으로서 또는 의원으로서 Charles I의 억압정치와 함선세(ship – money tax) 부과에 맹렬히 반대하였다. 여기서 "village Hampden"은 그와 같이 자기 마을에서 부당한 압제에 항거한 사람을 말한다.

4) 이들의 이름은 "살해당한 자들을 고르는 자"(choosers of the slain)라는 뜻으로 북구라파 신화에서는 지식, 문화, 시가 및 전쟁의 최고의 신 오딘(Odin)—튜턴족의 워덴(Waden)에 해당한다—의 딸 혹은 시녀로 열두 명의 여신들이다. 그들은 손에는 검을 들고 재빠른 말을 타고 전쟁터에 나가 죽을 운명을 지닌 사람들을 골라내어, 죽은 용사의 천국인 밸할라(Valhalla)—오딘의 거처—로 데려다가 잔치를 베풀고 꿀 술과 맥주를 먹인다고 한다.

5) 오번에 대해서는 실재하는 영국 마을이라는 설과, 골드스미스의 고향인 리써리(Lissory)를 염두에 둔 가공의 마을이라는 설이 있다. 그러나 골드스미스가 이 시를 쓸 때는 지주의 토지사유화(enclosure)로 주민이 쫓겨났던 일이 실제로 있었던 아일랜드의 리써리를 염두에 두었을 것이며, 또한 영국의 많은 마을이 황폐화되었다고 이 시에는 묘사되어 있다(강대건 547).

6) D. V. Erdman ed., *The Complete Poetry and Prose of William Blake*(New York: Anchor Books, 1982), pp.542 – 43.

7) A. D. 2세기경에 초기 기독교 신학자들의 공격을 받았던 여러 가지 이론이 종합된 신지학적 및 철학적 종교 운동가들이다. 이들 때문에 초대교회에서는 교리의 정립과 아울러 감독 제도를 세워야만 했다.

8) 더 상세한 것은 다음을 참조하라. N. Frye, *Fearful Symmetry: A Study of William Blake* (Boston: Beacon Press, 1965), pp.277 – 278; S. F. Damon, *A Blake Dictionary: The Ideas and Symbols of William Blake*(Providence, R. I.: Brown University Press, 1965), p.212.

9) David V. Erdman and Harold Bloom, eds., *The Complete Poetry and Prose of William Blake*(New York: Doubleday, 1988) 176. 이후 작품 인용은 이 책에서 하며, ( ) 안의 숫자는 서판(Plate)과 행수를 나타낸다.

10) cf. Susan Fox, "The Female as Metaphor in William Blake's Poetry", *Critical Inquiry* 3(1977): 508 – 13, 그리고 Anne K. Mellor in "Blake's Portrayal of Women", *Blake* 16(1982 – 83): 148 – 55.

11) 발산체는 지혜(wisdom)와 같은 정신적 특성의 의인화를 말한다. 예를 들면 구약 잠언 제8장

은 지혜를 의인화한 좋은 예이다. "지혜가 부르지 아니하느냐?"(잠언 8:1) 예루살렘은 앨비언의 애정과 감정의 집합체이다.

12) Valerie Eliot ed.(1971) *The Waste Land: A Facsimile and Transcript*(New York: Harcourt Brace Jovanovich, Inc.), p.1. 이후 이 글에서의 인용은 FT로 약기하고 쪽수만 표기하겠음.

13) 본 연구에 사용된 Eliot 저서는 다음과 같이 약기하고 인용 쪽수만 기록함.
CP: Collected Poems(1974), *OPP: On Poetry and Poets*(1975), *UPUC: The Use of Poetry and The Use of Criticism*(1975), *SE: Selected Essays*(1976), *SW: The Sacred Wood*(1957).

14) *The Waste Land* 시 인용은 *Collected Poems*(London: Faber and Faber, 1974)의 것이며 앞으로 *WL*과 행수만 표기함.

15) 본 연구는 *The Waste Land*의 최종판을 텍스트로 삼았는데 연구 도중에 엘리엇의 Original draft를 입수하여 여러 가지 궁금증이 많이 풀려 큰 도움이 되었다.

16) Pound: I doubt if Conrad is weighty enough to stand the citation Eliot: Do you mean not use the Conrad quote or simply not put Conrad's name to it? It is much the most Appropriate I can find, and somewhat elucidative.

17) 성경용어에 대한 개념 정리: 성령의 감동으로 기록된 책들을 집합적으로 일컬을 때는 '성경'(the Scriptures)이라 하고(디모데 후서 3:15), 특별히 명시된 구절을 지칭할 때는 단수 'the Scripture'를 쓴다(요한복음 7:38). 그리고 '성경전서'는 'the Bible'이라 한다.

18) 신약성경을 인용할 때 영문인용은 생략하기로 한다.

19) 『유빌리 서』 제16장 5－6절에는 소돔과 고모라의 멸망의 원인을 음행(fornication)과 불결함(uncleanness)이라고 묘사되어 있다. 그리고 제20장 5절에서 아브라함은 자손들에게 소돔처럼 망하지 않으려면 음행, 불결함 및 죄의 오염을 경계하라고 당부한다.

20) BCE는 Before Common Era이며, CE는 Common Era의 약자이다. 자유주의 성경학자들은 BC(Before Christ)와 AD(Anno Domini, in the year of our Lord) 사용을 기피한다.

21) 구약성경 여호수아 제10장 13절과 사무엘 하 제1장 18절에 나오는 책으로 뒤늦게 히브리 사본이 발견되었고, 1840년에 영어로 번역되어 Artisan 출판사에 의해 1887년에 출판되었다.

색 인

데이비스 ; 106, 107, 110, 113, 116
데이쉬즈, 데이비드 ; 36
도드 ; 224
동성연애 ; 255~258, 260~262,
    272~274, 277, 278, 285
드라이든 ; 39
드루, 엘리자베스 ; 199
드루이드 ; 46, 56, 325

(ㄹ)

램지, 앨런 ; 58
러너, 거다 ; 163
런던 ; 39, 41, 42, 54, 84, 86, 168,
    196, 205, 207, 211~214, 216, 220
레인, 캐슬린 ; 38, 141, 142
로마서 ; 14, 261, 272~274, 277
로빈슨, 헨리 ; 93
로스 ; 134, 136, 139, 141~145,
    149~152, 158, 170, 177
로스의 노래 ; 56
로우즈 ; 157
로크 ; 38, 141, 169
로크, 케네스 ; 260
루반 ; 143, 152, 171
루봐 ; 134, 136, 138, 139, 144,
    145, 178
루소 ; 37, 40, 61, 84, 149
루스, 마이클 ; 256
루이스 ; 226
리비스 ; 220
린턴, 칼빈 ; 225

(ㅁ)

마태복음 ; 26, 69, 89, 240~247,
    268, 277, 285

말라기 ; 15, 16
매티슨 ; 191
맥닐, 존 ; 257
맥스웰 ; 214
맥퍼슨, 제임스 ; 39, 52
맬러리, 토머스 ; 222
멜러, 앤 ; 158
모세 ; 18, 20, 23, 146, 249, 250,
    269, 289, 293, 312
모형 시 ; 11, 12, 17, 32
목 고리 ; 28, 29, 31, 32
무운시 ; 41, 43
문스터 ; 50
문학으로서의 성서 ; 225
문학으로서의 신약성경 ; 225, 247
므두셀라 ; 293, 296, 298, 299
미들턴 ; 30
민수기 ; 146, 250, 264
밀턴, 존 ; 57, 146

(ㅂ)

바드 ; 147
바리새인 ; 88, 175, 242, 246
바벨탑 ; 300
바빌론의 음녀 ; 164
바우러 ; 65, 91, 103, 127
바울 ; 14, 26, 273, 278, 283, 286
바이런 ; 36, 55, 61, 94
박준서 ; 310, 315
반어법 ; 240, 244, 245
발산체 ; 136, 137, 140, 152, 162,
    170
배종 순환 ; 14
밸키리 ; 52
버려진 마을 ; 53
버클리 ; 98
번제 ; 18, 19, 20

(ㅅ)

강 엽

▌약 력

충남 논산시 양촌면 식시리에서 출생(1943)
연세대학교 문과대학 영어영문학과 졸업(1968)
부산대학교 대학원 영문과 문학석사(1979)
동아대학교 대학원 영문과 문학박사(1990)
미국 앨라배마 대학교 영문과 연구교수(1988 - 1989)
영국 워릭 대학교 영문과 연구교수(1999)
미국 앨라배마 대학교 영문과 연구교수(2005)
창원 기능대학 교수(1979. 3 - 1981. 2)
부산대학교 교수(1981. 3 - 2010. 2)
한국문학과 종교학회 회장(2007. 9 - 2009. 8)

▌기독교 약력

부산 광림 장로교회(합동)에서 장로 장립(1988)
남부산 노회 장로회 서기
장로교 총회 신학대학원 신학석사(1994)
베데스다 장로교회 개척(1993. 9. 30)
대한예수교장로회 합동 총련 서울중앙노회에서 목사 임직(1994. 4)
총신대학 목회대학원 목회학 석사(2005)

▌저 서

『16 · 17세기 영시의 이해』(부산대학교 출판부, 1992)
『16세기 영시의 이해』(부산대학교 출판부, 1996)
『17세기 영시의 이해』(부산대학교 출판부, 1996)
Six Romantic Poets(서울: 신아사, 1996)
Selected Romantic Poetry(서울: 신아사, 1998)
『윌리엄 블레이크의 시와 사상』(부산대학교 출판부, 2004)

▌역 서

『낭만주의 영시선』(서울: 신아사, 2002)

▌논 문

"T. S. Eliot의 *The Waste Land*에 나타난 재생의 원형 고찰"(1979)
"William Blake의 예언 시에서의 신화창조"(1990)
"블레이크의 시에서 잃어버린 인류의 황금시대와 예술의 도시 '골고누자'"(2008)
"『야살의 책』의 성경적 정체성과 문학적 장르"(2009) 외 다수

▌수 상

『윌리엄 블레이크의 시와 사상』으로 한국학술원으로부터(2005)

[영국 종교시와]
윌리엄 블레이크의 시를 중심으로
[낙원회복 운동]

초판인쇄 | 2010년 2월 25일
초판발행 | 2010년 2월 25일

지은이 | 강 엽
펴 낸 이 | 채종준
펴 낸 곳 | 한국학술정보㈜
주 소 | 경기도 파주시 교하읍 문발리 파주출판문화정보산업단지 513-5
전 화 | 031) 908-3181(대표)
팩 스 | 031) 908-3189
홈페이지 | http://www.kstudy.com
E-mail | 출판사업부 publish@kstudy.com
등 록 | 제일산-115호(2000. 6. 19)

ISBN 978-89-268-0852-8 93840 (Paper Book)
      978-89-268-0853-5 98840 (e-Book)

내일을여는지식 █ 은 시대와 시대의 지식을 이어 갑니다.